风景仍然那么新鲜

郑宪 著

——郑宪新闻报告集

上海三联书店

◆1991年，西藏。

◆1996年，以色列。

◆1997年，黑龙江漠河北极村。

◆1997年，中国西昌卫星发射中心。

◆1998年，延安。

◆2003年，埃及。

◆2001年，加拿大。

序

宋　超

这是一本热血情怀的著作。

这是作者郑宪十多年前乃至二十多年前新闻报告的集成文章，文章基本刊于解放日报上，是当时热点人物热点新闻事件的追踪报道力作。作品分"人"、"事"、"社会"、"生活"四部分。我曾经在解放日报社工作跨年二十五载，郑宪长期是我的同事、朋友，惺惺相惜者，其文章，我熟；其心怀，我懂；其性格，我知；其追求，我悉。

我赞成他把"过去不是一地鸡毛的东西"拿出来。

一页页地读，过去的东西依然感动人，过去的东西现在观之依然令人激情洋溢。

这是为什么？

首先当然归功于我们国家伟大的时代翻天覆地的改革、发展、巨变。上世纪八十年代末至本世纪初，中国960万平方公里土地上沧桑正道，坎坷悲壮，奋斗者前赴后继，壮志牺牲成就斐然，发生了多少惊天地、泣鬼神的故事。我们躬逢盛世，郑宪正逢其时。应该说，那些文章和文字，那些热点报道，那些新闻报告，其实是那个燃烧激情的时代的需要，是社会的需要，是普通百姓们的需要，所以才有生命力的长久。

我始终认为，作为一名新闻工作者绝不应该是一般的文字写手和摄影掌镜者。新闻素养的内涵是很丰富的，其思想素养、理论素养、政策素养及至专门知识的素养是不可或缺的。在互联网传播时代，人们不缺快餐式的信息，"人人皆记"，何足稀罕。但真正具备新闻质素的作品倒越发的显得珍贵。我也始终认为，在新闻工作这个岗位上，确实十分需要新闻工作者的才华和勤奋，但在这里，又十分不提倡个人籍此的显摆，不看好那种逞强好胜。新闻工作的每一次出发、每一个行动，其最佳状态，或者说，我们提倡和要求的，是如何响应社会的需求和广大人民受众的需求，寻找到这个接口，把握住政策与群众利益的结合点，这对新闻工作而言是极其重要的至高的原则，说简单一点，这称之为责任和使命。我还始终认为，新闻工作者必须对我们社会所处的历史阶段有一个清醒而切实的认识。我们需要批评和监督式的报道，揭露是为了捍卫美好。因而，在现阶段我们更要特别注重创造和孕育美好的报道，即吸引人、感染人、鼓舞人的正面报道。问题当然是如何选择好、把握好这些正面报道的题材和角度，施以有效表达，这是与我们新闻工作者的素养、作风紧密相联的，郑宪在这些方面有着很坚实的实践。

而作为当年大报记者的郑宪，其作品的成功也在于他心中的苦苦追求和心无旁骛的努力。

郑宪的写作非常认真。为了采访一个热点新闻，除了新闻的敏感性，就是投入呕心沥血的巨大努力。要写好一篇相当规模的好作品，要反复思考，深入专业领域，换位思考对象，宏观思维规划，细节特色描写，语不惊人死不休。过程艰辛痛苦，但他以苦为乐。

郑宪有强烈的社会责任心，有崇高的使命感。这是投入事业写出好作品的根本。可以看到，他选择的对象，他写的热点新闻事件，均有很强的社会影响力，传达社会正能量的理念和信息。郑宪曾对我说，他的作品往往是先被那些要表达的对象深深感染感动震动了，从内心深处，感受到了社会的呼唤，他才会全情投入地采访写作，写出更专业，更精准，更深刻的文章。这就是我认为一个优秀新闻工作者的社会责任心的价值体现。

郑宪不游戏人生，不游戏笔墨。回望20年的新闻写作生涯，他应该无愧于心。至今我还清晰记得，他采访陈竺回来，到我办公室跟我聊起这位归国青年学者无比执着的事业心，和为人坦诚的襟怀。还记得郑宪湿润着眼睛，讲述他的采访对象，日本华人音乐指挥家龚林，为弘扬华夏音乐文化，受伤之后挂着拐杖，率领日本华夏音乐团，在北京辉煌演出的那一幕幕场景。还记得，为了完成我们共同的采访，限时限刻，我把他从家中拉走的时光。岁月流逝，这些都没有受到侵蚀，反而凸现其成色。

今天郑宪编集此书，有点偶然的因素，但又有其必然性。20年在解放日报的记者生涯，他取得相当成就，之后他离开新闻领域多年，在另一个文化创意领域施展自己才力，又创造了令人赞叹的业绩。无论人在何处，郑宪跟我说，从事新闻生涯的那段激情岁月让他无法忘怀，那段激扬文字的经历让他深感自豪，此书是他长期以来的人生追求、执着信念、灵魂深处的价值观体现。

我笑笑告诉他，只要你心中的价值观是正确的，当年采写的新闻报告不会凋谢。此书应该出，因为，风景仍然那么新鲜！

（作者现为：上海市新闻工作者协会主席、上海市新闻学会会长）

2014年3月

目　录

第一章·人

哥德巴赫的悲壮

一

陈景润一定是抱憾终身的。

在生命的最后12年里，这位数学泰斗呕心沥血的冲刺却几无长进。

从（1＋2）到（1＋1）。哥德巴赫猜想引无数英雄竞折腰。

陈景润在1966年向世界宣布的（1＋2）数值结果，被公认为是对哥德巴赫猜想研究的重大贡献，是筛法理论的光辉顶点。

顶点，是一条通道的终结，是一种方法的寿终正寝。

（1＋1），这颗哥德巴赫猜想皇冠上的明珠，陈景润离他只有一步之遥，但他知道，这个世纪中的他和他所在的世纪已经不能企及了。

陈景润死不瞑目。

二

半年前，也在哥德巴赫猜想研究中取得卓然成就的中国科学院院士王元，到医院看望正和病魔作最后抗争的陈景润，此时的陈景润痛苦得眼睛也无法睁开，手中还握一本数学书籍。王元慨然道：你就放弃它（哥德巴赫猜想）吧。你已取得的成就，至少本世纪无人能望其项背！

陈景润摇头，缓缓而坚决地摇头：不！

科学的辉煌与悲壮同在。

科学永恒，追求永恒。带着不屈不灭的永恒追求，陈景润已经永远地走了。

山河同悲。

66岁的王元不胜感慨：

有人说，陈景润不是天才，我不同意。我认识他正好40年，即1956年，但知道他是1954年。当时陈景润只有21岁，他写了一篇文章，寄给华罗庚，对华的名著《堆垒素数论》的一个结论提出质疑，并作了改进。我们看了这篇文章，认为陈景润是对的。这么小的年纪，有如此胆识，不是天才是什么？！数学家有两种类型，一种反应很快，一种想得很深。从表象看，前一种人往往被人认为是天才，后一种人却被误解为智商不高。陈景润就是后一种人。我涉及的面可能比他广，可他比我想得深。

自然科学的皇后是数学，数学的皇冠是数论。哥德巴赫猜想，则是皇冠上的明珠。哥德巴赫猜想是1742年提出来的，至今已有250多年。近80年来，吸引了世界上许多伟大的数学家来攻克这道难题。而陈景润的（1＋2）从1966年到现在，至今保持着世界纪录和领先地位。日本出了本书：《100个具有挑战性的数学问题》，有两个中国人榜上有名，一个是1500年前的祖冲之，一个就是20世纪的陈景润。

陈景润（1＋2）的伟大，他的非常之处，还在于成果是产生于极其恶劣的物质环境之中，在6平方米的锅炉房里，演绎出几麻袋的数学手稿，在科学的世界前沿为中华民族争得了一席之地。

这里，我说一件外界可能不知道的事：陈景润的恩师华罗庚，在他最后的10年，曾潜心攻研（1＋1），也没有成功。我们老了，新世纪曙光在前，但愿青出于蓝胜于蓝。

三

1996年1月17日，陈景润突发40度高烧……

头上包冰袋，身上用酒精擦，静脉注射退烧药剂，再辅之退烧栓剂，加之，最好的一克300元的进口抗生素药几日连用不辍，40度以上高烧，依然不退。

陈景润的病情急转直下，牵动了无数人的心。

"景润不善交际，要说他有朋友，我就是屈指可数的一个。"著名数学家、中科院院士林群如是说：

都知道陈景润执迷哥德巴赫猜想，我来讲几件亲眼目睹的事情。60年代初，我和陈景润一起住中科院数学所88号楼集体宿舍。那时的陈景润就是个多病的病号。他和另外几个人住的是病号房。院里明文规定，病号房必须晚上10点熄灯。但当时20多岁的陈景润总在10点过后独自悄悄走出病号房，一手拿纸和笔，一手提瓶热水，到楼内厕所隔壁的洗脸间，旁若无人地席地而坐，埋头计算题目，通宵达旦是经常的事。有一次，他突然消失了七天七夜！在我印象中，陈景润一天也就睡个三、四小时，长年累月怎么吃得消。那一回，我问他：景润，你睡那点觉，还那么精神，可我常失眠，就怕缺觉，睡得比你多，精神没你足，这是怎么回事？陈景润想了想，很认真地回答我：失眠说明不缺觉，应该起来工作。

80年代的陈景润，已是大红大紫，环境变了，可他还是"执迷不悟"。那年一起去厦门出差，住的是宾馆，晚上11点，陈景润就要睡觉了。我很奇怪，景润也开始保养身体了？没想到，后半夜两点，他摇醒我，问："我现在工作影响你吗？"不问也罢，这一摇，我又失眠了。

看了徐迟的文章，陈景润会给人什么印象？物我两忘确实不假，但他骨子里，是个一览众山、心气极高的人。1957年，我问24岁的陈景润："你人生的目标是什么？"他回答："打倒维诺格拉多夫（苏联的世界级数学权威）。"

我不认为陈景润是个天才，而是个慢才。一个问题马上要他答出来，他会答不出。但几天后，他的回答问题比谁都深刻。他不是阳光普照，却似激光一束穿透钢板。科学攻关，比智商更重要的是自信和毅力。一般人见到一条途径就往上爬，爬到一定的高度就途穷路尽了。但陈景润在攻关时，同时选择10条路，这就需要至少10倍于别人的投入。有道是：一分汗水一份收获，科学没有捷径。（1+1）更没有捷径。照他自己的话说，要做出（1+1），就需在（1+2）的基础上改进100步。关山无数重，站也站不稳的陈景润，他又能走几步？

四

1月27日清晨，陈景润病情突然恶化，呼吸、心跳骤停……

铃声骤然大作。

此时是清晨6点不到，妻子由昆在家里接到医院电话，陈景润气喘急促，很危险！

6点零5分，由昆旋风般冲进中关村医院三楼7号病房，但，陈景润已因大量痰阻，心跳骤停！由昆一边急救丈夫，一边呼喊："快来人！"

正在医院的内科主任李惠民大步流星赶到，立即对陈景润施以人工呼吸抢救。紧张抢救8分钟后，陈景润的心跳终告"复苏"。

极短的时间里，中组部有关领导来了，卫生部有关领导来了。著名数学家杨乐也来了。

此时的陈景润嘴不能说，眼不能睁，两位数学巨人，相对不能言。

杨乐在电话中这样问记者：

你是不是也认为生活中的陈景润不正常？科学家都是正常的。当他们在攻关的最后阶段，都十分地沉浸在研究的对象上，气痴者技精，这就是正常。

1984年3月，陈景润从书店买书出来，被一辆自行车撞倒，大约有五六分钟不省人事，待他醒来，也没太在意，反倒是急切地问：骑车人是否伤着？数月后，那天是中科院建院35周年纪念日，陈景润应邀出席。当时，党和国家领导人姚依林、方毅举杯向科学家们祝酒致敬。当细心的方毅走到陈景润跟前，发现陈景润呈呆板的"面具脸"时，惊问："你身体怎样？"再举目四寻，"数学所负责人谁来了？"遂指示赶紧去医院作检查。北京医院对陈景润的检查结果：帕金森氏综合症。

被帕金森氏综合症折磨的10多年里，他一直渴望像一个健康人正常地生活，他也曾真正"站立"起来过。

1991年夏，数学所领导经慎重考虑，同意他到长白山和镜泊湖"旅游"休养。此前几年，经过中医、西医及针灸治疗，陈景润的病情得以较大缓解，能自己穿袜、穿鞋、穿大衣了。1988年，他可以每天走上一里多地了，之后，又可以自己步上数学所三楼，在办公室里坐一坐。旁人欣喜，对他说："陈教授，你真不错呀，康复有望！"陈景润听了舒心一笑。这次受邀去长白山和镜泊湖，陈景润竟没一丝犹豫，反而十分高兴，说："哦，长白山，夏天可以看到雪的。我在小学学地理时就知道。我去。"

这是他患帕金森氏综合症后的第一次"出游"。

那日在长白山，陈景润真看到了雪，8月酷暑中的冰和雪，他惊喜如稚童，"你们看，快看，这么热的天，有雪！"站在山顶看半山腰长的枝桠弯曲的"怪树"，陈景润竟有了"文学想象"，遂信口道："像老年人歪歪扭扭的。"山之巅，还有火山遗址，火山灰，火山石，他很有兴致地用脚去踢灰和石，陪同人怕他摔倒，出意外事，说："景润，快上车，咱见好就收。"陈景润则流连忘返，"再走走。"又静静地在山上走一圈，再望一望奇异的山光雪景。那兴致延续到他下山。下了山他一定要去感谢为他们烧饭的食堂师傅。进食堂，正赶上师傅们在包饺子，他去洗了手，帮着包了几只鹿肉馅饺子，自包自吃。

在镜泊湖，陈景润竟"冒了险"，观湖要上一条几百人的大游览船，上船要过一块宽一米、长三十来米、斜度有35度的长木板。有人劝陈景润：危险，别去了。但他执意要上去，于是被人搀扶着上船。周围许多游客见状，都打听：他是谁？有人答：陈景润。答音甫落，掌声一片。中国老百姓，哪个不知陈景润？陈景润笑，点头，还连连说："谢谢！"镜泊湖平静的水面又宽又长，那天天晴，水碧蓝，还有悠悠白云的倒影。陈景润伫立船舷边，扶住栏杆，欣欣然贪婪地看风景，看了一个多小时……

美好的大自然，美好的生活，陈景润真心向往啊！

五

2月21日,是96年的农历新春初三,中科院数学研究所所长龙瑞林等人到医院看望陈景润。由昆正在细心护理他,擦脸、刮脸、擦汗。由昆说,陈景润刚才还唱过歌。

陈景润喜欢唱歌,要他再唱,他唱了:"我是一个兵,来自老百姓……"

同来的龙所长的夫人,第一次见到陈景润,第一次听陈景润唱歌,但她说:"我全听清了,吐字、音调很清楚!"

自然,唱的声音,很轻。

苏醒的第二天,陈景润转入北京医院。他睁眼,就见到窗台上一盆生机盎然的水仙。凝望水仙,他清晰地吐出一个字:"好。"

爱美之心,人皆有之。陈景润喜欢种养花草。知夫莫如妻,由昆说:

> 景润爱花,无论贵贱,有花就好。他特别喜欢种些可食用的植物,大葱、洋葱、胡萝卜、白菜、卞萝卜等等,栽在家中的阳台上。不住院的时候,就在家里很投入地侍弄它们,浇水,施肥,呵护有加。那卞萝卜,吃起来有异味,可景润就是要种它,说它的花和叶十分清香。这次设在客厅中的灵堂,摆满了鲜花。景润一生从来没有拥有这么多的花,如果他能醒来看到,会多么高兴。

> 都以为景润是个唯唯诺诺的书呆子,没一点脾气。其实他爱憎分明,是个有血性的人。记得那回,我看他在没日没夜赶写论文,不经意地说了句:"你写一部书的报酬,还不如歌星在台上唱支歌,何苦呢?"想不到景润听了勃然大怒。谁说他没有脾气?

悲痛欲绝的由昆只说了这些。

六

2月5日,陈景润体温正常,心跳正常,血压正常……

陈景润病情缓解了。陈景润病情稳定了。陈景润身体由坏向好"逆转"了!

1月27日进北京医院后,有关陈景润身体状况的"喜讯"不断:1月29日,体温下降了;1月30日,急救的呼吸机拔掉了;再以后几日,呼吸机被"请"出了病房。至2月5日,各生命体征的检测均报"平安":体温:37度上下;心跳:80次左右;血压:在80—120波动。医院病房洋溢着乐观的气氛。医院专家领导恢复了治疗信心:下一步,应着手对帕金森氏综合症"围歼"。

孰料，陈景润的病情竟急转直下。

3月8日，那天一大早，68岁的农民季好学走进北京医院陈景润病房。

"景润，老季回来了！"

病情又告恶化的陈景润躺在床上猛地睁开眼：是老季！伸出因病而呈鸡爪状的手，拉住老季，持久不放。

由昆问："老季回来，你高兴吗？"

陈景润充满感情地说："高兴，高兴。"

老季是安徽无为县人。1993年底，有人为他在北京介绍了一份工：照顾病重的陈景润。莫看老季没文化，文盲，但知道陈景润，是早在20年前的事。那时乡下也在谈陈景润，说那个陈景润的哥德巴赫猜想了不得，把全世界的外国人都比下去了。他当时心里就一万分地敬佩这个比下所有外国人的科学家。要他照顾陈景润，他不讲条件不计报酬，同意。他说这是缘分。

此前老季从没服侍过病人，又是乡下工，但从一开始就把事情干得十分干净妥帖。每天，他为陈景润精心安排好作息和餐饮：喂三顿饭，喂四次水，吃一次水果，搀扶病人在病房内散一次步。就说喂饭，吃的全是捣碎打烂的食物，要慢慢喂。一顿饭少则一小时，多则两小时。喂饭最怕陈景润气管噎住呛住，确实很危险。可两年来，老季喂饭喂出了"奇迹"：一次也不噎不呛。洗澡，冬天一星期洗两次，夏天日日洗。而病房的卫生间，墙旮旯里也找不出一点脏。医院的医生护士一进陈景润病房，都禁不住赞道："这病房怎么的？就是没一点点医院的气味，像干干净净的家似的。"陈景润听了，就咧开嘴笑，说："老季好。"

一个大名鼎鼎的数学家，一个普普通通的农民，他们的心灵竟然相通。陈景润本来对评书一无所知，老季则对此津津乐道。每天晚上6点，电视里要播20分钟的评书节目，老季便打开来看和听。时间一久，陈景润也开始有此嗜好，且愈来愈痴迷。节目时间一到，两人可以不吃饭，先洗耳恭听，听时，陈景润眼睛会一动不动，平时的咳嗽也全然消失。有时身体状况差，眼睛睁不开，就闭目静听。

今年二月初，因护理陈景润而几年未归乡里的老季去安徽探亲，家中有他87岁的老母亲。归家近一月，老季却日日惦着陈景润。3月2日他来回走30多里地，去镇上打长途到北京，问：要不要我回来？北京这边迫不及待，"老季，陈教授想你，好几次说，老季快回来，快回来，快回来。"三个"快回来"，说得老季要淌泪，马上买了长途车票赶来北京……

老季说："陈教授很重感情。"

陈景润岂止是对老季重感情。

华罗庚是陈景润的恩师。陈景润21岁时，就精深地钻研了华罗庚的《堆垒素数论》，并写了一篇文章寄到北京。华罗庚慧眼识英才，将陈景润从南方海滨城市厦门调来首都，终于使陈景润一步步走向成功与辉煌。1985年，华罗庚不幸去世，而此时，陈景润也正病得难以站立。开追悼会那天，有人劝他，心到，人就不要到了。陈景润坚决要去。一日为师，终身为父，能不去吗？！

他去了，是别人帮他穿衣、穿袜、穿鞋，由别人背他下楼去的。车到追悼会场，又有人劝，你就坐在车上，你不能站呀。他说不行。由别人搀着，走进追悼会场。追悼会整整40分钟，他就硬撑着站了40分钟。40分钟里，一直在哭，流泪……

老季还说："两年来，我从没看到陈教授发过脾气，对我，对别人。"

七

3月10日后，陈景润病情"失控"，说话，更困难了。之后，摇头，也困难了，但他的思维，在生命的最后时刻，依然清晰。清晰的明证是对亲人的话，依然能听懂，能辨别。由昆对他说："我问你事，你同意，就伸一个指头；不同意，伸两个手指。"他听懂了，照做。

生命的最后时刻，他忍受最大的痛苦。痰液在喉，问他要不要用吸痰机吸，往日说要。而今天，他再不让人吸。他的表示：伸出了两个手指。

他是否知道，这便是对自己生命的拒绝。

3月19日下午1点10分，陈景润与世长辞。

他肯定没有想到，自己会走得这样匆匆。他没有留下片纸只字的遗言。

但他留下了永恒的辉煌。

陈景润不朽。

（1996年4月4日）

一个县委书记的衣食住行

　　领导干部要讲政治。讲政治，就要以身作则。政治问题从根本上说，主要是对人民群众的态度问题，同人民群众的关系问题。清廉才能爱民，自律才能奉公，天下有忧身当先。这篇报导所以感人至深，因为耿根喜同志就是这样一位领导干部的楷模。

　　那件事一直传到中央，总书记江泽民有句评说："耿根喜同志讲真话，是个有良心的县委书记。"

　　老耿坐不住了，脸皮子一阵阵发烫。的确，他所讲的那段"真话"，压根儿就不是光彩事："对照干部廉洁自律标准，我存在白吃、白喝、白吸、白拿方面的问题；我虽然不是个万元户，却绝对是个'万元肚'！"

　　然而，偏偏是这位"万元肚"书记，清廉的名声家喻户晓。在山西省翼城县里，记者听到群众这样说：老耿在翼城一天，翼城人福气一天。

　　总书记的评价，老百姓的褒扬，何以会同"万元肚"划上等号？！

吃　"向我开炮"

　　耿根喜的故事，就从他自批自斥的"万元肚"说起。

　　1993年9月，在翼城县委一次民主生活会上，在其他干部"始料不及"的氛围中，耿根喜居然如此"向我开炮"："对照干部廉洁自律标准，我反复想，难道自己在白吃、白喝、白吸、白拿问题上真'一清二白'？细想细究，问题不少，四个'白'，我都有！"

　　几十位干部，大眼瞪小眼，全懵了。要知道，在县里，在全地区，耿根喜的廉洁自律是出了名的。

　　就说吃。

　　三晋百姓有这么段顺口溜：一瓶酒一桶油，一顿饭一头牛，屁股底下一幢楼！形象犀利之语，透出百姓对时下公款吃请的切齿之恨。然而翼城人皆知，耿根喜不恋吃，且"恨吃"。县里几家大酒店，他从未"踏雷池一步"，他吃的最高级处所：县招待所食堂。

　　人总要吃。随手拈来耿根喜一个"吃"的故事。

92年冬的一个晚上，县委宣传部几位同志在耿根喜住处谈工作。说话间，有人悄然进屋，撂下一只布口袋，说是耿书记的爱人托他从老家安泽县捎来。

"嫂子给耿书记带啥好吃来？"有人笑着解开了布袋口的绳，几双眼睛便齐齐惊异凝固。这些"好吃"的东西是：一小碗饺子馅，一小摞煎饼，两棵白菜，再就是十多斤小米。

吃惊后便开始"取笑"：嫂子办事办颠倒了！咱翼城的小米，全国第一，明清时还是进贡皇帝的"御膳极品"；翼城种的大白菜，全省有名，个大，心白，味甜。耿书记你也真是，让嫂子这么个"舍近求远"？

耿根喜答得众人又惊：妻子捎寄小米"历史悠久"。自他1990年到翼城，家乡捎寄来的小米便"连绵不断"。是何原因？一是安泽距翼城并不远，更重要的是，"在翼城我单身，忙，买米买菜没空。托人去买，还没开口，人家就五十、一百地送来，死活不收钱。我哪里受得起？所以，还是吃安泽老家的小米好！"

如此对待"吃"的县委书记，何来"四白"问题？且听耿根喜毫不留情"解剖"自己："仅以吸烟为例，每月我吸4条'阿诗玛'，要300多元钱，我一月工资282元（在93年），肯定买不起，全别人送的。一年吸下来好几千。下乡检查工作，受人招待白吃白喝，加起来就不下万元。所以说，我虽不是个万元户，却绝对是个'万元肚'！"

大白话——铁的事实。未及他人转过神来，耿根喜已表态："从今天起，我耿根喜戒烟戒酒！如再有'四白'，主动辞职！"

举座震动。但闻古人云：历览前贤得与失，成由勤俭败由奢。

之后，全县198位乡镇级以上干部纷纷"刺刀见红"，有退款者，有戒烟戒酒者。之后，耿根喜的"四白"自律在山西全省引起"共振"。江泽民总书记事后闻知，即对耿根喜作了本文开首的评价。

而今，耿根喜对自己更"苛刻"：办公室和家里，就置3元钱一包的"蝴蝶泉"烟，不是给自己抽，是给客人抽。但客人很少去抽，说那烟太次。酒的那道"闸门"，自然关得死死。耿根喜言出行随，他说："如果我在台上喊反腐败，台下老百姓却指着我说腐败分子就是你，还要在台上赖着，有脸无皮了。"

住　书记捕鼠在"寒窑"

"有良心的县委书记"耿根喜的"良心"，自然不仅表现于"吃"。

说到耿根喜的"住"，南寿城村党支部书记程长乐竟然会掉泪。

那天，程长乐兴冲冲赶到县委大院。他要去请耿根喜参加村里的暖气片厂开工典礼。整个1994年，程长乐掐指算过，耿根喜到南寿城村跑了69次，每次来，不抽一根烟，不喝一口酒，一心只想暖气片厂早早上马。

程长乐感激耿书记，南寿城村人人感激耿根喜。

撩帘入室，程长乐触目惊心：屋顶的天花板是用麻纸裱糊而成，且有几处破败。客厅墙角那张用三合板制成的老式写字台，桌面塌陷，三合板多处翻卷翘起，歪歪斜斜似将散架。桌上的电视机"年代久远"得让人瞅着心酸。两张木制板床，粗布的床单，土气的被褥。还有，茶壶缺了口，沙发包布多处已破，海绵外露……

这就是一个作为28万人父母官的县委书记的住处？！程长乐哽咽。"耿书记，你住得比我们村普通的老百姓都不如！这分明是个——寒窑。"这两年，耿根喜关心的南寿城村，光机动车就添了100多辆，小拖拉机80多辆，全村两年新办企业40多家，村工业总产值达两亿元。村里正在兴建的100栋小康住宅楼，通水、通煤气、通暖气、通电话，还通闭路电视……

程长乐落泪，耿根喜却淡然一笑，"这是咋啦？暖暖和和，挺好嘛。"

真"挺好"？面对今日记者追根刨底的探问，耿根喜挤出点实话："这住处确是次了点。"过去，它曾是县委机关的库房，一度又改成理发室。近几年，敢情这屋子老化了，"事故频出"，也时不时令主人尴尬。比如，屡修屡破的屋顶每晚都会稀里哗啦掉土。耗子先是一只两只，以后越来越多，每晚跑马似地上窜下跳。前些时他来了个"集中力量打歼灭战"，用鼠夹夹，用鼠药灌，灭鼠战绩不小，逮杀10多只。孰料小屋安静几日后，新鼠又来报到会师，大闹寒窑。老耿也只好改变战略，"诱敌深入，蓄势待发"。

耿根喜老家安泽是个山区县，自然条件差，经济发展比翼城慢好几拍。前一年，安泽来了位县人大副主任，也步入耿根喜的"寒窑"，不禁对翼城县有关人员"大发脾气"：翼城的发展全省都拔尖，你们一个村的财政收入顶我们安泽一个县，可耿书记住得比在安泽还要次许多，这不是"委屈"我们安泽人？！

这话是委屈了翼城人。

县委大院外面，处处新房耸立。县五大班子主要领导的建房早有了地皮和资金，但就是这几年抓经济发展忙得转不过身。耿根喜的想法，要建房先给一般干部和群众建。所以，翼城从90年县城仅一幢孤零零的二楼商场，发展至现在几百幢7层以下新楼房。可是，其中就没有县委一把手安身的一小幢。

就在记者采访前几日，县机关事务管理局局长又打上一份为县五大班子领导建房的报告，耿根喜阅过后，在报告上"涂抹"了几处，结果：一户从原来占地200平方米缩至最多不得超120平方米；造价，则一平方米绝不能突破500元……

耿根喜死认这个理：干部住得"越高"，离了群众就越远，高处不胜寒。

衣 "鸟枪"就是不换"炮"

耿根喜发过好几次脾气，为买衣。

一次是92年，耿根喜的儿子去太原出差，赶上老爸也在那里开会。父子相逢，儿子觉着父亲的穿戴和大省城不般配，也该"鸟枪换炮"了，便自作主张，为父亲买下一身西装。衣服穿在耿根喜身上，蛮般配。但一问价：150元一套。"太贵啦！"耿根喜真动了气："去退了！"他坚决不穿，儿子只能退去，心下直怨自己"多管老爸身外事"。一次就今年初，在临汾市工作的大女儿为耿根喜买回件黑灰色毛料夹克衫。一套上，旁人都说挺刮神气。女儿笑咪咪说了衣服的价：360元。耿根喜眼睛瞪得核桃大，顿时翻脸，"太贵太贵，我不穿！"女儿也来了气，"爸，这是咱小辈自个掏钱买了孝敬你的，我现在一月收入900多，比你多好多。"一个坚决不去退，一个就是不肯穿，这件夹克就此被"打入冷宫"。

记者也委婉相劝，时下行情，360元的衣服真不算太贵。但耿根喜听之答非所问说出段感情极浓的话："我是农民的儿子，现在有的农民生活还很苦。我们有些人，当了几天芝麻官，鲜衣美食抖开了，老百姓看你就来气！"

耿根喜自然有他买衣服的"心理价位"：基本不过百元。

"你感觉好，这衣服就不赖。"耿根喜如是说。又一次，妻子从安泽赶到翼城探望他，也觉着他身上的衣服太寒碜，就叫通讯员上街看看有啥好衣好料买回来。通讯员买来两套衣服，耿根喜挑出一套黄色西服留下，70元。穿上感觉特好，挺展展的不打褶。过几天，临汾地委书记徐生岚来县里检查工作，耿根喜就让徐书记猜这套新西服的价。徐书记左瞅右瞅，最后张口说："300多元吧。"耿根喜一听，大乐。

行（之一） 下乡与回家

1994年春节前夕，辽寨河村党支部书记从70多公里外的山区，一路颠簸到县城，东边询问西处打听，终于叩开耿根喜的门，送上了全村600个村民的一片心意：30斤核桃。

30斤核桃，礼薄情意深。

辽寨河村地处僻远山区，山高路塞，土地贫瘠，穷透了。穷变富，先筑路。耿根喜一次次上门，还请了县交通局去拓路，又携林业局技术人员深入村里家家户户，亲授大规模种核桃的技术。拓了路，通了车，核桃树，满山坡。"核桃生钱人精神"，辽寨河村成了全县有名的"核桃村"，人均收入从1992年的300元一下蹦到900元。饮水难忘掘井人，脱贫的山民不忘耿根喜，早就听说耿书记什么都"拒收"，于是就把全村人的真情"浓缩"：就30斤核桃。

30斤核桃耿根喜也决意不收。

村支书急得要哭，要跪，他岂能辜负了全村人的重托？！他说："你不收，我不走！"

耿根喜无奈，收下了核桃，再掏出30元，塞入村支书的衣兜。那村支书的泪，顿时止不住哗哗地流……

对耿根喜"报答无门"的故事，在翼城能听到"葡萄般一大串"，这里只能再择一：

下高村有家铁厂，和别的单位闹了场官司，在占理的情况下，竟鬼使神差要被有关法院罚去几十万元。村党支部书记李光辉急得红眼，奔来找耿根喜。耿根喜不推不诿，上上下下一次次跑，调查原委，澄清事实。终于，官司有了"正果"，下高村反而赢回30多万！下高村人感激之余，齐声言：定要报答耿书记。

报答也要找"门路"。"门路"找到当年曾和耿根喜一起进藏的乡镇局局长王敦厚。王局长道：报答耿根喜，难。那就买点吃的食品水果，表表心意。加上有王局长亲自陪去，想必他总该给个脸面收下吧。结果如何？耿根喜说："这官司，你们下高村本来就占理，我不过跑了几趟腿。我收这礼，会给人骂行路不正！"那点吃的东西，怎么拎进门，怎么提出了门。

翼城6年，有人为耿根喜作过"不完全统计"：每年在基层跑的时间不少于270天。全县总面积1200平方公里，299个村，最远的山旮旯里，都留下他的足迹。

与此同时，有人又提供给记者这样一个数字：1992年至今，耿根喜每年回他160公里外的安泽老家至多4次。回家时间最多住一个晚上，最少一入家门拔腿就走。而家中，他有个年迈八旬的老母，有个患严重心脏病的妻子。

为官一任，造福一方。付出与回报成正比。1990年，翼城全县乡镇企业销售收入仅1亿元，1995年达23.2亿元；财政收入，1995年比1990年净增4倍；人均收入，从400元增加到1204元。

所以就有那个说法："他在翼城一天，翼城人就福气一天"。

行（之二）　小气与大干

外面的世界很精彩。

早在92年，耿根喜就和县长郑文礼达成共识：闭门造车造不出"现代化"。于是决定，带乡镇干部出省考察取经。考察头一站：山东。

跑山东整整跑了半个多月。那跑的路程跑的劲头，有些干部至今回想起来后怕。紧跑慢赶连轴转，路上看，车上议，晚上讨论。常常早上5点起床，晚上9点还不知旅店在东西南北哪个方向，在山东境内跑了3500公里。有人跑累了，想放松、休息，耿根喜脸一拉，"难道叫你们出来游览看风景？！"

那天跑到青岛，住宿紧张。对方听说里面有个县委书记，就给他单独开了一间房，一晚上900元。他一听简直要气坏，亮起平时开会也不需麦克风的大嗓门，狠狠训斥了手下的一位办事人员，"900块钱一晚上，我住得下吗？！撤，走人！"一点脸面不给。

耿根喜外出，总找价格便宜的旅馆，从来不住单间，对住好店、住单间，他总一句话挡回："花那个白钱干啥？"

外出"小气"，回县"大干"，他铁了心要把翼城建得和外面的世界一样精彩。经济腾飞的"神话"一个接一个：从1993年始，翼城总投资8亿元，兴建40项基础设施工程，其中37件已竣工；果树，从原来的2万亩发展到7万亩，一跃进入全省10强行列；全县乡镇全部铺上柏油路；全县的主导产业——冶铁业突飞猛"发"，15立方的小高炉从1991年的9座发展到108座，全县人均年产3吨铁。

那日，记者站在翼城县钢铁厂顶楼眺望：高炉星罗棋布，新楼鳞次栉比，大路笔直朝天……

翼城盛景乱迷眼。

行（之三）　就是不跑官

1994年，山西省召开农村工作会议，耿根喜与一位副省长同住一楼。10多年前，这位副省长在安泽当县委书记，耿根喜是副县长，彼此相处很好。旁人开导老耿，这是个"跑官"的好机会，上楼去"聊一聊"，顺便，自然。耿根喜一口回绝：不去。又有人道：有件公事正要找副省长，去不去？耿根喜取来一纸，写上几行字，说："你们去说，副省长见这张条，会热情接待。"之后，还是这位副省长"下驾"老耿屋里，执手相谈。自然，言不及私。

这只是耿根喜不跑官的小小一例。

上上下下，多少人都为耿根喜"鸣不平"。1979年，在安泽县任副县长的他接一纸调令，赴藏任县委书记。他二话不说，走人。到藏情况有变，被宣布为"主持县委工作的副书记"。1981年他被调至古县，先当副县长，后任副书记。县委书记调走，他主持县委工作。古县6年，他拿副职的钱，干正职的活。之后到翼城，先当县长，接着县委书记"荣升"，他又被宣布为"主持县委工作"，直至1993年，年近50岁的耿根喜方被"扶正"为县委书记。从副县级领导升至县委书记，他历经整整16个年头，其间4次主持县委工作，成了出了名的"耿四代"。

他感到委屈？没有。他的座右铭是：正正派派做人，清清白白做官。说出来你也许不信——这位县委书记至今竟然还不知道地委书记、地委副书记的家在哪里住，专员、副专员家的门朝哪边开。近一年来，耿根喜出了名，先后受到中央及省、地领导的褒奖，不少关心他的人劝他：老耿啊，大好时机，该跑跑官了！耿根喜依然故我。

山西省委书记胡富国如此道："那些跑官的，要官的，在耿根喜面前，不足一尺高！"

记者问耿根喜：翼城6年，对自己的政绩是否满意？耿根喜连连摆手，"没有满足的资本哇。"

他说起一件"痛心"的事。就是三天前，他接到封群众来信。信是下石门村一村民写来，姓王，35岁。前些年，这位村民从部队复员归来，心气大，想办个养殖场。没有本钱，就去修铁路，下煤窑，靠拼命劳动赚回几千元。岂料钱到手，病亦到身，严重的类风湿关节炎导致下肢强直，现在家境异常艰难，看病无钱，吃饭缺粮，两个孩子饿得哭天叫地。这位村民在信中疾呼：耿书记你救救我全家！

耿根喜哭了，狠狠谴责自己："我对不起群众！"

第二天，他亲自带上县民政局局长，到这位村民家送上100斤大米，300元现金"救急"。然后，找到村领导，又为他落实了开春到一家铁厂当门卫的工作。耿根喜走时，这位村民噙满热泪执意相送到很远，嘴里一直喃喃："共产党好"。

听说耿书记每个月都会收到几十封群众来信，有信必复。可他对记者却"拒人以千里之外"。这次采访，事先联系了两个月，就是不肯松口。

现在，他知道我这位不请自到的记者已作了详尽的外围采访，也知道要写他的衣食住行。

"先天下之忧而忧，是共产党干部起码的良心"。

这是耿根喜最后对记者说的一句话，极动情。

（1996年3月7日）

年轻院士和他的妻子

"Stop—stop"，红灯频频闪亮。来自中国国内最年轻的中科院院士——43岁的陈竺的发言却没停止。全场近3000位来自世界各地的血液病专家和有关人士屏息静听，会议主席则不断用手势激动地向他示意：Continue（继续）！

超时5分钟。超时10分钟。

世界最高级别的血液学大会——在美国奥兰多举行的全美血液学大会上，规定每位主题发言者的时间：10分钟。如超时，就有可能被人"赶下台"。

陈竺讲的内容：中药砷剂药物治疗白血病的基础和临床研究。他是代表上海血液学研究所和哈尔滨医科大学作此发言的。时间：1996年12月9日上午。

终于，发言毕。掌声雷动。之后，数不清的人上台，和他及哈医大的张亭栋教授热烈握手、合影。一位位专家对陈竺说："这是今天最精彩的报告。"无数位专家不胜感慨："你们中国人怎么总在血液学上创造奇迹！"

此时，陈竺的妻子陈赛娟在台下，眼眶已经潮湿……

一

陈赛娟哭过几回，为陈竺。

就说一件事：1984年陈竺去法国留学前外语准备的那段"艰难的日子"。当时陈赛娟正怀孕。和陈竺一样，陈赛娟也是瑞金医院的医生。陈赛娟也很要强，要事业，并希望丈夫在事业上能有突破。她生孩子住医院，陈竺极少来看她，她理解，因为陈竺也正面临"人生最关键的时刻"。自陈竺被确定赴法国巴黎第七大学圣·路易医院实验室做外籍住院医师起，就日日在医院繁重工作之余，到外语学院进修。

她生下了孩子：一个儿子。喜悦的日子未维持几天，她突发高烧，持续了两个星期，是严重的乳腺炎。陈竺依然很少来。看到同病房人的丈夫日日来，面对别人"你丈夫怎么还不来看你"的一再提问，陈赛娟开始哭，一个人躲在被子里哭。

那日，陈竺忙里偷闲而来，她告诉他，她的病，面临开刀与不开刀的选择，怎么办？陈竺回答她时，竟一脸疲惫地"王顾左右而言他"："我太忙，你听医生的。"这太过分！陈赛娟眼泪无法控制地迸射而出。此时的陈竺，方才"无限后悔，十分焦虑"。然而，这以后，她开刀，在病床上躺了两个月，两个月里，只要她病情稍有好转，陈竺依然会踪迹全无。

在妻子病床前跑得踪迹全无的陈竺，之后在上海非法语专业的出国人员考试中，稳稳地拿了第一名。此时，陈竺长长舒出口气，一脸春风到妻子病床前报喜。陈赛娟又一次热泪涟涟。这泪，甜酸苦辣的感觉均有。陈竺，这就是"要么不做，要做就要拼尽全力做得最好"的陈竺。

早在1970年，16岁的陈竺离沪到江西插队落户。1978年，作为上饶地区卫生学校毕业的"工农兵中专生"，他到瑞金医院进修。正巧，第二医科大学（当时第二医学院）恢复考研究生，著名血液专家王振义慧眼识才，对他说，你一定要去报名。

中专生考研究生，行不行？陈竺没想过行不行，只知道"昏天黑地"地复习，"两耳不闻窗外事"地考。竟然金榜题名！

中专生考上研究生，是奇迹。有人认为这奇迹中有"蹊跷"。更有甚者，因自己的落榜而疑窦丛生，遂去查看陈竺的分数，要看出其中的"破绽"。查考分的结果：此次共600人考该校研究生，陈竺的总成绩名列第二；而在专业考中，他在所有应考者中名列第一。列第二位者，就是以后与他事业和生活上共同奋斗遍尝甘苦的伴侣陈赛娟。当然，他们当时素不相识。

1984年，31岁的陈竺去法国巴黎著名的圣·路易医院实验室。这是他们夫妇俩在世界上取得血液学研究辉煌成就的起始点。

二

巴黎机场，1986年1月。熙攘的人群中，陈竺翘望的妻子陈赛娟终于出现在他面前。他们分离了一年半时间。

重逢很美好，巴黎的一切也美好，令人兴奋，令人心情舒畅。但到巴黎陈竺住处，陈赛娟美好的心境突地一沉：屋内一片狼藉，地上，桌上，床上，横七竖八地散着打开或未打开的书籍和资料；启开冰箱，没一口菜；寻遍屋子的角角落落，竟无一粒可食之米……但此刻的陈竺，竟一脸若无其事，嗬嗬地笑。有这样迎接不远万里赶来的妻子的吗？

不顾妻子情绪的变化，陈竺向陈赛娟报告一个个"喜讯"：1984年9月他来巴黎圣·路易医院血液中心实验室当外籍住院医师，1985年10月开始在医院血液研究所攻读博士研究生。与他同班的19位同学，大多数是法国人，其他人国家的母语也是法语，唯有他一人来自非法语区域。但就是他这个来自非法语区域的中国留学生，在最近完全用法语应答的理论考试中，一炮打响，考了个"状元"——把其他人全比下去了。全班从导师到同学，都惊愕。在法国读博士，研究所的弗兰克林教授对陈竺说，你第一年的考试成绩必须是第一名，否则就不能拿奖学金。考试那天，考官全由法国一流癌症研究专家组成。陈竺的应考论文是：白血病T细胞受体基因的研究。考试结果，他真得了第一名！考试一结束，那些银须皤首的专家们纷纷向陈竺伸出手，向他表示热烈祝贺，一致称：这是一篇高水平的博士生论文。

陈竺士气大振！

听至此，陈赛娟还有什么"情绪"？那天，他们一起出门，把混乱不堪的家暂时抛至脑后，走上巴黎美丽的大街，走进一家饭菜可口的餐馆，美美地吃了一顿，以示庆贺。

然而，在巴黎，这样的好情绪，这样"庆贺"的日子，以后几乎不再。更多的是：夫妇俩共同在血液学的艰难跋涉中，相互争论、碰撞、矛盾，甚至，彼此激烈地"对峙"，情绪"坏透了"。

陈赛娟到法国，是为了和陈竺一起"并肩作战"。她学的是血液细胞遗传学，从师于一位法国导师。导师为她选了一个"高深"的题目，她做了整整6个月，仍未见攻克难关的曙光。陈竺即来助战。深入课题后，发现这确实是块"脱离实际的硬骨头"。于是，"冒导师之大不韪"，自己另立新课题。三个月后，依然因技术问题而陷入困境。再辟新途径，终于发现新结果：找到了"费城染色体阳性的急性白血病"一种新的分子畸变。一起兴冲冲找到导师，报告新发现，导师十分高兴，充分肯定他们的成绩，并嘱其研究驶入"快车道"。但困难同时接踵而至：在操作上卡了壳——拦路虎再度出现。

反反复复总是难。精疲力竭的他们，心情一下恶劣透顶！

那是1987年圣诞节的晚上，法国的同事们都回家去了，陈竺夫妇依然来到实验室。雪上加霜，实验室的一台负85度的低温冰箱坏了！于是叫人抢修，把一批批冰箱里的试剂快速转移出去。一阵狼狈不堪的忙乱之后，心绪极坏的他们开始莫名其妙地争吵起来。彼此毫不相让，彼此都用了激烈的言语，无法克制，如开了闸的汹涌洪水，痛苦地宣泄。

忽地记起，一个实验室的老技术员邀请他们去家里过圣诞节。停止争吵，出实验室，但情绪极低落；一路行去，彼此无言。在那位老技术员的家中，主人无意间向陈竺夫妇讲述了一个故事，即圣·路易医院研究所的领头人之一——诺贝尔奖获得者让·道塞教授的故事：二次大战间，巴黎被德国法西斯占领，当时的让·道塞医生毅然弃医从军，只身从法兰西到英伦三岛，成为戴高乐自由法兰西的一名上尉军医。二次大战后，他褪下军装，到圣·路易医院续搞科研。而他当时草创的实验室，破室几间，设备简易；但就在如此简陋的实验室里，教授奋斗不辍，风雨兼程，经无数挫折，终于发现"移植抗原"，并以此荣获诺贝尔奖……

故事很动人。言者无意，听者有心：科学的道路从无坦途，需要你无数的付出；在人类基因和血液学研究领域，中国是起步较晚者，要在原来的一张白纸上去画最美的图画，其过程又决不似在白纸上画画涂抹般容易。要咬着牙去追赶，精力集中，万般努力，看准的路线，奋力攀登后却往往是错，乱麻一团茫无头绪之时，一条光明通道或许正凸现在你前面！归途中，夫妇俩竟"大彻大悟"，笼罩在他们头上的阴影一扫皆空。全然忘了刚才的激烈争吵，一路讨论他们的实验，讨论他们的事业，讨论他们充满希望的未来。

奇怪，事业在这之后出现巨大转折，灵感的火花处处迸射，实验"一路绿灯"。一年内，仅陈赛娟这一课题，他们就合作发表了6篇高水平的论文，在白血病分子学研究领域取得了被法国同行誉为的"突破性成果"。

终于一起走过了曲曲折折，终于"柳暗花明又一村"。

这种喜悦，无法形容的！

三

年轻院士评价他的妻子：事业心强，个性强，性子急；和你面红耳赤地争到底，是"家常便饭"。

妻子说陈竺：做事太认真，太好强，脾气不太好。

不顺心的时候，总比顺风顺船的时候多许多。

就说他们从法国归来后的那段日子。

清晰地记得回国的时间：1989年7月4日。归来前，多少法国同事对他们说：不要回去了，留在这里，你们会有非常灿烂的前途；回国，你们现在是一无所有。一无所有也要回去。道理简单：抛下培养你的祖国，就如把生养你的母亲遗弃在贫瘠的乡下一样万万不可！法国同行听之动情动容，说，你们回中国，一旦有难题，我们就动员全法国的科学家来帮助你们解决！

回来了，回到了祖国，回到了上海，回到了上海瑞金路上的瑞金医院。

烦人烦心的事，形影相随。建血液实验室，没人，没设备，甚至，没一间像样的屋子。从国外带回来的昂贵的试剂要放在低温冰箱里，单位无法给他们"优惠政策"，只能放在别人的低温冰箱里。一星期后，不知怎么回事，那几万法郎的宝贵试剂全部"泡汤"。陈赛娟是"哭也哭得出来"。临时建立的实验室在门诊大楼5楼，仅10平方米。之后，好不容易搞来几套设备，屋里放不下，就置于走廊内，和医院门诊的超声波、心电图室门外排队的病人们"和平共处"，那些设备仪器的命运自然不会"和平"。一开始的实验条件极差，做实验，自己没相关设备，便到外面的研究所去"借做"；去时，没专门的交通工具，陈竺就自己骑自行车去：把那些"贵重娇嫩"的标本、试剂、试管、实验材料等小心翼翼放在车笼前的篮筐里，慢悠悠骑。无论雨天，刮风，酷暑，严冬，都去，那感觉，像个流浪汉。

在艰苦中去发现，去求索，要有几多毅力，几多耐心？

1990年的一天，陈赛娟向陈竺报喜：经过一次次"假象的折磨"，这次真的发现了一个染色体新的畸变。陈竺听之，竟不信。

陈竺说："从没见到文献上有此报道。"

陈赛娟说："我相信自己的眼睛。"

陈竺依然道："这不过是种常见畸变不典型的表现而已。"

陈赛娟火了："你睁大眼睛看，千真万确！"

睁大了眼睛，陈竺依然不信："这畸变是形式变化了一下，实质内容未变。"

陈赛娟几乎顿足："实质内容肯定变了！"

到底"变"还是"未变"？是"真变"还是"假变"？最后由更先进更精细的基因研究手段来了断此案。结果证明：这一染色体的畸变是真的更新的畸变！至此，陈竺"认输"，并向妻子祝贺。这一历经近两年的科研"疲劳战"，终于在他们又一次不依不饶的冲突后画上了暂时圆满的"休止符号"。

法国归来时，一切为零。但仅用了两年左右时间，陈竺领衔的上海血液学研究所就取得一系列堪与国际上先进国家齐肩的成果，如与美国、意大利、法国的研究小组几乎同时发表了APL（诱导分化治疗急性早幼粒细胞白血病）染色体易位t（15、17）导致第15号染色体PML的新基因，与第17号染色体的维甲酸受体a（RARa）形成PML—RARa融合基因。这一发现不仅为APL提供了一个特异的分子标志，可用于该病的诊断，而且对其发病的分子机制探索具有特殊意义。

国际血液学基础研究领域，就此崛起一支令人瞩目的新生力量，这就是：中国的"陈竺组"。

四

肿瘤分化诱导疗法的国际权威——纽约西奈山医院实验室魏克斯曼教授的眼眶潮湿了。

是1991年8月的一个深夜，魏克斯曼教授推开寂静的医院实验室大门，他决无想到实验室里还有人，但他看到了两个忙碌不休的身影：陈竺和陈赛娟。感动、惊愕、感慨，他竟用了中国人惯用的褒奖词："你们真是模范！你们天天这样，到底是为什么？！"

是的，这样做，到底为什么？

两个月前，王振义教授对陈竺夫妇说：有一个"艰苦"的出国机会，到美国，你们愿不愿去？

西奈山医院出于简单的合作意愿，礼貌性地邀请研究所去一个人"走马观花"，时间仅为三个月。陈竺听得懂，对方虽是礼貌性邀请，我们却要抓住这一机会，使自己尚处襁褓中的血液所由此走上广阔的国际合作的道路；对方仅负担一个人的经费，我们去两个人，要利用对方先进的试剂、设备和仪器，尽可能多地学到最先进的技术，掌握可靠的科研数据。换句话说，人家负担你一个人的经费他们要两个人花。事实是：两个人的往返机票，就已把费用"花销殆尽"。

依然毫不犹豫去。去了，艰难的程度超过了预料。到那里，开始人家才不把你放在眼里。在实验室，陈赛娟成了一名"志愿打工者"，所有的待遇就是一张免费午餐券；每顿餐前，先到"指定地点"去领餐券，有时，竟会遭那里小姐鄙夷的目光。陈赛娟受不了，真受不了！受不了就有情绪，就要对陈竺发脾气："我不想这样寄人篱下，回去！"陈竺也气，也急，急至最后他也吼："别忘了我们到这里是干什么。看吧，三个月后看成效，我就不信！"

无须三个月。仅过两个星期，魏克斯曼和实验室的同僚就发现，这两个来自中国的学者水平不一般！于是就请陈竺在实验室讲一堂课，"试试音"，却效果极佳。魏克斯曼很激动，说：该到全院学术活动上去作报告。去讲了，又大受欢迎。一个月后，陈竺夫妇的实验获得实质性进展，教授脸上挂满笑容，对他们提议：我们可否建立正式的合作？

这天深夜，魏克斯曼教授感动之余，真诚提出："你们留下来，在这里的待遇将10倍于你们现在的收入。"

陈竺和妻子相视一笑，说："如果想在发达国家做科研的话，1989年我们就不会从法国回中国，或许，今天也不会到这里来。"

无须再多言，教授被他们的"人格力量"完全征服，说："我懂你们了。我会帮助你们，帮助你们在中国的事业！"

教授的"帮助"说到做到。几天后，他专为陈竺夫妇举办了实验室建立以来规模最大的Party。这一天，教授取出一张支票给陈赛娟，说："这是我给你的一份礼物。"支票，就是陈赛娟往返机票的钱。还有另一份"厚物"，是给陈竺实验室的：22.5万美元。这笔钱，以魏克斯曼基金会的形式，资助在上海的血液学研究。

在西奈山医院三个月，陈竺夫妇"由苦至甜"，用自己的实力，以自己超乎常人的奋斗精神，打出了一片灿烂无比的天地：三个月，他们合作发表了三篇有关维甲酸诱导分化治疗白血病的基因研究的高水平论文。这三篇论文，被魏克斯曼教授称之"也是我们整个实验室的骄傲"。

空手而来，满载而归。

到西奈山医院"艰苦出国"的故事，并未就此划上句号。以后，魏克斯曼几乎年年要到中国，年年要到上海陈竺的血液研究所。上海的研究所一旦有什么困难，一个电传到美国，总能得到最及时的响应：试剂、设备、资料、数据，只要对方能办到，就一定在"第一时间"为你越洋寄来。

作为肿瘤分化诱导疗法的国际权威，魏克斯曼是"傲慢"的，但那是对科学道路上的平庸者，对陈竺夫妇，则绝对"谦虚有加"。不久前他又一次到来，吃惊地发现陈竺的研究所又走出了血液学上的创新之路：用神奇的中药治疗白血病。他这样感慨道："过去你们到西奈山医院，是当我的学生。而今，在你们创新的研究和治疗方法面前，我是你们的学生。"

再无二话，再无犹豫，魏克斯曼对在上海的血液学研究基金会，又重重追加了一笔投入。

五

陈竺并非一帆风顺，陈竺陷入过危机。那一次，他坚决要"辞职"。

他是身兼数职，如上海血液研究所所长，卫生部和上海市人类基因组研究重点实验室主任，等等。研究的摊子大了，人员芜杂了，新生力量不断补充进来了。他是"既当官，又当老百姓"；科研要搞，行政也要抓，最好有个三头六臂，有分身术。自然是不可能，便有了种种额外的操心和烦恼。终于，防不胜防，发生了一件"不可饶恕的错误"。

那天，实验室起了一阵兴奋的骚动：在研究中，有关人员发现了一个数据，一个"众里寻他千百度"的数据，这是一个新发现！陈竺高兴，陈赛娟也高兴。科学的发现是所有从事这一科研的人们的共同财富，于是，即刻向国外的同行作了通报。但事情的发展却证明：这一"发现"是个错误，是一个由于分子生物学操作中"污染"而造成的不健全的错误数据。

陈竺的头一下懵了，异常痛苦！

科学的"第一生命"是什么？是科研结果的可靠性。陈竺一向这样严格要求自己。这一次打击，对他实在太大。自责不已，难以寝食。最后，写下了辞职书。

陈赛娟发现了辞职书。陈赛娟扣下了辞职书。她斩钉截铁地说："你绝对不能辞职。这是错上加错！"

一时困惑、悲观，陈竺说："事实证明，科研行政两肩挑，事情不会完美。"

这次的陈赛娟，竟然多了平时少有的循循善诱，对丈夫：为什么不能面对挫折？为什么要在挫折面前退却？她分析：这几年他们的事业在向上走，其实危机早就潜伏在顺利中，这也暴露出作为实验室领头人的他们在管理上的"跟不上形势"。即不但要成为一个好的科学家，还要成为一个好的研究所和实验室的管理学家。这是事业对他们的新挑战。而要攻克这一"难题"，不怕挫折的信心和勇气是第一前提……

陈竺感激妻子！

艰难的时候和他在一起，顺利的时候和他在一起，挫折的时候更和他在一起。共同承担风险，一起分担压力，相濡以沫，相携共进，达到人生和事业的全新境界。

陈竺再说起，近年来他们和哈医大及王振义教授一起攻关的中药砷剂药物治疗白血病的基础和临床研究，临床运用于病人，有的病人却产生白细胞增加的"危险反应"。有人自然对研究提出疑问。也是妻子和他默默站在一起，在技术线路上反复摸索，得知这是癌细胞在死亡前的"表面分裂"。之后再"撒网"，从不同的思路，运用各种研究手段，用几十种不同的技术来"收网"。经过千百次试验，历经整整两年，终于取得新突破。

军功章上，有你的一半，也有我的一半。这句话对陈赛娟，名副其实。

六

1996年8月2日，国际最著名的《科学》杂志对中药砷剂药物治疗白血病的基础和临床研究发出"令人震惊"的专题报道，文中这样写道："通过与哈尔滨研究小组合作，上海研究小组应用三氧化二砷的15例病人中，14例取得完全缓释，副反应（如恶心）相对很小；有多名病人已经完全缓释达18个月或者18个月以上，这远远超过了用ATRA（全反式维甲酸药物）治疗维持的时间。毫无疑问，这是使所有人感到震惊的研究小组新的又一出人意外的发现！"

与此同时，世界血液学最权威的杂志《血液》不仅正式发表其成果，还将实验室发现的图刊于该杂志的封面。此外，《自然》等等权威杂志也不甘落后地予以报道。

其实，从1989年至今，由陈竺领导的上海血液研究所先后取得8项世界先进水平的科研成果，几乎令国外同行"年年震惊"。陈竺获得的荣誉称号有：国务院、国家教委的"有突出贡献的归国人员"，首届中青年医学科技之星，第二届中国青年科学家等等，他已成为我国国内最年轻的中国科学院院士。

陈竺说："我的成功，也是我妻子陈赛娟的成功，密不可分。"陈赛娟则说："在事业和生活上，我只是陈竺的'配角'。"

陈竺说："我们会不断超越。"

陈赛娟说："不断超越的路，会很长，很艰难。"

言毕，他们彼此极默契极有信心地相视而笑。

（1997年1月23日）

超血缘关系

一

1998年岁尾的一天，上海欧美同学会请著名科学家谈"改革开放二十年成就"。那天，中国科学院院士陈竺驱车一百多公里从外地赶到会场。在他之前发言的有：年逾九十高龄的中国遗传学奠基人谈家桢。四十五岁的陈竺接着发言，谈到1973年，他曾在江西参加高考并在全县名列前茅，但"四人帮"导演的"张铁生一封信"的闹剧，使他的大学梦一夜成泡影。说开"往事"的陈竺又对笔者讲了同样发生在1973年的"故事"：是年冬，插队在江西当"赤脚医生"的他探亲回沪。那天，在上海第二医科大学任教的母亲许曼音出门时对他说：今天有她的内分泌课，在二医大大教室。陈竺记住。时间将到，当时二十岁求知欲极强的陈竺心惴惴然潜入母亲上大课的教室，在一批"工农兵学员"后悄然落座。不幸却在担心中发生：几位"责任心"极强的学员到他跟前，盘问，呵斥，最后将他这个陌生的"混课生"赶出教室。"混课生"陈竺当时因屈辱和气愤全身颤抖。转眼是"天翻地覆"的1978年，第二医科大学恢复考研究生，陈竺前往应考。极为巧合，他参加研究生考试的大楼竟是他5年前欲听母亲上课却被人赶出来的教学大楼：二医大老红楼。楼是旧楼，人事皆新，陈竺怎能不"热血沸腾"？考试时发挥绝佳，六百多名考生中，他总成绩名列第二，血液学专业考居了头名。

今日，笔者将陈竺"一不小心"泄露的那段"混课生悲剧"告诉瑞金医院终身教授、我国著名内分泌专家许曼音时，七十五岁的许教授略有惊诧："有这么回事？没听儿子说起。"

对儿子"局部性忽略"的不仅有作为母亲的许曼音教授，还有陈竺的父亲——我国内分泌领域一流专家、同为瑞金医院终身教授的陈家伦。1997年9月，法国一项著名的抗癌大奖——卢瓦兹奖，第一次授予法国以外的科学家，这位科学家，就是中国的陈兰。那是站在国际领奖台上的极高荣誉，法国总统希拉克发表贺词。陈家伦、许曼音夫妇因参加一国际学术会议也恰赴巴黎，顺便参加授奖仪式。谈及此事，陈家伦教授语气依然平静如水："那天大家很高兴，发奖时法国朋友讲话，中国驻法国大使馆有人讲话，陈竺也讲了话。"末了作点具体补充："许教授那天给儿子拍了不少照。她喜欢拍照。拍照用的是傻瓜机。"

二

陈竺说："其实我是当年千百万上山下乡知青中的普通一个。"

从"一无所有"的知青到中国最年轻的中科院院士，陈竺的人生履历表中应有多少大悲大喜跌宕起伏？陈竺有强烈的知青情结，知青经历是他人生极重要的一个台阶。知青生活的那片天空远不是灰色晦黯，过去如是感觉，今天更是。视苦难为人生一笔丰厚财富，乃一切杰出者之共性。苦难来临时，你可视之为一种客观的命运安排，但主观上你绝不放弃将苦难作为磨炼自己的机会，坦然应对，砥砺意志，算作一种高层次的"阿Q精神"吧。对这一旷达的人生态度，陈竺半玩笑半认真地说：这里有我父母亲遗传因子在。

陈竺是69届初中毕业生。父亲曾在"反右"时被错划为"右派"，"文革"时更难逃脱悲剧角色的命运，陈竺和其弟妹自然在那个时代"低人一等"，同时又是"可教育好的子女"一类。陈竺那年接受再教育的唯一处所：农村；在那里，"广阔天地，大有作为"。

此时的父母亲，是双重的心灵担忧：为自己的命运，为子女的命运。陈家伦表现出的是一种安然的沉静，一种不露声色的激励。他们共有三个子女：陈竺、陈简（女儿）、陈箴。三个孩子的名都有个竹字头。说那名字是"瞎起"，实有深意：竹挺拔，却有韧性；竹空心，叶朝下，谦虚；竹与一般树木比，弯曲难折断；竹，亦报平安……许曼音则是另一种"表达方式"：将前两届已在农村经风雨见世面的知青请到家中"说书"，东北的，安徽的，江西的……当听到来自赣南的"战天斗地者"说他们边挥汗劳作边有滋有味学习时，许曼音大为赞许：白天修地球，晚上伴潺潺的山涧流水书声琅琅，如诗如画，苦耶乐耶？革命现实主义与革命浪漫主义的美妙结合。她对陈竺说：就去"有学术空气"的赣南！

赣南好风光，但在那个赣、粤交界的山坳，穷，穷得知青拿的仅是当地小放牛的工分，苦得羸弱的陈竺曾因过度辛劳虚脱，昏倒在有野猪出没的山径，累得陈竺有一回在稻地里耙田，人一恍惚，从耙上掉下，那耙刀眼看要把腿脚割断，幸好耙田的牛通人性，戛然止步，锋亮的耙刀横在陈兰腿脚前仅半寸！在这"苦其心志、劳其筋骨"的日子，陈竺接到父亲写来的"沁园春"，上有"遥望南天……好男儿志在四方"的词句，陈竺则在一豆油灯下激情回应:"三月肉不尝,苦乐两相忘。"

苦难中,学习更如饥似渴。父母希望陈竺学习,陈竺太想读书。陈家伦给儿子寄书:化学英语,医学外语,英语语法结构。一个月生活费仅七元的陈竺每月抠出一元订一本装帧精美的英文版《中国建设》杂志。当那本《中国建设》首次途逾千里邮寄至这僻远穷壤,整个山坳内的人们一片惊诧。整三年,陈竺将《中国建设》中有关医学、卫生及保健等的报道全部"英翻中",然后寄给上海的父亲审读。父亲指出了他多少内容和文句上的"错译"?无法记清。只记得,父亲寄回的每篇译稿,面目全非"一片红"。

今日陈竺,对"头衔"深为头痛,却已被缀满的头衔所缠累:上海瑞金医院血液学研究所所长,卫生部人类基因组研究重点实验室主任,上海市人类基因组研究重点实验室主任,中国人类基因组南方研究中心主任。1998年12月30日,笔者到浦东张江高科技园区,园区内的中国人类基因组南方研究中心2000平方米,中心荟萃一批国内研究人类基因组的拔尖人才,拥有可与世界上任何先进实验室媲美的一流科研设施。在此,陈竺与我倾谈现在及未来人类基因研究成果的"冰山一角":目前一个指甲大小的芯片上,已可存5000-6000个DNA基因片段。以后,随着显微制造技术的发展并与基因研究的"联姻",人的所有约十万个基因的DNA片段都将存入指甲大小的芯片内。那个"美妙的日子"不会很遥远:当你去看病时,就带上自己的"芯片",医生通过你的"基因芯片"来"搭脉",很快就能在基因水平上,准确测出你病之所在,医之所据……

很自然地将"昨日"的陈竺和"今天"的陈竺相比,便比出其"巨大落差"。昨日的他在那个美丽的小山坳,日出劳作,日落苦读,连篇累牍地"错译"一篇篇文章至灯油残尽。今日的他已被国外白血病研究权威一再赞叹:由他领衔的血液学研究取得的令人震惊的成果,已居于该领域的世界最前沿;由他领衔的中国人类基因组研究,已经和正在取得独特的突破性进展!

陈竺却说:昨日和今天,父亲的一句话始终是我奋斗的"精神支柱":总感到自己是不足的,总感到自己是无知的。

物质不灭,追求精神永在。

三

国有国格,人有人格。前辈的高尚人格,为后辈之楷模。人格培养,是点点滴滴地,是"润物细无声"的潜移默化。

"其实，父亲沉默的时候多。"陈竺说。

沉默也是一种力量，沉默有时就是"金"。

八十年代中期，陈竺到法国著名的巴黎圣路易医院血液研究中心实验室当外籍住院医师，之后攻读博士研究生。在那里，有位相知的法国学者，谈话中，说起父亲，说起父亲曾受到冤屈不公。一次，该学者访问中国，到上海拜见在国际上也有名望的父亲。访问归来，见陈竺，感慨万分："你父亲，SAINT！"SAINT，法语谓贤人。在这位法国学者眼中，父亲的"贤"表现为三：一是父亲的法文竟如此好；二是知识如此丰富，不光在其专业的医学领域，在临床病理，还在生物学等基础研究上深湛精到；三则当法国学者问起父亲"过去的不幸"时，父亲竟默然一笑置之，再追问，父亲则答：这是特定历史条件下发生的事，都过去了，不必提了。法国学者"震惊"，说，从未见到像陈教授这样显示"最大宽容"的人。

陈家伦也有不宽容时，对儿子陈竺即如是。1978年，陈竺以极优异的考试成绩成为我国血液学专家王振义的研究生。此时的陈竺，有一步登天感，是真正彻底的"翻身得解放"，精神极亢奋，朗朗乾坤万象新。想想啊，在此前，他在农村"八年抗战"，成为研究生前其学历仅"工农兵中专生"。人生的飞跃也会带来一览众山小，脚下轻飘飘的感觉。那日他携一架仪器走出二医大校门，目不斜视，春风得意马蹄疾。孰料此时横肚里杀出一人：门卫。一副无商量的口吻：院里的贵重仪器一律不准携带出门。新科状元陈竺血往头涌，想你小小门卫算什么，带仪器出门是导师吩咐工作需要实验需要你管得着?!遂盛气凌人，出言不逊，音量的分贝陡然增高，吵……人生少得了争论吵闹？小事一桩。陈家伦不这样看。知道此事后，招儿子到跟前，极严肃：人家也是人，而且是个工作极负责的人；我当住院医生时，他就是门卫。你要尊重人！寥寥数语，又戛然而止，但陈竺感觉到"兜头一盆冷水"的清醒。在农村八年，他悟出个理：养育你的，恰是目不识丁的农民。现在怎么会忘？忘了是忘本！于是，现在的陈竺慨然说："天，总有阴，人，无完人，总有坏心情，工作卡壳，研究受阻，压力重重。逢此，我会发脾气，对我的学生发脾气，甚至对自己大发脾气，但我做到了：绝对不向我周围普通的公务员发脾气。"

人格魅力，其实总是用最简洁最透彻的方式和内容来表达；就譬如，最解渴者，就是一杯无味白开水。

那么，作为母亲的许曼音教授，又如何看已成长为院士的陈竺？

许曼音的性格爽朗，率真，且有文人气质，所以她对儿子的叙述是用一个个生动的镜头串联起来，比如，这孩子（长得再大、名气在外头再如雷贯耳，在母亲看来，陈竺仍然是"孩子"）从不懂"时髦"。有一天，是刚读中学那阵吧，给他做了件新衣，逼他穿上。孩子拘谨地下楼，母亲的眼睛也追踪而下，却见孩子在楼底把新衣脱下，这才一身轻松一脸自然跑向学堂。在江西农村后期，孩子终于上了个上饶地区卫生学校(中专)。那天她去广州出差，火车经上饶，说好孩子在车站等，见一面。车停上饶，翘首望，望穿眼，不见孩子。直到火车最后鸣笛要重新启动一刹那，远远地一个身影跑过来，是陈竺!之后她从广州回上海，决意在孩子处稍停留，看他如何"生活"。孩子先向母亲说明，那天没在车站准时等，是在医院抢救危重病人。到孩子宿舍，看孩子睡的床，许曼音大惊：那床，实际上是一块门板，两面都有一条条突起的横档，门板上铺薄席、被褥。母亲心直疼："你就这样睡了几年'横档门板'，莫说睡不着，腰背不痛死?!"孩子说："哪里，每天累死，睡下就不知天南地北。"看孩子吃苦，心难受。但许曼音认为孩子吃苦值。"不吃苦，会优秀?"母亲决不讳言说自己的孩子优秀。1991年，瑞金医院有个去美国纽约西奈山医院魏克斯曼实验室作短期访问学者的机会，王振义教授为派谁去而犯愁：派去的人要在极短时间里取得一定成绩，谁堪当此重任?许曼音笑说："你身边就有个最佳人选。"王教授问："谁?"许曼音答："我儿子!"举贤不避亲的结果：学院和上海血液学研究所就此打开和美国血液——肿瘤学界全方位紧密合作的大门。

四

陈竺坦然承认："我的成长，沾了父母不少光。"

此话怎讲?

"沾光"首先是一种说不清道不明的孩提时的家教。说到家教，陈家伦、许曼音、陈竺各有"说法"。陈家伦这样说：也没什么好家教吧。我和许教授都忙，尤其我，忙了就顾不上孩子。我们曾住陕西路淮海路口上，那时乘26路电车经过我家的同事，总说再晚也能看到你家书桌前的灯光。许医生绝对慈母一个，三个孩子，一次也没打过骂过，决不夸张。打过陈竺的是他爷爷。小时候爷爷教陈竺写毛笔字，写得不好，就会给他一个"麻栗子"。所以陈竺字写得颇有心得。我要求孩子的很简单：守信，认真，勤奋，一丝不苟。

许曼音承认：从不对孩子粗暴。就说孩子顽皮打坏家里一样"宝贝器具"，她依然对孩子和蔼可亲说：不打坏东西，那外面的店全要关门。但接下去的"转折性教育"却是：如果你们经常打坏东西，我就拿不出钱去买东西。所以，要特别爱惜东西！

陈竺对儿时的回忆较具体，在此举一例：父母亲崇敬前辈科学家，喜欢扯他们的故事，一个个趣味横生。有一天父亲讲"化学家造字"：知道吗，我国著名的化学界前辈，不仅能在试管中变化世界，还会发明文字。例如，内分泌系统中的甾体类激素的"甾"（读灾）是怎么来的？甾是有机化合物的一种。可中国以前没这字。把人家外国人的字不变地照搬给国人，国人要懵懂。科学家的聪明和伟大遂在造字上"施展手脚"。你看那甾的化学结构底下像四个乌龟壳，上头有三根天线般的侧链。于是，一个"甾"字在化学界前辈的象形构思下"呱呱落地"。当然，科学家造字，远不止一个"甾"。

一个科学家造字的故事，陈竺说："当时听得我激动、崇拜、浮想联翩。"

陈竺以后追求的人生坐标，或许和状如乌龟壳及天线组成的造字故事有内在联系。

是否还有直接"沾父母光"的事？陈竺不含糊、不讳言：有。

90年代初，当人类基因组研究开始在西方发达国家启动时，中国尚空白一片。1992年，陈竺与妻子陈赛娟赴法国进修，国内有科学家对陈竺说，法国有个"酵母人工染色体基因库"，系法国著名科学家丹尼尔·科恩及其实验室所创建，如能将该基因库拷贝搞到手，我国启动人类基因组便有了物理作图的材料。陈竺赴法便多了这一极重要的使命。其实丹尼尔·科恩实验室就在陈竺夫妇进修所在的同一幢大楼内。只是同处一幢大楼也无济于事，陈竺当时在大名鼎鼎的丹尼尔·科恩面前，尚属"小字辈"。科研上的等级有时"可怕可恨"，辈分小，就没有接近该实验室的资本——隔墙如隔世。

在法时间飞逝，陈竺心急如焚。恰此时，救兵从天降：在法国有知名度的父母亲来法访问！陈竺马上有了与丹尼尔·科恩实验室联系的借口：中国教授陈家伦、许曼音想拜访丹尼尔·科恩及其实验室。唔，那个丹尼尔·科恩立马放下架子，单独接见来自中国的知名科学家。陈竺、陈赛娟自然毫不谦虚地"陪同"。于是，陈家伦、许曼音、陈竺一家四口在科恩面前唱了一出成功的"四人转"。

父亲说：人类基因组研究，全世界科学家共同瞩目，中国科学家准备积极参与。

科恩高兴：是，这研究工作非常重要，需要全世界科学家大联合。

陈竺即刻插上：我们能否共享资源？

许曼音则单刀直入:听说你们已经建了个基因库。

陈竺不失时机:你为我们做的事,中国科学家永远不会忘记。

科恩答应得客气又爽气:可以向你们开放。

1992年10月,在法国尼斯召开了'92国际人类基因组会议,陈竺赴会。科恩在他所作报告的末尾郑重宣布:他的实验室决定向美国、日本,对,还向CHINA——中国免费提供"酵母人工染色体基因库"!那个库,十万个基因克隆,拷贝整整一个月,材料总重量一百多公斤!之后光空运的超载部分,就让陈竺自费了几千法郎。

1993年,科恩访华,市领导谢丽娟请客人吃饭,谈家桢先生作陪,陈家伦、许曼音夫妇也作陪。谈家桢先生事后赞道:"陈竺为中国人类基因组研究立了大功!"

立大功者,还有"幕后英雄"——陈竺的父母亲。

五.

研究遗传、研究基因的陈竺说,父母亲对他颇多遗传影响。民间形容遗传学现象的一句名言:龙生龙凤生凤,老鼠生儿打地洞。遗传这东西顽固得很,五官形象是其外,性格思想蕴于内。当然,遗传不排斥发展、变化,乃至转逆,因为两代人的环境不同,经历的事物不同,处理调度的方法亦不同。但即便如此,遗传是"根",是"祖宗"。

以事实为证,陈竺说了个"That is impossible(那是不可能的)"的故事。

1992年,国外有个著名癌症基金会来上海,与陈竺的血液学研究所联合建设重点实验室。此事意义重大,标志中国血液学研究在走向世界上跨出重要一步。但就在双方提笔欲签协议时,发生梗阻:该基金会的负责人提出两条附加条款:一、联合实验室的研究活动必须遵照该国的法律进行;二、实验室一旦与该基金会发生争执或问题,其仲裁机构不是中国的而是该国的仲裁委员会。陈竺气愤!但你如何"有理、有利、有节"地应付?此时你不仅代表自己的研究所及实验室,你还代表中国,代表中国科学家的原则和水平。

突然记起了一件事:80年代初,医院请父亲去机场迎接一位国际著名的内分泌专家。那时国门方启,外宾稀少,更不要说国外著名专家来访,自然满腔热情去迎候。殊料此专家颇自负傲慢,甫下飞机,即"乱点鸳鸯谱",提了一些不切实际的要求。此时的陈家伦彬彬有礼又十分坚决地应对说:"That is impossible!"一句话,显示了中国及中国科学家的尊严。

此时的陈竺"豁然开朗"，也坚决，也彬彬有礼："That is impossible!"并进一步陈述：一，联合实验室建在中国，怎么能置中国的法律于不顾？二，中国与该国两国系平等国家，万一发生争执与问题，岂能由该国单方来仲裁？正确的是，应由国际或中国的有关机构来仲裁。一番话，说得对方那位负责人脸红直到耳朵根——自知理亏。此后彼此再"敞开天窗说亮话"，方知对方担心及梗阻的"真情"：害怕实验室做"超出范围的事情"。于是，在协议上附加应有的说明及合情合理的相互约束条款。对方至感满意。

对陈竺而言，父母，不单单是养育。1989年7月4日，在法国学习5年、且作出突出成绩的陈竺和妻子陈赛娟回到中国，回到上海，回到瑞金医院。归来前，多少法国朋友挽留他们。归来前陈竺和父母通了电话。陈家伦在电话这一头倾听陈竺的想法和在法的境况，这样说："你们既然决心回来，晚回不如早回。"陈竺和陈赛娟在那头说："为回国，我们已经准备了两个月。"父母亲在这边欣慰："好，国家现在正缺像你们这样搞研究的年轻人。"中国科学家最崇高的思想：报效祖国，代代如此，心有灵犀一点通。

在浦东，张江高科技园区的中国人类基因组南方研究中心，陈竺手指一项研究课题说明：这是我们中心和父亲担任名誉所长的上海市内分泌研究所的联合研究项目。两代人在携手，父与子，科学家和医学家，为一个边缘学科的诞生一起奋斗，也算是陈竺和父母亲的又一个"缘"。

在上海瑞金医院，有一雕塑胸像：我国已故的内分泌专家、瑞金医院内科"鼻祖"邝安堃。邝先生为我国最早赴法留学并取得杰出成绩的医学科学家，归国报效当时贫弱的祖国，尽心扶掖多少后人，其中就有陈家伦、许曼音教授。难忘恩师，陈家伦、许曼音在不久前获瑞金医院终身教授时，一起站到恩师胸像前，合影。1998岁末的一天，天晴，风清，陈竺带笔者也来到邝先生胸像前，说：邝先生胸像前的名字，系他应父亲等的要求所书。陈竺又说：继承前辈事业，走好今后的路，"我们的责任和担子，很重！"

好在，陈竺和他同行人现在走的路，已经宽阔。

（1999年1月18日《文汇报》）

为了造个"小太阳"

范滇元满载而归：一手拿着保健被子和枕头，一手提着个金陶洁身器。保健枕头和被子812元，洁身器930元。一大笔的"投资"。

两件物品，均范滇元一星期前参加市政协会议开幕会时就相中，在会议闭幕的最后时刻，他终于"横下一条心"买下来。

据称，此保健被子和枕头有红外线辐射之功能，可改进人体微循环和体质，并能有效地降低血压。这对血压常在130/210的妻子祝秀凤来说，无疑是"对症下枕"。安装于马桶上的洁身器说是为9岁的女儿所用，其实也为病妻。女儿读小学三年级，家庭作业则负担不轻，晚上总要做到近10点。范滇元常不在家，身患尿毒症生活自理也难的妻子再累也要陪读到底，为幼女擦洗。此洁身器使用简便，自动加温，自动喷洗，自动烘干。女儿见之，欢呼雀跃。祝秀凤为摆脱这一后顾之忧，心下虽欢喜，却感叹："东西太贵！"

太贵也要买，为病重的妻子，为范滇元要"还债"——为在地球上造个"小太阳"，58岁的中国工程院院士、上海光机所研究员范滇元已经欠妻子太多！

一

难忘1995年7月流火的那天，范滇元在家，妻子祝秀凤轻语一声："我不行了！"范将她扶出门。未跨过家门栏，祝就倒地不省人事。叫来出租车，上医院。

此前祝秀凤被诊断为尿毒症，肌酐指标为正常人的4、5倍，以后指标日升月窜，常呕吐，无力，饭量渐少。昏倒前两个月，吃什么，吐什么，人瘦得皮包骨。到医院再检查，肌酐指标达1500，是常人的15倍！

病危。范滇元眼圈，顿时一片红。

是为自己对妻子的付出太少，对事业的付出太多？

他的事业是什么？用著名科学家钱学森早年说过的一句话："你们是为地球造个小太阳。"太阳者，地球上一切能源的能源。万物生长靠太阳，煤炭、石油等等我们目前赖以依存的能源，莫不是吸收了太阳光而逐渐形成。太阳者，又因其无数颗氢弹不断的爆炸反应而释放出人类取之不尽的光能。核聚变产生氢弹爆炸，属破坏性释放能量；可控核聚变则欲将破坏性能源释放转为可控制的聚变反应，把"破坏"的脱缰野马抓牢手中，使之成为人类可用的巨大能源。聚变能源的原料异常丰富，如在取之不尽的海水里，一升海水含有聚变的能量等于300升汽油；将其有控制地聚变出来，其能源几千万年也享用不尽。

自然，要最终造出这么个"小太阳"——聚变能源的发电站，将是在遥远的未来。研究处于世界最前列的美国科学家称：2025年，"小太阳"将诞生一个"演示版"。

中国正在紧紧追赶。追赶者中，有范滇元。

范滇元的事业领域：激光核聚变。已证明：用激光来触发和控制核聚变反应，是一条切实可行之路。他的工作：制造大型核聚变激光装置。他锲而不舍从事这一事业的时间：近30年，并取得一系列国际先进的成就。

为这一事业，他几乎成了个不归家的丈夫。

妻子病重，恰是研究所实行"高温假"的第10个年头。此前他未休一次。此次他排除一切"干扰"，想休息，想调整，恢复所有的疲劳。但妻子病倒了，病得如此凶险。如此凶险的病，医院说，要先付3万元才能进病房。到处奔波，为这3万元：妻子厂里，医院，亲戚家。那是个奇热的夏天，连续高温，跑得人要中暑，跑得腿感觉不长在自己身上。

此前没几日，范滇元刚评上中国科学家的最高头衔：中国工程院院士。

院士此时和普通老百姓无异。

一星期后，钱凑足，妻方从急诊室转入病房。他拭着头上的汗对妻说："真不容易！"

应了一句话："福兮祸所伏"。

二

妻子祝秀凤静静地躺在病床上。祝秀凤在想什么？

她在想，女儿这么小，一年级；老范怎么办？他是个事业狂，工作狂，以前不顾家，没时间顾。她这样，连累他。所以，她想到：活着有什么意思？

他们是经人介绍认识的，再平常没有，在1985年底。第一次见面范就坦言：我是忙，单位在嘉定，不会常回家。祝就心想：是个有事业心的男人。嘴里回答他：我阿爸就常不回家。五十年代在工厂当工人的阿爸当过两次市劳模，周总理也接见过。那一天，阿爸早晨6：30去杭州出差，阿妈晚上生我小妹，是生在家里，邻居帮忙接生的；先出脚，后出头，倒生出来的，危险到顶。范说：我嘴笨，不会讲话的。祝就想：这人谦虚。祝遂引出个话题：现在人家都说外国的东西好，水平高。范竟滔滔不绝批驳：在一次重要的联合实验中，要测量飞行物轨迹，国外进口的测量仪器是主测设备，国产的仪器作备用设备。结果怎样？洋机器一个数据也没测出来，国产机器反把全部数据测出来了。祝心想：这人知识多，不庸俗。再细打量他，差点笑出来：身上穿的滑雪衫拉链坏的，旧绒线衫上有一个个虫蛀的破洞。

范滇元不是当时社会上吃香的"海陆空"（有海外关系、落实政策者、有空房子）。是祝把他的"缺点"全部视之"优点"，所谓情人眼里出西施。

他们结婚，在1987年春节。

范滇元说到做到"不回家"，在单位搞他的"神光1号"激光核聚变装置的最后总调试工作，搞得"昏天黑地"。最长的时间，三个月未踏入家门。在嘉定单位他怎么干？别人分班，他不分班。他最回味无穷的是加班至半夜吃茶叶蛋。蛋从外面买来，煮熟了大家一起吃，喷香。没奖金，没加班费，没休假单，全没有。

范滇元钟情他的"神光一号"，说那是他们十月怀胎生的孩子，他要让它成为一个"好孩子"。"知道它有多大的功率吗？上海当时最大的发电机是30万千瓦的发电机组。我们的装置，就相当于6600台30万千瓦发电机，超过当时全国的发电功率。当然，我们的功率是一瞬间发出来的。知道这'一瞬间'指什么？十亿分之一秒！"

与此同时，家务事祝秀凤几乎全包，里外忙。祝无怨。

而今，躺在病床上，祝秀凤是怨自己：怎么生这种病，"真'蹩脚'透了！"

住院几个月，范滇元是忙进忙出，不再不回家，是下班就回家，再累，天天到她病床前。他说的话让她感动："以前我们不常见面，现在你生病，我们倒是天天见面，我们是不是更好了？"那天，他担心地和她商量：有个会，已经为我拖了好长时间；是到苏州，要两三天，行不行？祝秀凤没思索就点头："你去开。"

祝秀凤想：她要为孩子、为他好好活下去。

三

生这种恶病，怎么办？当时医生对他们说：前面有两条路，一是做血液透析，但要家属陪。二是做腹膜透析，可以自己操作，但易感染，尤其对曾经做过手术者。

祝秀凤做过手术，生女儿时，是剖腹产。医生听了，大摇其头：那腹透绝不能做，危险！

祝秀凤要冒这个险。她不想让范滇元为他"团团转"。他要丈夫"脱身"。她要让范"强到顶"，她自己也绝不能"弱到底"。

终于拍板：做腹透。腹部开个洞，管子插进去，药水灌入，再把有毒物排出来。腹透第三天，就发生了医生担心的事：腹膜粘连，排毒的管子堵住。一位有经验的医生冒着风险，将一根细长的铁丝去勾通，竟然"水到渠成"，成功了！

祝秀凤出院后每天自己做腹透。腹透的次数，一日4次，一次约4小时。时间几乎都给腹透占满。好在腹透的同时，不影响做点家务事：边吊着透析的大药袋，边扫地，边买菜，边做饭，边擦洗。解放了范滇元。范滇元依然每天上班。

范滇元感受到了这种"解放"吗？现在是强烈地感受到。但过去没有。

1988年2月11日，是女儿出生日，那时范滇元在哪里？在出差。因为要剖腹产，医生护士到处寻他签字，寻不着。看祝实在难挺下去，便由范的妹妹代签。女儿出生后的一段日子，范滇元飞到了北京，在北京领一个给"神光1号"的大奖：陈嘉庚奖。陈嘉庚奖奖给技术科学、物理、化学、医学、生物、材料等六个领域作出顶尖成果的国内科学家，但每届仅奖三个领域的三项奖，奖励对象是个人，当时为第一届。他们获奖的三个人是：邓锡铭、范滇元、余文炎。奖励时，当场发个大红信封，里面装一张3万元领款单，即刻去银行取现金。那时从没见过这么一大笔钱，便特制了一条腰带，将钱置于腰带上，小心翼翼"拴"回上海。这笔奖给他们个人的钱，未私分，而是存入银行，每年取出利息，用于奖励在激光领域作出贡献的人。

以后各种大奖接踵而来：如1989年中国科学院评奖，特等奖仅两项，一项是北京正负电子对撞机，一项就是他们的"神光1号"。1990年，再获国家科学技术一等奖。

范滇元并未把频频的获奖往心里放。但人家是"铆"住了你。此前当时的国防部长张爱萍兴致勃发挥笔为"神光1号"题字，还借题发挥道：美国的同类装置皆取自希腊神话中的名字，我们的"神光"是从《封神榜》引来的，"所谓一道白光（神光）从嘴里喷吐而出么！"随即有关领导拍板、点名："再搞神光2号，就交给你们上海光机所的邓锡铭、范滇元。

"神光2号是神光1号规模的4倍，投入4000万元，范滇元任总工程师。

你要叫范滇元如何顾家？

但说范心里没家，祝秀凤不同意，并拿出例子佐证：出差或一星期去嘉定不归，他事先就把家里的菜买足。家中的家具一度甚简陋：一张方桌，四只祝的妹妹弃用相送的靠背椅，大小两只衣柜，一个茶几。但微波炉买得比别人都早，范是唯恐自己不在家，祝和孩子吃不上热菜。一次家中装吊扇，祝说装一个就行，范非要装两个，厅里一个，朝东的屋子一个，怕家人"热坏"。装两个吊扇，皆他一人所为，凿墙破顶，蓬头垢面，忙乎到下半夜3点。

祝秀凤说："对他，还能怨什么？再怨，良心没了。"

四

祝秀凤去看过范滇元的"孩子"——神光1号和正在建造的神光2号，仅看过一次。在1995年春节前，在她检查出病前，是范滇元提出的。她当时想，去吧，孩子也放假，一起去，对孩子也是一次不错的寒假生活体验。以前范也提出去散心，玩，比如杭州、厦门、深圳、三峡，都有机会去。外地有不少范合作过的单位，受惠于他。屡屡提出：就算我们招待你们夫妇一次，略表心意。都没去。孩子小，范又这么忙，怎么去？

那"神光1号"主实验室，气势不小，高6米，建筑呈长方形，2000平方米面积。满目是复杂的仪器设备，各色指示灯东闪西亮。祝秀凤两眼迷茫，比刘姥姥进大观园还"不识其间真面目"。置身于此，她想过什么？没想什么。只知道，这是范的身影出现最多的地方，连他在家里也要梦牵魂绕的地方。

如果没有"神光1号"，范滇元会不会走另一条人生路？早在1980年，范滇元就有出国进修的机会，那年他报名申请德国洪堡基金，极可能去。之后他去征求项目主负责人邓锡铭意见。邓说出国是好事：经济上，见识上。但现在这么个大项目，可以锻炼提高你，你不动心？自然是动心，留下来。埋头一干就7年。干成了，邓锡铭亲自出马为他联系赴美作访问学者事宜。但半路出了程咬金：用户单位要求装置进一步完善，提高运行可靠性？便再放弃出国，"完善"了一、二年。终于得到对方一页半纸写满数据的评价，谓：装置真的可用了。就是这"可用"二字，花去他和他同事整整10年时间！但就为了这两个字，范滇元说：值，高兴。

为祖国的强盛，为子孙后代的事业，人是不是要有一种"精神"？范说他崇拜一个人：于敏，我国在1965年取得氢弹设计原理突破的风云人物。于敏是我国自己培养的核物理专家，一生未出国，论文不能公开发表，为国家利益隐姓埋名几十年。他的氢弹设计原理性突破发生在什么地方？就在上海嘉定的华东计算所。当时生活条件极艰苦，国外氢弹的技术资料对我们绝对保密，使用的运算工具是当时国内速度最快的计算机：每秒5万次（还比不上以后的286电脑）！但就是这样的工作条件，做出了世界奇迹——从原子弹到氢弹仅走了两年余，比美、英、法等国都短得多。范滇元曾问于敏这位前辈：当时你们突破氢弹原理时，是什么心情？于敏笑答："那天突破后，研究小组在从计算所走回嘉定城中的乡间小路上，又唱又笑又跳。到城中，各人吃了碗热腾腾的羊肉面，以示庆贺。就这样。"

祝秀凤说丈夫，装置是他的命根。其他，都无所谓的；其他，都极容易满足的。祝说起前些年一件事：有关部门鉴于所里的突出成绩，特发了一笔"工作奖"，作为有功之臣的范滇元拿到最高奖：50元。范乐呵呵悉数上缴。祝觉着少了点。范道："够多啦，人家门房间的同志，才拿20多元。"

自然，科学家也是普通人，除事业，也要生活，要吃五谷杂粮。说到用钱，范滇元竟说他也有可圈点的"得意之作"。如前两年上海市对有突出贡献的100个人发放特殊津贴，每月400元，共两年。范掐指一算，这笔"额外收入"共9600元。得，就用这笔钱，买一台电脑，比别人更早地跨入"家用电脑时代"。家里那架21寸日立彩电，是他9年前就出国时买下的，是利用出国伙食费包干省下的钱买的。家中的黑皮转角沙发，看去不坏，实则是厂里的处理品，才850元。范对钱的"理论"：只要达到生活上不愁，够了；如用自己心血赚来的钱，再积攒起来买件像样的东西，很高兴的。唯有事业，一切皆看淡，因为，范说："客观的东西本身就是平淡。"

五

祝秀凤越来越频繁地感到腹部疼痛。

刚腹膜透析时，是一个月乃至两个月疼痛一次，以后疼痛周期逐渐缩短，到现在，一星期会疼痛几次。疼痛是现象，实是腹透引起的感染。感染危险。好几次，从腹部抽出许多脓水。

对越来越频繁的疼痛与化脓，医生警告：腹透的"寿命"要到期了！

腹透不利的另一面已直接威胁到生命，时时刻刻。

现实近乎残酷。面前依然是两条路：一是改做血液透析，二是来个"彻底革命"：换肾。就说换肾，范滇元已把换肾的"行情"摸得一清二白：要选合适的肾，事先要化验10多项指标；再者，换肾要笔天文数的钱，换肾后要吃每月几千元的排异药，多半要自费；最后，年逾50岁，不宜再换肾。

祝秀凤今年49岁。

范滇元心绪不宁。

心绪不宁不止为妻子。"神光2号"进入最后的调试冲刺阶段，一切并非顺利，一路羁绊，要扫除最后的障碍，要花费他白天黑夜无穷的心智。与此同时，国家已下达研制建造更大规模的"神光3号"计划，投资几个亿，使之跟上世界最先进国家在这一领域研究的步伐。这一特大项目的总工程师职位，范滇元又未"逃脱"。

他说起一件事：去年所里打算推他做市劳模，他坚辞。原因简单：过去的"劳苦功高"已被他所得到的荣誉全部"了断"。早在80年代初，他申请三次，终在1986年评上副研究员，在经两次申请后，1988年成为研究员。前年，他第一次"被动式"地申请院士，在无任何奢望的情况下，竟然收到中国工程院朱光亚院长亲发的通知：你1995年5月当选为中国工程院院士，特此祝贺。

祝贺却引出范痛心地追忆一个人：余文炎，他们研制"神光1号"时的战友，他的兄长，也曾是他事业的引领人，当时的实验室副主任。1989年，余文炎和他一起从北京领陈嘉庚奖归来，即得知妻子患肺癌。在妻子就要转往上海市区医院做手术的前一天中午，余骑自行车到嘉定医院看最后的化验报告。心神不定的他在行车左转弯时，被辆从后开来的卡车的反光镜击中脑部而亡。再十分痛心的是：之后进一步检查，余文炎的妻子未患肺癌；是误诊！

所以范说：如果余文炎在，如果余不是猝然"冤死"，那这一院士称号该给他。

所以范说：他已经"荣誉过头"了，他的成功除了拼命努力，还有机遇，再归于"运气"。他绝不能再拿不该拿的更多荣誉。

所以，在人生和事业的双重"挤压"下，思前想后，范滇元说："路，总要靠人好好地去走，不回头。"

六

是春节后的一个夜晚，和祝秀凤谈，她静静地坐在家中的沙发上。她平静地述说自己的病。她说："害怕是没用的。以前害怕过，现在想明白过来。现在就常常觉得遗憾。"

遗憾什么？

想不到她略显腼腆地笑起来，面容灿然，"他（指范滇元）搞的东西太深，激光啦，光学啦，核聚变啦。什么是光？光是不是电磁波？不说不说，一说我就头痛。除了计算机，我其实还能制图，看图纸没问题。可这一切有什么用，全帮不上他忙。"

范滇元就坐在他的计算机前，屏幕上不断变化着画面、线条、图形，色彩斑斓。他是在加紧做"神光3号"总设计的动画图。范回头，说："你不懂，帮什么忙？今年，要想办法搞好你的身体。"

祝说：别总说身体身体的。讲点开心的事。

祝接着就讲了个笑话，有关范滇元的：他们家中的箱底，有件范的蓝布衬衫，很旧，领子全坏。那天祝将其翻出来，剪了个袖子欲做抹布。殊料范归来，脸色顿变，说是他母亲生前病重时为他做的最后一件衣服，是他一生一世的纪念物。为免使他过分伤心，祝在赔不是的同时，重新将剪下的袖子缝接上去。

范予以回击，也讲了个笑话，有关祝秀凤的：祝是节约惯的人，家中现在其实条件尚可，可她总想不通，买的东西总是"不攀高而就低"。那天去买梨，梨个个外观亮丽滑爽，又绝对便宜。心窃喜，买回一大篮来，削皮露了真：只只"烂心"。

范和祝都说：好在他们彼此懂对方，彼此不计较，彼此都随意，彼此不埋怨。沉重的生活，会变得不太沉重。

一句心里话，最后从范的嘴里吐出来："我的事业，也靠了她。"

（1997年5月1日）

天降大任

你说，天底下"最来劲最有滋味"的职业是干警察。

可你是一介女子！

就算你是女流中的佼佼者，但有件事，道出来你就"蔫"，承认自己"无能"：去年12月5日，你在郑州市中牟县公安局任副局长的丈夫王晓军自驾辆桑塔纳时出车祸，人有点"小恙"——唇上缝六针。车祸后，丈夫即打电话给你，一是简略汇报车祸经过，二是让你放心。孰料你一听，紧张，伤心，人立马六神无主，在电话那头如丧考妣哇地大哭……

紧接着便是12月18日，中午11点30分，你在郑州中原区碧沙港公园值勤一个夜晚加半个白天，人劳顿至极，腰间的BP机却在此时响起，道：郑州国棉五厂发生一起歹徒劫持幼儿恶性案件，速到。

军令如山。你和年轻的助手张钊急上辆破旧的灰白色长安警车。车在市中心闯一路红灯，时速超60码。几分钟后车到案发地。是时到处人山人海，大路小路水泄不通如墙堵。但听有人叫："王玉荣车来了。王玉荣到了！让路，让路！"

路，哗地散开三米来宽的空档，万人眼中，你蓦地成了"人民大救星"！在类似"让列宁同志先走"的自豪感中，你穿一件褐色皮茄克，疾步跨进案发现场指挥部。

此时，35岁的王玉荣尚不知：一场生死考验在等待你，28个孩子亟盼你冒死将其救助而出！

"天降大任"于你，王玉荣。

一

"你行不行？"

王玉荣行不行？

指挥部里有多少河南省、郑州市头头脑脑？几十个。上至省委副书记、市委书记，下至市公安局局长、副局长，所有人的眼睛，全在王玉荣身上聚焦。

半小时前，一青年男子入国棉五厂幼儿园一楼小一班，身上缠炸药，另携两个炸药包。小一班共28个三岁半孩子，两名女教师。门一闭，刹那间30个幼儿弱女全成了人质。青年男子称：下午四时前，必须送来50万元旧钞，如逾时，即引爆炸药，与全体人质共存亡。给王玉荣的任务是：乔装成幼儿园教师，入小一班，了解歹徒真实意图；如情况确实，想法抽身出来；汇报后，再携枪进屋，在"万无一失"的情况下，寻机击毙歹徒。任务交代毕，省公安厅一副厅长重重道："九死一生啊，玉荣，你到底行不行？！"

一分钟里，指挥部一枚针掉地上也听得煞清的静。

一分钟的等待，一分钟的选择，一分钟的"悲壮"。

过去她办过多少"行"的事。9年，王玉荣成功地侦破多少起案件？1300多起，闻者均咋舌。一次她着便装办案，被三个彪汉歹徒劫入一辆出租车内，一把冰冷尖利的匕首直抵她喉脖。但最终，她以其机智和拿手的"女子防身术"反将歹徒擒拿。一次她将一个嫌疑案犯带到郑州市公安局车站分局审问，嫌疑犯在霎眼间掏出把子弹上膛的五四手枪，举枪就朝她门面打来。早有防备的她迅疾抬腕击枪，呼啸的子弹啪地射进头上的天花板，罪犯同时就擒。

彼"行"非此"行"。今日之行，前途叵测。

且听王玉荣一分钟后何以作答——

第一句（大声）："行！"

第二句（沉稳）："我行。"

第三句（轻声）"我能完成任务。"

答完三句话，整个指挥部，依然鸦雀无声，静水不澜。

二

王玉荣默默地换衣、穿衣；换下褐色的皮夹克上衣，穿上幼儿园老师的白大褂。她人壮，第一件白大褂小许多，套不上，褪下。有人立时递上件大号的，一套，也略嫌小，撑得紧绷绷没身段。得，凑合吧。

千叮万咛：要机智，要小心，要冷静，要大胆，要随机应变。总之，要"眼观六路，耳听八方"，与歹徒巧周旋，确保孩子安全，同时不能暴露自己身份。总之，这"一进宫"摸底细，智慧第一，软功夫开路，万万不可操之过急！人众口杂，一个领导，一项指示，几多领导，几番苦心。

天降大任，大任大难题。但过去再难的事，都曾在她面前"烟消云散"。1984年，21岁的王玉荣只身从家乡长春到郑州市法院，要圆她人生最美的梦：当个女警。法院院长要考倒她，便单刀直入问："你会啥？""啥都会。""啥都会？开车会吗？"自然不会。不会也硬撑着答："会。"对方听出这"会"字后的底气不足，遂笑道："那明早开辆吉普来。"

急坏了王玉荣。

那天下午，她找到"介绍人"：快给我找辆北京吉普！人家愣了神：一天要学会开吉普，太阳从西边出了。那就来个西边出太阳。车借来，折腾几小时，竟让她晃晃悠悠上路了！心里那个春风得意。上坡，下坡，再上坡，再下坡，一路好心情。岂料"再再下坡"时，前面有棵大树当道，一慌神，急欲踩刹车，却踩上了油门！车轰然与大树"相吻"，人顿时不知南北。之后自己醒转来，脸上身上全是血，一颗门牙落了地。王玉荣这下反镇定异常，下车，拧开路边一个水龙头，把满脸的血迹洗净，再上车驾驶。那一夜，她就驾着这辆北京吉普，满街满市兜风转。第二天，再开着车旋风般进法院。那院长一见，大乐："留下啦，你！"

当天大的难事在你面前，容你细想细思量？容你瞻前顾后犹疑退缩？所以，当现场有个记者出于"职业敏感"冗地问她一句："此时此刻你想啥？"想啥？王玉荣一下觉得这问题问得忒没劲，忒没场合，遂没好气答："啥也没想。"

"想女儿了，当时。"王玉荣今日才如此坦白。只是当时她不会对任何人说。不想说，也绝无必要说。

因为，她的女儿王语晨，和成为人质的28个孩子年龄一模样：三岁半。

三

自己的儿女总是天底下最好最灿烂的。

十月怀胎，没一天休息，依然"疯狂"地工作。任孩子在她肚里蹬踢耍玩"闹情绪"，全不在意。预产期过了，还上班。那是预产期过了的第四天夜晚，回家的最后一班公交车，就在她眼皮底下轰然启动。天寒地冻，她挺着大肚要追，举起手要喊，却顿感一种前所未有的无力，紧接着是肚子前所未有的痛，嗓子发干人要倒……此时，一丝悔意才从心里升腾而起：人，是经不起硬撑的！

几个值夜的三轮车夫救了她。到医院一检查：孩子横位，危险。剖腹产。

剖腹产下的女儿，也最好最优秀。女儿才两岁，就显出记忆力强过目不忘的特长：能背诵百多首古诗儿歌；教她识字读文，只需一遍，再让其复述时，八九不离十；带她随意逛街，之后再去，她反会指牌为你"带路"。

自然这纯属耍弄"小聪明"一类。让王玉荣动心动容的是这孩子"特亲你"。只说一件事：女儿三岁生日那天，一直跟奶奶过的孩子说："妈妈你平时没时间陪我，今天就回来看看我！"王玉荣那天是下了大决心，要早早回家和女儿家人"大团圆"，还在白天买了只大蛋糕置于办公桌上"时刻提醒自己"。但那晚还是办案难脱身，至晚上九点，女儿来电话："妈妈你坏人抓完了吗？我等你回来吃饭吃蛋糕。你不回来，我一口不吃，也不让爷爷奶奶爸爸吃！"那晚回家，依然过了11点。回家见到的情景是：女儿趴在桌上涎着口水熟睡了；桌上，是未动过一筷的丰盛的菜，是未点燃三根蜡烛的整只鲜奶蛋糕……

想女儿，其实只一刹那的念头，闪电般短促。没再多选择。必胜的信念要有，视死如归的心理也断不可无。说自己"行"，首先是想明白想透彻想到了底：个人生命，极可能骤然间付出！

临时作战指挥部在厂老干部活动中心内。从这里望出去，五十米开外就是三层楼红砖青瓦的厂幼儿园，一目了然入眼底。幼儿园四周，是厂生活区，几十幢居住楼房错落耸立。幼儿园外，孩子们的家长早闻讯赶来，情绪失控者有之，悲泣者有之，惶惶不知所措者有之。呼儿寻女声，声声裂心肺。

万众注目中，王玉荣走出指挥部，镇静如常，脚步沉稳，左拐右拐两个弯，遂径直走向幼儿园，走向小一班；小一班那扇斑驳掉漆的铁门，那被屋内绿色布帘遮起的玻璃窗，一下似在望远镜前放大百倍。

王玉荣走进这一生死攸关"放大的镜头"内。

四

不是电影中的恐怖镜头。歹徒就在她面前：咖啡色的棉毛布包起了头，只露出眼、鼻和嘴。头上还罩个全包式蓝色摩托头盔。他上身穿藏青鸭绒袄，前胸鼓得又高又厚，走路像机器人，难以弯腰——炸药就绑在胸前。另有两包闪着亮灯的炸药包，置屋内左右两个窗台上。

牢记自己现在的身份：幼儿园新来的主任。"新主任"进屋前对歹徒这样说："老弟你这一折腾，我这新官第一把火就让你放邪了！咱有话好商量，也算你帮衬我."歹徒信了她，放她进屋，却警告她："别跟我耍花招！"

她一进屋就耍花招：抱这个孩子，亲那个孩子，呼这个孩子"贝贝"，唤那个孩子"红红"。要让孩子亲她，不让孩子对她陌生。同时，不能有一点点紧张"显山露水"；表面的一招一式举手投足要放松，要自然，要有幼儿园老师和孩子"自来熟的专业水平"。

继续她的"花招"——

她是带着手表，但"灵机一动"，将腕上的表偷偷撸进衣袖内，反问道："我急得没吃饭，饿极了，也不知道现在几点？"

歹徒犹疑地看表。看表时慢慢将左手臂抬起，慢慢翻转手腕，伸开手掌手指。看清楚了：手指上套着四根线，四根随时一拉就引爆的电线！全明了：歹徒是"真玩命"。

接着"耍花招"的目的是：脱身。并且，脱身后还要留下借口再"进入"。

在家，丈夫王晓军断言她是个极粗糙的女人。她穿皮鞋，有时竟会穿一只棕色的，一只黑色的，待丈夫下班见之，哭笑不得地道："这算穿的哪一流派鸳鸯鞋？！"平时一只脚穿袜，另只脚袜没穿的事，更屡见不鲜。而同时她办案的专心致志，又能和大名鼎鼎的数学家陈景润媲美：思考难案时，屡屡发生和树木、汽车、行人相撞的"倒霉事"。但同行们五体投地于她的是：别人往往几天几十小时断不了的案，她几小时甚至几分钟就干脆了断。难怪，连续4年，她都被评上"全省优秀人民警察"。

"花招"终于想出：她手抱的孩子，在暖气房待久了，脸有点烫；她自己衣服少穿，感觉冷。于是贴着孩子脸惊呼："这孩子发高烧了！"再对一个老师喊："快出去给孩子拿药！"

自己要"脱身"，却要说让别人出门的话。道理简单：犯罪者心理反常，思维往往呈"逆向"。

果然，歹徒朝她大吼道："别人不能出去，就你出去。快去快回！"

五

"啪！啪！啪！"三声脆亮的枪响。枪完好，子弹完好。满意。

是在近市中心郊外，用的是把六四手枪，王玉荣平时用惯捏顺的枪。许久没打枪了，便要试枪：枪膛是否生锈？子弹会不会卡壳？有没有臭弹？为试枪，市巡警支队特派辆警车，一路鸣警笛护送她到城郊。

举枪、瞄准……天生她就要当警察？命里注定要握手中的枪？不，没有父母亲的"遭遇"，或许她会选择另一人生路。

父母亲在朝鲜战场上相识相爱情相浓，母亲是文艺兵，父亲是技术兵。出生入死一对好夫妻，想同甘共苦到永远。一起转业到地方，起始一片光明：父亲钻研技术全厂第一，还当了全国劳模，家里有他和毛主席、周总理的合影照。

以后一切"天翻地转"。1967年，父亲一夜间成了"反动学术权威"。母亲受不了亲爱的人一下成了"人民公敌"，在1968年"好冷好冷的春节前那个夜晚"，突发心脏病而死。死时，年仅31岁。以后，苦难的日子长相随。38岁的父亲，一夜全白头。重病再缠身：肺气肿、心脏病。家里没钱，没吃，没穿。为活下去，大姐去医院卖血。为挡饥，年仅10岁的王玉荣，只身走一夜的路，到乡下挖土豆；路上，要经过两片"恐怖的墓地"。背回土豆，病重的父亲抱着她这个最疼爱的女儿好一场痛哭！

清晰地记得：1978年5月的一天，在乡下插队的王玉荣被一辆父亲厂里的吉普车接走。到厂，拨开一大片骚动的人群，她看到断了气的父亲！

那天艳阳当空，那天是父亲的"大喜日"：厂里对他宣布，你十多年经历的苦难是"冤案"，你解放了！病弱的父亲一下受不了，一下激动得情难抑——脑溢血，死了，刹那间死在他的工作岗位上。

48岁的父亲死时，已苍老如70岁老者，满嘴只剩一粒门牙。

王玉荣哭昏过去。之后，一月不吃口饭，一月失眠，一月卧床难起，把全家人全吓坏：玉荣要随爸去了！

一月后王玉荣醒来，从病床上挺起，起身静静对家人说："我要当警察。我要不放过一个坏人，不冤枉一个好人。"

好人，让他们一生平安；坏人，让他罪有应得。

此刻，苍天在上，田野猎猎风寒，王玉荣热血一腔：就是搭上命，也要换回个好人欢笑的"太平世界"。

六

谁也无法阻挡王玉荣"二进宫"。王玉荣再入小一班前，歹徒放出个老师。该老师说：歹徒看出了王玉荣是"公安"！

歹徒在王玉荣走后突生疑虑，问所有孩子：见没见过刚才的老师？孩子不会耍"花招"，答：没见过。再问老师：这新来的主任姓啥名甚？老师面面相觑。歹徒咬牙道："这女公安跟我耍花招，再进来我收拾她！"

王玉荣"暴露"了。

"王玉荣不能再进了，"指挥部不少人忧心忡忡，"快准备好两盒药，我要进去。"王玉荣说，很严肃。枪在手，子弹哗啦装满，再打开保险，拉开扳机，子弹上膛。枪又放入白大褂的右裤兜里。

动作坚决、自信、投入。

她投入的是自己义无反顾"中了邪入了迷"的事业。

自然，不干警察，干其他事，她也投入过，成功过，"辉煌"过。父亲死后，落实政策，她顶替进厂，分到两房一厅，再发还给他们子女1万元。1万元，在那时是个天文数，一大笔财富。王玉荣对她姐姐、哥哥、妹妹说：

"爸的血泪钱，不能动，不能分，我要让它们'钱生钱'。"钱生钱？家里人认定她说痴话梦话，她却一个人到市场上逛，终于发现生财之道：养君子兰。那时的市场上君子兰"疯狂"。于是，两房一厅的新居，不睡人，全养了君子兰；买君子兰的钱，共花去1万元中的9200元。家人全瞠目：玉荣你疯了不？！没疯。到第三年，真的"钱生钱"：净赚10万元。

赚了10万元的王玉荣该心满意足？怎料王玉荣满脸愁苦："钱生钱"的事办成了，我更想当警察，想疯了。家人要给她提亲，让她结婚，"冲"去她的警察梦，她脸涨得通红："不当警察，就甭跟我谈婚嫁！"

当个真正的好警察，绝不似养君子兰，尽管有输钱赔本的危险，却有赚10万20万的可能。当警察，没赚，还要随时准备赴汤蹈火，一如今天。

今天的歹徒，野蛮，残忍，孤注一掷。他给你成功的机会只有：准确击中他唯一暴露的脸部三角区：人中。

再进入前，郑州市公安局一个既是她同乡又是她领导的"老公安"，在四周极肃穆的气氛中到她跟前，伸出手，轻拢一下她头发，整整她衣角，然后轻吐出一句话："家里，有什么要交代的？"

王玉荣想片刻，竟无语。一个掉头，毅然出门了！

七

王玉荣没给歹徒任何"收拾她"的时间和机会。

事实相反。

整个过程，全按王玉荣再进入前缜密设想的方案"步步推行"：一进屋，把全部孩子引导到离歹徒最远的安全角落，自己则退至有侧门的另一墙角，身体向右侧转，掩护拔出枪的右手；歹徒在她一进屋就怀疑带的两盒药里有"花招"，向她威逼过来，吼着要"检查"，于是，她左手高高举起药盒；歹徒走近她，再走近她：三米，两米，至一米，最后仅半米，并伸出手来夺药；不再有一丝怠慢，她猛一下甩去掩护自己并遮住对方视线的两盒药，已对准歹徒脸面"三角区"的手枪，立时连射三发致命子弹，歹徒未哼一声，倒地；担心歹徒"最后一刻"拉动引爆线，王玉荣整个人扑在歹徒身上……

干脆利落漂亮仗，幼儿安然全无恙。

是时，下午2点55分。

之后，王玉荣出幼儿园，听万人对她倾声欢呼。她听清的最响两句——

"警察万岁！""公安万岁！"

没人这么纵情欢呼过，这年头。

八

办公室的电话铃声忽又大作。

时间就在12月18日下午4点，王玉荣在几番向激动的含泪的狂呼的"人民群众"作"谢幕状"后，终获逃脱。她和助手钻进那辆破长安车，悄无声息回到郑州市公安局车站分局二楼一间十几平方米的陋室——她日夜战斗的"窝"。

是她进办公室第一个电话——又有新任务？

却是女儿打来的电话。

"妈妈你回来了？！妈妈你把坏蛋打死了？妈妈，奶奶在我旁边哭呢！妈妈我好想好想你！妈妈我已经打了许多电话你不接……"

声声"妈妈"！

本来觉得这事没啥，真没啥，和平时破件案一样不稀罕。

但女儿这电话，女儿在电话里声声娇唤她，不知怎的，热泪像扯不断的雨，一把把、一串串迸出眼眶……

未过半月，国家公安部部长陶驷驹特令：授予王玉荣全国公安最高荣誉：一级英模称号，奖1万元。近日，郑州市政府表彰王玉荣，特奖1万元。

王玉荣把奖金悉数上缴，说："拿这钱，我会难受。"

（1997年6月12日）

航天"风云"

1997年6月10日晚8点。中国西昌卫星发射中心基地。

发射前最后时刻,"风云二号"总指挥施金苗从衣袋里拿出两颗麝香保心丸,含入嘴里。

使怦然猛跳的心能平静,使不畅的呼吸得以舒缓——他有心脏病。

基地裹在连绵葱郁的群山内。夜色中黑黑庞大的山体,凝重一片。高耸的发射架旁,长征三号火箭托起的"风云二号"卫星开始静静开启它的星罩。抬头望天,云雾将星月锁尽,施金苗的心,顿时也有"乌云密布"之感!

三年前,也在西昌,"风云二号(01)"未升空前即遭灭顶厄运:星毁人伤亡,举世皆震惊,研制此星12年的所有科技人员心血毁于一旦。中国航天人,高空落低谷……

三年后的今天,"卷土重来"的"风云二号"能冲破层层低压的云雾,腾向距地球赤道36000公里的上空吗?!

今夜无雨,今夜无雷电,今夜唯有浓云密雾。

云雾挡不住星箭升空。

挟波滚浪涌的万丈硝烟,掣雷霆万钧之力,星箭腾空而起!

"天助人,人胜天。"施金苗言毕,英雄泪满襟。

一

施金苗说:"我无法拒绝。"

1994年5月的一天,中国航天部领导及上海航天局主要负责人,对当时58岁的上海航天局副局长施金苗说:"风云二号"要从失败的阴影重创里走出来,站起来,再飞上天!你做总指挥,如何?

犹豫过,推辞过,旁人知情者也对他"力谏"过:32年搞航天,老本行是造火箭。从八十年代始,他参与研制与组织指挥发射的火箭,发发成功,箭箭升空,无一"落马"。81年的一箭三星,84年的长三火箭腾空,90年"亚洲一号"使中国运载火箭走向世界,继而是长征二号丁震惊中外……足言辉煌矣！辉煌至此，却要"急转枪头"，瞄准另一极难击中的新目标：气象卫星——这是他尚未深涉过的领域。毕竟隔行如隔山。

一个月前，施金苗在西昌发射中心亲眼目睹，"风云二号（01）"卫星在基地的厂房轰然爆炸！浓烟烈火在他眼前翻滚升腾，房顶塌了，上海509所一个叫陈德全的老实验师倒下了，带着对卫星升空的美妙想往永远地去了！60岁的陈德全，就在三天前一个朗朗晴空的日子，在基地旁绿荫环抱的一座吊索小桥上，用一块红石砖，刻下他人生唯一吟诵成的两句诗：山秀流水长，星妙太空转。陈德全道：一生圆了"卫星梦"，我会对后代说，我是世界上最幸福的人。诗情一片，豪情一片。但，豪情未果，出师未捷身先死！

难相忘：失利后的队伍从西昌回上海，在火车站，迎接归来者的大幅标语那么惊心："人民不会忘记你们！"失利者，在流泪。

揩干了泪，干什么？是"逃避"？有人对施金苗说：快60的人了，万一因此保不住你"最后的辉煌"，一生功名毁于一旦。

敬业无杂念，都是平凡事。施金苗说他当时真这么想：他所从事的事业，极崇高，但他个人，极平凡。因为，中国的航天大军，27万人啊，你个人算什么？渺小得很！中国的航天事业，是东西南北中的煌煌大集成，你个人的荣辱毁誉，能摆上台面提半个字吗？

接了总指挥的"尚方剑"，对施金苗，就是铁定一条心：为"风云二号"，他是"什么都不要了"。

二

航天，你要胜天，却往往受制于天。

想过"翻船"吗？不想是怪事。面对种种压力，想起三年前不敢再想的"失败"，眼前更要对付的是：西昌群山沟壑里诡谲多变的"风云"。

6月的西昌，多雷电，多大雨。雷电大雨，是星箭发射之大敌。6月5日，"风云二号"开始就定在此晚发射。在前气象专家云集，预报当晚的天气是：阴有小雨或间断雨。小雨不怕，间断雨可抓住它"间断"的时候"趁虚发射"。总之，对6月5日，基地上下在发射前均抱乐观：打！还敲准了发射时间：晚7点56分。于是，一、二级火箭加注，第三级火箭加注液氢液氧，卫星发射前的准备工作就绪。万事俱备，只求"不雨"。

俗曰：山里的天，孩儿的脸。真可谓天有不测风云：就在发射前三个多小时，突然暴雨如注，接着是闪电打雷，轰轰隆隆，气势磅礴，一声响过一声，仿佛巨大战车碾过天庭。

过6点。过7点。雨依然，雷电依然，和你拧着脖子干。

施金苗抽紧了心！此时，上海509所、上海技术物理所的5个人在发射前40分钟攀上了44米高的9层发射塔台，做发射前最后一个"动作"：拔去气管。为防止飞蛾扑入启罩的卫星，发射塔架上的照明早已断电，黑漆漆一片，唯狂雨倾盆雷贯耳。登塔台的人中，一个就是509所56岁的所长陆子礼，一个是所长助理颜履杰。所长本不需登塔，是那雷雨太邪乎。关键时刻需要镇静，关键动作需要胆气，老所长身先士卒。可是雷雨不停，发射一延再延。整整一个多小时，他们是站在几百吨待命点燃的"火药桶"之上，其间，雷电一个攥紧一个，闪在他们身边，炸在他们头顶——银蛇狂舞天公怒。

山沟里的天气！施金苗一生的大半时间就扑在风雨兼程的野外：戈壁滩，荒漠，穷山沟，火箭卫星的发射场总在这些人迹罕见的处所。那里留下他和同伴们多少喜悦的泪、咸涩的汗，也有"深深的遗憾和刺激"。

1973年，施金苗几岁？年方37，正当年。他参加了在酒泉基地发射上海的第一颗卫星——长空一号星。卫星由风暴一号运载火箭发射。但，箭坠落，星未入轨——失败了！于是去找坠地的火箭残骸。施金苗是找残骸队伍中的一员。

找残骸的路，无路，逢河涉水，逢山辟道，披荆斩棘，风餐露宿，整整10昼夜。终于，在疲惫至极时找到二级火箭的残骸：在兰州郊区的临洮，在一家农户大天井的高台上，粗有3米多，重有数吨。驻足望残骸，上天复入地，心酸复心苦，足下千斤重……

失败，在以后的岁月里，还有。那滋味，最难受。

暴雨雷电中，"风云二号"难升空。基地指挥部不得不下达中止发射的指令。

1997年6月5日晚间的雷雨，将上海的航天人几乎推到了"绝境"：上级指示，"风云二号"发射最迟不能超过6月10日。因为此后西昌便步入了雨季；因为加注过的卫星难以为继；因为举世瞩目的"7·1"已经临近……。只有5天的时间了，而重新发射的准备也必需5天。如果6月10日再不能升空，那么这颗造价1.6亿元的"风云二号"将自行报废，15年心血付东流！10日——6月10日！究竟会是啥样天？

三

对西昌多变的天气，待久了，你能否揣透它乖张的习性？答你一个字：难。6月5日这天，谁也没料到那雨死了命下，雷电更"助纣为虐太猖狂"，把"风云二号"揿压在地面上，"龟缩"在发射塔里。此后又闻气象预报，道：6月6日至9日，老天将继续发难，天气状况"一塌糊涂"。可事实是：尽管这几日有风有云有小雨，却天天晚上具备条件发射。老天，你真会玩玩，欺人太甚！

"风云二号"是颗什么卫星？我国第一颗地球同步轨道气象卫星。地球同步轨道卫星，也称静止轨道卫星。它绕地球一周的时间也恰是24小时，和地球同步运转；它的眼睛，始终牢牢盯住地球的一面观察。我国过去没这颗卫星，能造此星的国家在世界上仅美国、俄罗斯、日本及欧共体。全国各族亿万人民每晚在中央电视台看到的风云气流涌来动去的"卫星天气图"，是"借"人家日本的，且角度不佳。我们的"风云二号"，将在整整三年时间里，"大睁着眼"，盯紧中国这半球，回收130个气象台的最新信息，且每30分钟可获取一幅可见、红外、水汽三个通道的图像，尽收气象动态变化于眼底。对灾害性天气，"眼观六路，耳听八方"，及时"下达上传"，使之防患于未然。

然而，这颗"雄心壮志"要管住"风云"的卫星，今日竟然被西昌"一小块风云"管住了。

但你不能急，急不得的。上了天，是你"发号施令逞威风"，在地面，你要"服从命令听指挥"。这是客观规律，这是科学。

科学就是："严肃认真、周到细致、稳妥可靠、万无一失"。

谁说此话？周恩来。

1972年，施金苗到人民大会堂，向周恩来总理汇报上海发射风暴一号遥测火箭的准备情况。为这次汇报，施和他的同事足足准备了半年。此前他们神经绷紧，有人传来话：周总理提问会让你们"走投无路"，他会死抠你小数点后究竟还有几位数。

那次汇报，其实没那么可怕。开场时还有轻松的"小插曲"：总理先问主汇报者施金苗年龄，施如实告之。总理欣然："很年轻嘛。"再问：老家何方？施金苗答：浙江慈溪。总理闻之一笑，说："全国的棉花，慈溪最好。"又惊人地道出慈溪当时县长的姓名。坐在一旁的叶剑英则不以为然，提出异议："全国的棉花，据我了解，江苏启东最好。"总理手轻轻一挥，坚持："不，慈溪棉花好。"众人乐，气氛轻松。

轻松归轻松，但那次汇报长达5个半小时，总理"所有的问题都问了"。最后，有了以上的"十六字方针"。之后那次火箭发射，成功。

"风云二号"推迟发射，不急不忧是假，但你也要学会"轻松"，气沉丹田定住心，临危不乱仍从容。

四

北京牵挂"风云二号"：李鹏总理，刘华清军委副主席，三天两头询问，关心，千里之外叮咛：不要急，选准天气再发射……

首长叫你不要急，首长心里真不急？

是该选个好天气。但谁都知道，10日发射，是"最后的晚餐"，再不发射，只能是前功尽弃。

"风云二号"无路退！

在西昌发射中心，那为"风云二号"写就的口号都是"壮士一去兮不复还"，如：只许成功，不许失败；再如：背水一战，没有退路；无限风光在险峰……

5日到10日，只5天，却度日难似过5年。

10日发射，先听9日晚的天气预报。从中央到地方再到基地共三种预报：一为阴转多云，二是阴有零星雨，三则阴有阵雨。凶耶吉耶，只有"天晓得"！

心，惴惴然。

10日晨起，施金苗出门，抬头，看到了蓝天！不仅如此，人的感觉，不闷，不湿——不闷不湿无雷雨！这是他对此地老天的经验总结之一。莫不真的"天若有情"？

天若有情天应知：三年来，为研制这颗新的"风云二号"卫星，多少科技人员为它寝食不宁，为伊消得人憔悴。上海509所，仅为一个阱系统自锁阀慢性泄漏的质量问题，就调动了全所60多名精兵强将对其攻关一月余。为赶进度，1996年春节，他人休息，所里干部职工照常"8进9出"（上午8点上班，晚9点下班），"突击小组"日夜在一万级的洁净室里，冒着"吸毒"的危险，对阱系统中的78条焊缝和工艺孔进行一级高压焊接。每次焊接毕出工作室，头便如带箍的孙猴儿被唐僧念咒般的痛。记得除夕夜，在攻关现场，所长陆子礼和其他领导，给奋战不归的科技人员和职工买来苹果、鸡蛋，一一送到手上；煮热的一杯杯牛奶，亲手递给每个职工……感谢的方式和内涵，充满情感，又"素朴万分"，精神奖励远远超过物质奖励。

"风云二号"卫星是一流高科技综合集成的产品，计算机技术，航天遥感探测技术，自动控制技术，先进的多通道扫描辐射计，防静电点火控制电路设计……精致万分，也娇贵万分，旋不紧一个微型插头，多出一根细于发丝的污染物，均会导致上天后"全军覆没"。为能成功地进行卫星的热真空试验，施金苗竭力主张并经领导拍板：斥资1260万，改造原有的真空罐。这一高投入、高风险的改造获得成功，并在试验中起了极重要作用：在卫星的低温区，发现了过去不易发现的液状污染物。再"刨根究底"一路探查，得知是由于沿用了过去标准允许的材料起潮所致。查出必纠，且是不计代价彻底地纠正：全部更换296个插头的有关材料——隐患消除，心中的一块石头方落地。

上海技术物理所，为解决高精度光机主体部分空间力学环境的适应性，经历了设计、试验、改进整整8个回合的反复折腾。在仪器单机实验中，研究人员"慧眼求疵"，发现了一个电子元件有质量问题，即举一反三，对全机使用的107个此类器件毫不留情地"斩尽除绝"。

三年，整三年，查出的问题有多少？解决的问题有多少？100多个。

100多个问题，最后"全部归零"，你说，要花心血多多少？

所以，与火箭发射相比，施金苗由衷感叹："风云二号"，更难，更累！

天若有情应动容。

五

6月10日清晨施金苗对天气的感觉似乎不离谱。这天中午报天气：有时有雨，但没雷电。过中午，又报：如有雨，系小雨。担心自然还有，因为天气在变。到下午，云又开始在山沟里聚聚散散，推来搡去，似在"争执"是否还要在此"兴风作浪"。之后，蓝天不复见，天色渐晦暗，能见度渐差。

几番开会，均为天气，气象是中心。再请来当地老农，让他预测当晚风云。老农细眯起眼望天观云，最后定下一句话：今晚的天，不怕的。

不怕就再次为第三级火箭加注液氢液氧，时间为下午两点。加了注，便如弓箭已拉开，等待"奋力射出"。

又一次等待发射，又一次提心吊胆。施金苗开始吃药，大把吃药，药有四、五种，为保护心脏。

过去谁都说他身体好，铁打的汉子一个，没灾没病。自己也这样感觉，能吃能干能跑能经风雨永不倒。突然那一天——在96年的8月间，压力太大人太疲劳的他怎么说倒就倒了！从基地急送西昌医院检查：心脏病发作！急坏了千里外的家里人。瞒一天两天可以，时间长了，只能"坦白交代"。那次在西昌基地，前后两个月。离家时，自己提着箱子走，步履矫健。归家时，人上楼梯，直喘气，箱子硬是提不动，只能由司机代劳。到家称体重，去时140斤，归来130……

35年为航天，从不悔。1957年，21岁的施金苗走进北京航空学院大门，学飞机设计，学导弹设计。同时他热衷一件事：航模，还参加了学校的航模协会。在校他有个密友，也迷航模，和他投缘，此君以后一路发展挺进，还得了个"航模世界冠军"。施金苗差一点也被航模诱惑，但最终还是走出了这一迷宫。是因为当时想：中国的航天，远远地蹒跚着趑在人家后面走。学的是航天，从第一天起就有了使命感：去追，去赶！

翩翩一少年，倏忽霜满鬓。累不累，苦不苦？

施金苗言语沉静："和我一样干航天的人，太多；名利于他们，轻如鸿毛。"

真如此，在西昌基地，随你拉上哪个人，人不同，年龄各异，听他们讲话，不是上课的上课。搞卫星扫描辐射技术的王玉花，是人过四十的女科技人员，三年前出事故时"吸了毒"，受了伤，她说："这次是我们'雪耻'的日子。不想别的，就想好好争气！"56岁的总体主任设计师王介康，也经历过三年前的"那把火"。他说："怕什么，是中国的航天重要，还是你个人重要？"31岁的庄越，负责卫星综合电性能测试的，言语诙谐："这次临行前老婆说：多长个心眼，平安回来，身上别再少什么'零件'。我说，不怕'零件'少，就怕卫星栽。"

"风云二号"发射前最后时刻，施金苗就想：为中国的航天事业，做一件事，成功一件，再站稳脚，这最最重要。

六

1997年6月10日，中国航天难忘日。

一切为星箭升空"开绿灯"：发射基地气温适中，湿度相宜，无雨，无雷电。

10日，最后的发射机会。经过巨大压力的煎熬，经过失败后的巨大努力，经过北京、西安、天津、上海等地东西南北科技人员共同艰苦卓绝的拼搏，将其功毕于此刻：晚8点零1分。

发射"窗口"打开，施金苗屏住呼吸。发射前一刹那，基地死一般静。最后的等待，是风暴的静止中心。

一声"点火"令下，托起"风云二号"的火箭喷吐火焰，拔地而起，轰轰隆隆呼啸上空！

掌声，泪水，泪水，掌声……

以后，施金苗从西昌赶往西安测控中心，赶往北京。一路向北，一路"追赶"卫星好消息：6月17日，"风云二号"顺利定点东经105度；6月

19日，卫星同步轨道开始移交前的在轨测试；6月21日，发回第一幅清晰的可见光云图；7月13日，发回第一幅高质量红外云图和水汽云图⋯⋯

"风云二号"的发射成功，将提供我国中部东经105度为中心的三分之一个地球范围内的云图资料。这些云图资料填补了我国西部、西亚、印度洋上的大范围资料空白，利在中国，功在全球。

振奋人心：我国独立自主制造的首颗静止气象卫星，其各项指标均为九十年代国际水平。它的器件引进率不到10%，而其造价仅国际同类卫星的一半。据在轨测试信息反馈，"风云二号"传回的图像质量已相当日本第五颗（最新一颗）GMS（气象）卫星水平，其红外和水汽图则是更胜一筹！

"风云二号"胜利升空。仅仅过了18个小时，李鹏总理欣然到西昌，接见有功之臣，说：听到你们成功的消息，江泽民总书记很高兴，我也很高兴，全国人民同样高兴。"风云二号"发射成功，壮了国威！

也就在发射成功的当日，联合国气象组织会议在瑞士开幕，我国气象局名誉局长邹竞蒙即刻向会议报告此喜讯，会场上顿时掌声响起来⋯⋯

尾

夏日，中国西昌，又一个难忘日。

那天阳光难得照耀着雨季中的山沟。一大群人，一步步走到基地旁那绿荫环抱的吊索小桥上。吊桥依旧，走上去，吱吱咯咯作响，左右前后轻晃；青山绿水依旧，侧耳倾听，声声鸟鸣，溪水潺潺。三年前倒下的陈德全用红石砖刻下的两行诗依然历历在目：山秀流水长，星妙太空转。

默默伫立，默默追思，默默告慰：三年了，时间很短，时间又漫长。再来看你时，我们成功了，中国航天又一次成功了，你和我们一起成功了！

逝者，请安息；来者，当更努力。

风雨航天路。施金苗说：中国航天人，会向前走，永不停。

（1997年9月4日）

驶向深蓝

1997年12月24日，北国。远近座座岛屿，围起一处静谧美丽的港湾。旭日初升。蔚蓝色的大海，如一巨大摇篮，拥抱轻抚着一艘银灰色战舰：被称作"中华第一舰"的我国最先进的水面舰艇——112号导弹驱逐舰（哈尔滨舰）。

记者随一位68岁的老人登舰。

老人个中等，面善，背微驼，发须皆白，身着灰褐色灯芯绒外套，头戴藏青色旧鸭舌帽。如此外表极素朴的一介"老夫"，随往哪人堆里一扎，谁侧目于他？但在"中国第一舰"的112导弹驱逐舰上，老人的到来，竟引起"轰动"：上至基地副司令员、舰长、政委，下至舰艇技术人员、水兵，皆向老人敬礼、握手、欢呼："欢迎我们的总设计师！"老人叫潘镜芙，中国工程院院士，40多年在我国水面作战舰艇设计上勤奋耕耘，为中国海军从浅蓝（近海）走向深蓝（远洋）立下煌煌巨功，由他担任总设计师的112号导弹驱逐舰，已赢来世界性"喝彩"！

一

那日早晨无风，淡淡的清雾轻拥在海面上，远处近处的岛屿多了番迷离朦胧。朦胧的海景有一种别样美，但使海的能见度减低：两公里不到。那日112舰要出航，作"单舰对多目标跟踪"测试，测试安装于舰上的高科技跟踪仪器。时过原定出航的时间：8点，基地那边依然迟疑难决，一个接一个的命令都是：待命。

112舰政委陈吉瑶在焦急中揣摩上级意图："谁让潘总设计了一条我们国家'宝贝珍品'般的舰艇。我们每次出航，都有个前提：万无一失。"众人笑，潘镜芙也笑，笑着又说："其实我敢打保票：这点雾，绝无任何问题。"

"绝无任何问题"这句话，潘镜芙在97年初也说过，说过好几回，对112舰舰长。那是在112舰当旗舰即将出访美洲4国前。此次出访，是对中国海军真正走向"深蓝"的实际检阅：中国海军和中华民族将进行有史以来首次环太平洋洲际远航，第一次到达美国本土，第一次访问拉美国家，历时约100天，历经春夏秋冬四个季节和12个时区，跨越经度178度，纬度66度，两次跨越180度国际日期变更线，两次穿越赤道和南北、东西半球，纵贯南北美洲以西沿海，总航程达24000多海里⋯⋯路漫漫，多艰险。难怪112舰舰长出发前心里要犯嘀咕，几番私下追问潘镜芙："这舰，到时会不会出什么问题？"

潘镜芙的回答是要给舰长吃下一粒粒"定心丸"。

出发了，远航了，起大风浪了！1997年2月20日，由我海军南海舰队司令员王永国中将率领的访美洲海军编队驶离湛江港，一出巴林塘海峡后，即遭遇大风巨浪：风力6－8级，阵风9级，浪高4－6米。顶风顶浪航行共多少天？15天！大破中国海军史"风里来雨里去"的纪录。

潘镜芙的"定心丸"还起不起作用？

112舰副舰长王大忠对记者这样形容："那时的感觉，就像舰艇一次次'中弹'了！隔三到四分钟就给你来一下。巨浪把舰体狠狠砸进浪的谷底，又一把将你悬空攥起来，再兜头把你死命撞下去。极端恐怖，想：这舰哪地方要给撞漏了，撞裂了，如何是好？"航空兵出身体格甚为强健的王大忠连着两晚上没睡踏实，其他官兵，百分之七十以上呕吐。舰艇破风踏浪一路搏杀，按计划按进度一路前行，誓不回头。国宝般的"中国旗舰"今天是养兵千日，用兵一时，代表着国家尊严，代表着国家形象，显示中华民族走向"深蓝"一往无前的决心和意志。舰艇编队到美国夏威夷前两天，风小了，天晴了，浪止了！太平洋上的暖阳，泻满刚从巨浪中挣脱而出的三艘飘扬着鲜艳五星红旗的中国舰艇。一切都好，感觉真好：112舰航行平稳，舰体无恙，舰前甲板的对空导弹高昂起头，30多米高的对海对空警戒雷达天线悠然自如地转动着身躯⋯⋯

风浪过后尽开颜。此时的112舰舰身仅结起一层银色的结晶盐，薄有一毫米多，厚处达三毫米。在舰体后甲板，躺着一条太平洋上的死鱼，想必是巨浪的"恶作剧"使然。舰长下令：进夏威夷前，舰船扫除一新！舰上数百名官兵齐声呼应，呼啦啦各就各位⋯⋯

问潘镜芙：舰队远洋遇险，你在国内是否担心？

潘镜芙答：紧张得寝食难安。毕竟，112舰是艘新舰，"服军役"仅两年，真正的远洋考验几乎是"零"。那段时候他在全国各地开会出差，每到一处不忘阅报听广播。人在此，心已在大洋。"不过，"潘镜芙断然道："绝无任何问题，我是始终如一坚信。"

自然，今日薄雾，更无"任何问题"。果不其然，过9点，基地为112

舰解禁：执行任务，起航。

"起航了！"作为此舰总设计师的潘镜芙，此时竟兴奋雀跃，如孩童要跑出家门去野外撒欢。现任112舰舰长、44岁的吴文海不无感慨："看看潘总，没的说：68岁还登舰；国家的大功臣却不掏一点架子。咱中国的科学家，可亲，可敬，感动不死你？"

<h2 style="text-align:center">二</h2>

舰艇甲板中前部有个大会议室。其实那"大"的概念非一般人所想，就近30来个平方米，长方形，还分里外套间。但在舰上，这会议室已够大。舰艇，水上的"陆地"，寸土似金如银。

会议室里，盛满112舰全体官兵的骄傲和荣誉。迎面是两度登上此舰的国家主席江泽民的亲笔题词：做驾驶新型战舰的开拓者。进门右壁，为112舰银灰色流线型舰船模型。靠门那一长溜舱壁，挂满几十个国家及海军与之交往相送的精美锦牌。112舰官兵对潘镜芙说了这样发自肺腑的感激话："潘总，你真让我们在外国人面前狠狠露了回脸！"

人要挣个面子，国家就要挣个尊严。在现代世界，你靠什么去挣？靠国家的实力，靠国家高科技水平的真正体现。集高科技水平于一身的112舰，这次远涉重洋到美洲，和那边的海军来了个"越过大洋的握手"，既肩负"和平使者"的重任，又一展国家实力和科技水平的风采。听点来自大洋另一端海军将领和士兵的"美言"，共同感受一番"露脸"的振奋。

美国海军城市圣迭戈——112舰在此停留4天，参观的当地各方人士和华侨竟达5万余人。一海军军官惊叹：我接待过上百个国家的访问军舰，如此盛况，开天辟地头一回。一美国水兵仰望军舰比比划划："天，没想到中国有这么强大的军舰。唔，我可不愿意和如此强大的军舰作战。"

秘鲁卡亚俄港——一参观的秘鲁水兵脸上充满美妙遐想："我现在心里有个强烈愿望，今后要当上像这艘有着强大火力的军舰舰长。"

智利瓦尔帕莱索港——英国驻智利大使馆一位武官专程登上112舰，用行家的眼光审视后由衷称赞：军舰历60多天颠簸，航行10000多海里，还保持这么好的状态，了不起。智利第一海军司令的话充满敬佩，又洋溢诗情："中国是距离智利最遥远的国家之一，是海洋把我们两国海军联系在一起；你们以你们飘扬的旗帜，向世界展示了你们伟大国家的存在。"

为它自豪为它"倾倒"的更是在异国他乡的同胞。在万里之外的炎黄子孙眼里，从万里外驶来的祖国的军舰即代表了国土；踏上军舰的甲板，就是踏上了国土！在夏威夷，一个白发苍苍的老华侨，坐着轮椅上舰，轻抚舰体，如抚久别的生母，泪满衣襟。一台湾老兵说："我当过台湾海军的水兵，现在登上了中国的现代化军舰，我要大声说，我们中国就是了不起！"一中年妇女说：都说祖国已强大，却很长时间没亲眼目睹；登上这军舰，才真的扬眉吐气。在圣迭戈，前来观舰的华侨日日排起一公里长队，日晒4至6小时才能登舰参观，但心甘如饴。他们中，有的开了500至600公里的长途车气喘吁吁赶来，有的从1000公里外的地方坐飞机风尘仆仆赶到……

所以你便能理解，112舰上的全体官兵，在"狠狠露了回脸"后，在异国他乡感受到巨大强烈的爱国主义情感之后，心中升起的对舰船"总设计师"的由衷感激。战争年代，现代化的海军是保卫祖国疆土的坚实屏障，是打击敌人保存自己的有力武器；和平年代，它就是不屈民族的精神体现，是国家尊严的象征之一。

三

中午11点45分，舰上午餐毕，舰长的命令已在全舰上下回荡：舰体已到达"作战海区"，跟踪多目标敌舰的行动马上开始。

全舰投入。舰政委跑来对潘镜芙说："潘总，我们行动，你休息。"潘镜芙笑答："不看我的'宝贝儿子'打仗，我来海上干什么？"

潘镜芙也和官兵们一起忙乎：疾步穿过甲板，步上舷梯，身手一下变得矫健。我们来到30多个平方米的"作战指挥中心"，但见基地副司令员、舰长和十多个技术人员、官兵都在各种仪器和电脑显示屏前。这里就是舰艇"全武器作战系统"的核心：对空对海导弹，电子对抗，深水炸弹，自动火炮，反潜系统、雷达监视……一切在此联网显示，一切受此控制，一切命令在此发布。在此，你真正在感受现代战争的气息：它是通过智慧在与敌人进行搏杀，高科技正在成为战争胜负的主角。这就是潘镜芙和我国舰艇设计师们先进设计思想的最佳体现，它将我国海军一步带入自动化、信息共享、攻防立体的新天地。

潘镜芙又将记者带到一个"神奇处所"：声纳听音室。刚到听音室门口，就传来如在空阔的水域中一股股海水滚动的起伏呼吸声。入室，蓝色的屏幕上不时显现一处处银色的亮点。112舰的声纳系统正在跟踪四个目标：目标1，左舷94度；目标2，左舷69度；目标3，右舷65度；目标4……

舰艇要在敌人未发现自己时先发现敌人，并在敌人"茫然无知"时对其施行准确打击。"这就是高科技。高科技的'精髓'是你要比别人棋高一着，先行一步；就是你不能落后。落后就挨打。"潘镜芙一语总结。

落后就挨打，此话对潘镜芙，绝非"大道理"，而是人生深刻又具体的痛苦体验。他的出生地：浙江湖州市南浔镇，烟柳画桥的鱼米之乡。1937年抗战爆发时，他读小学三年级。"八·一三"日军攻上海，一开始"前线"来的消息全是捷报，潘镜芙和父辈们一样高兴，帮着大人将广播上听来的战况写成"大字报"，贴在大门外，以示振奋。但突然那么阴霾的一天，说日军在金山卫登陆了！为什么？父辈们说：就因为我们没有海军啊，那小日本陆路难进，转奔海路袭入上海。没有海军，失了上海，也马上失了小小的南浔镇。那日寇一马平川无遮无挡杀来，南浔镇一夜间成火海，成焦土。那火海和焦土，在潘镜芙幼小的心灵打下多么深刻的烙印：海军，海军，我们中国就因为没有海军！

逃难，先乘着一叶小船，四处漂泊，四处无家。以后再乘着一条木船，木船晃晃悠悠心惊胆战进了黄浦江，是到上海投奔亲戚。那晚，是潘镜芙第一次到大上海，第一次看到黄浦江。木船在鬼子兵白晃晃的刺刀下过了米市渡，惊魂未定，眼前已是黄浦江一片灿烂的灯火。哇，那一艘艘军舰，那一条条巨轮，亮着灯泊在江中。木船走了几个小时，也看了几个小时的军舰巨轮，宛如神话般美丽。但那"美丽"，不属于苦难深重的中国人。父亲说：这么多军舰和巨轮，没有一艘是我们中国的。"我们的国土，我们的江河中，没有我们自己的军舰巨轮！"那晚小小的潘镜芙，很悲伤。

"长大了，我就要造一条大船，造一条军舰，我一定要造。"8岁的潘镜芙，真这么"立志"。今日潘镜芙，早圆了这个梦。他不仅把造好的一条条战舰泊在祖国的港湾，那战舰，还驶入万里之外的异国海疆。

四

潘镜芙从衣袋摸出一本起皱的笔记本，一支钢笔。在作战指挥中心，在声纳听音室，在指挥仪室……潘镜芙都要摸出这笔记本和钢笔，坐着记笔记，站着也记笔记，记数据，记技术参数，记跟踪目标不断变化的角度、位置……记得专注，记得详细。还有一次，舰艇副舰长王大忠无意中说了句话："潘总，我觉得舰艇还有改进的地方。"潘镜芙一听，又忙不迭掏出这起皱的笔记本和笔，要记录，搞得王大忠"诚惶诚恐"，事后对记者说玩笑话："潘总记录的勤奋程度可不比你这个记者差半分。"

潘镜芙则对记者说："记笔记的历史，几十年了。人多有癖好，记笔记对于我，也算是癖好之一吧；不但白天记，每天晚上还要整理，思考。"

他说起一件有关笔记本的"惊险故事"。

是在1968年吧。那是个许许多多人热衷于"搞革命"的年代。潘镜芙在干什么？搞他的051型导弹驱逐舰，我国第一代导弹驱逐舰。外头"革命"搞得欢，而他在研究所和一些同事闭门搞科研也甚为红火，可谓"两耳不闻窗外事，一心只有051"。及至有一天他从研究室里疲惫地走出，发现一墙壁的大字报全冲着他来，大标题是：潘镜芙何许人也？大有将他"拉下马"之势。看得潘镜芙心惊肉跳。到后来，总算有"好心的革命人士"说：人家（指潘）一心抓革命促生产，搞什么搞？于是"放他一马"，于是放他出差去搞"科研调查"。

那次出差到郑州，到一个射击靶场看安于舰上的火炮。车行一半，后面轰轰隆隆的追车赶来。一霎眼，追兵已到跟前，把他们的车拦下，一大批"革命战士"手持长矛、铁棍、利刀将其围定，嚷道："检查！"搜查加盘问，有半个小时。搜查出什么？潘镜芙什么也没带，身上就一本皱巴巴的笔记本，记着许多调查数据。搜查者长时间对这笔记本进行"研究"，"研究"得潘镜芙心急如焚，暗暗祈求：这宝贝笔记本，别给"革命战士"毁去。万幸，这本对"革命战士"宛如天书的笔记本没能引起他们的"革命兴趣"。笔记本完璧归赵，人得以放行，潘镜芙长舒口气。

很苦，搞船搞舰真很苦。夫妻两地分居二十年，妻子带着一儿一女在上海，他一个人在武汉。妻子患多种疾病：肾脏病，高血压，心脏病，还有天旋地也转的美尼尔症。妻子发病了，他远在异地，儿女生病了，他不在家。许多的"酸甜苦辣"故事，讲得完吗？当时毛泽东主席的一段话总在他耳边响："下定决心，不怕牺牲，排除万难，去争取胜利！"这样想，也这样去做。常年在外，长时出海，秦皇岛，葫芦岛，舟山，青岛，大连，湛江，旅顺，汕头，广州……那次051型舰要做海上大风浪适航性试验，试了北海，浪不大，就去东海。东海有个浪岗海区，是大风浪的"专业户"。一到那地方，全乐了：水深浪急，六级海情，浪高5米多。舰冲入海区，撒蹄作360度环绕式"跑浪"，接受顺浪、顶浪、斜浪、旁浪的冲击，检验船的横摇、升沉、纵摇等的性能。当时年富力壮的潘镜芙，一边翻江倒海地呕吐，一边进行技术指挥。那天胃里的酸水，"全锅端"……

苦尽甘来。难忘1974年夏天，当时的国家军委副主席叶剑英、李德生到葫芦岛，看我国首次装上导弹的驱逐舰进行实弹发射演习。导弹发射了，那巨大的声音，胜过夏天天庭爆响的干雷，导弹拖曳喷射的火焰长尾，足有5－6米。弹发4发，发发命中，两位军委副主席连连击掌大喝："打得好！打得好！"

那一刻，什么苦，什么累，什么疲劳过度过度疲劳，全没有了！

人生此时尽辉煌。

中国海军，从此迎来开创性的导弹上舰新时代。

问潘镜芙："那一刻你想到过什么？"

"想到母亲。"潘镜芙说，母亲其实文化程度不高，小学毕业。但从很小时，他就记得母亲夜夜点灯陪他读书，还在他的书包上绣上4个字：名震寰宇。他当时不懂，请母亲释疑，母亲答："为国家立下功名。"

为国家立下功名的潘镜芙却无法尽孝母亲：1994年，母亲去世时，他依然在葫芦岛试验基地，不得归，在为新一代新型导弹驱逐舰殚精竭虑……

五

那日跟踪测试的整整一下午，潘镜芙几乎没有休息。上下甲板，室内室外，身影掠来跑去，脸无疲态，腿脚不虚。终于听有人兴奋地喊："4个（目标）全抓到了！"

这时的潘镜芙，方才接受"休息"，这时的潘镜芙，脸上才疲态尽露，笑着说："还真有点累，年岁不饶人！"

年岁不饶人，但人的观念和军舰设计思想始终要保持"年轻"乃至创新，做得到吗？从未喝过"洋墨水"的潘镜芙说他努力去想去做。此前的051舰，是中国第一代导弹驱逐舰，是"开路舰"，实现了武器从单个装备到武器系统的转变。但你不能停留于此，要超越它。新一代的112导弹驱逐舰就要再取得大突破，要将导弹、反潜、主炮、副炮、电子设备等等连为一体，形成全武器作战系统，做到"全舰有机协调，综合性能兼优"。

说易做难。先举一例：112舰主船体用什么钢？当时推出专为该舰研究的特种新型钢。钢是好钢，却难焊接，便产生了分歧、争论。要知道，主船体如出现裂缝，颠覆性的后果！用不用，总设计师决断。决断意味着你要肩负起重大的责任，意味着承担难以却避的风险。潘镜芙决断了，说："将来有任何问题，我总师负全责。"负全责需胆魄，更要建立在科学严谨的基础上：对钢厂，将碳当量严格量化细化；对提供材料的研究所，制定详细的工艺技术要求；对船厂，制定一丝不苟的施工要求，并对每一块钢板实施"重点监控检查"；对焊接，更下了"死命令"：焊缝及焊接关键部位，实行100%的X光检查。结果，100%的X光检查，100%合格。运用高技术，同时也会遇到高难度的难题。新型的导弹驱逐舰上，安装了先进的卫星通信设备，这在我国水面舰艇上又是"第一个吃螃蟹者"。但恼人的事接踵而来：设备装舰后，受到雷达的严重干扰。记得英阿马岛之战中，英国谢菲尔德号驱逐舰就是因为雷达干扰卫星通信，在该舰通信时关闭了雷达，战舰立时由"智慧的明目人"变成了"瞎子"，遂造成不能及时发现对方的飞鱼导弹。导弹乘虚击中舰艇，舰艇即被击沉，葬身大海——血的教训！

一定要解决雷达干扰卫星的问题。找原因，寻途径，一个个解决方案提出、否定、再提出。60岁的潘镜芙奔南京，到上海，去河北，跑了一地又一地。陆试正常了，到海上又"卡壳"了——烦！及至最后灵机一动，来了个"土法上马"：同时在雷达和卫星通信设备上采取"隔离"措施——成了，彼此真的"井水不犯河水"了！可谓踏破铁鞋无觅处，得来全不费工夫。但蓦然回首，就这难题的解决，前后时间一年余。

六

112舰胜利返航。

那日，夕阳下的大海美仑美奂。淡淡的薄雾依然笼在海上，大而圆的夕阳发出适目的金黄。夕阳戏弄着海水，平滑无言的水面波光潋滟，鸥鸟高飞浅翔——这就是我们祖国的海疆，美丽无比的海疆，缓缓行驶的军舰在默默地护卫她。

潘镜芙走上甲板，默默伫立在战舰的舰舷旁。北国微微的海风，袭面而来，有些冷意。但他依然伫立，久久伫立。

一辈子造军舰，一辈子和大海成为"莫逆至交"，青春无悔，人生无悔。但潘老，你是否觉得，在眷恋你事业的时候，你有没有"单调"的感觉，就譬如这海，虽然美丽，却也有感觉乏味时？

潘老以一笑答之。那笑分明透着十分的满足。

1997年5月26日，是中国海军特别的日子：112舰率领的访美洲4国海军编队胜利抵达湛江。湛江彩旗舞，鼓齐鸣，乐高奏。军委副主席刘华清来了。在欢迎的人流中，刘华清一眼认出了潘镜芙，亲热地握他的手，亲热地称他："老潘。"老潘已"廉颇老矣"了？不老不老，刘华清说："老潘哪，应该让他干到80岁！"

老潘却也真的老了。从湛江回上海的家，精神放松，身体放松，老潘立时病倒了！旧病复发：腰间盘突出症狠狠地发作了，在床上足足躺了两个月！后来他终得一"秘方"：趴着睡觉。睡时匍匐而卧，头脚且微微上翘，以调整椎骨。此招还灵，不久即初愈。人能离床后，再辅之以倒走，便又觉身轻。老潘真的想：干到80岁，敢情"有戏"！

一如战舰对大海的依恋，一如水兵对海洋的痴情。如此，对迈着坚实脚步走向"深蓝"的中国海军，幸甚。

（1998年2月5日）

飞去来兮

我们应当关注这个名字——郭亚军。

也许不久后的一天，世界会对他的名字肃然起敬。

事实上，这个名字已经"享誉全球"。1997年，当郭亚军主持的教会机体识别肿瘤细胞疫苗，在德国一期人体临床试验获得成功之时，欧美主体媒介数百家报刊、电视台，均在显著版面和黄金时段，争相报导了这一突破性功绩。美国《科学》杂志的评说言简意赅：郭亚军教授"开启了免疫系统防治癌症的大门"。

大门何以能被开启？

大门的开启昭示着什么？

开门人郭亚军还能走出多远？

我们知道，此后的两年里，郭亚军没有一刻停止过继续的进击。我们还知道，如果将生命科学喻为新世纪的"前沿阵地"，那么，今天在制备肿瘤疫苗的战线上，是以郭亚军为代表的中国人独占鳌头！

让我们一起关注这个名字。

一

1999年大年初一，45岁的郭亚军教授在哪过的？飞机上，中国到美国，10多个小时的飞行，同时是10多个小时的时差。到美国，和妻子及两个女儿享受了短短几天"天伦之乐"，农历初七，再飞越太平洋，人随飞机"咕咚"一下回落北京，几天后，返上海。

从黑到白从白到黑的时差，损人，极难受。从中国到美国，再从美国返中国，两个时差"叠加"，还昼夜硬撑着干事，什么感觉？这叫"老账新账一起算"，这叫"雪上加霜"！那天我和郭亚军相谈整一日，完了他才告诉我这几日"飞去来兮"的事：真撑不住啦，特想睡；对，去睡，不吃饭，睡！

当时：下午5点。

郭亚军说：光1998年一年，他美国中国中国美国往来折腾就10多回，飞机上看那太平洋，烦！

问郭亚军：干嘛这么千辛万苦千里万里来回奔波对不住自己？郭亚军答了句玩笑话："给自己创建的'哑铃模式'害的。"

什么是"哑铃模式"？即在中国上海，在第二军医大学吴孟超教授领导的东方肝胆外科医院（研究所），建立一个与郭亚军所在的美国大学相应规模和水平的实验中心；郭亚军同时任两地研究中心的主任，率中美学者穿梭其间，培养人才，形成一种长期稳定的高层次国际科技合作关系。

这一"形成长期稳定的国际科技合作关系"的创举，却让郭亚军从正式创立该模式的1994年起，其个人生活便一直处于"极不稳定极为颠簸极为混乱"的状态中。

郭亚军家在美国。郭亚军现在事业的"一半"在美国。目前的头衔有：美国加州西德尼肿瘤中心免疫基因部主任，美国《肿瘤基因》杂志编委，国际肿瘤基因治疗学会副主席。在中国上海，他亦"重任在肩"：二军大国际合作肿瘤研究所所长，二军大肿瘤免疫和基因治疗中心主任，上海张江生物技术中心主任。

何以顾家？在家他的"名声"坏透，在美国同是搞免疫学研究的妻子竟和一个10岁一个7岁的女儿对他"评价"一致：大骗子。因为，他曾一次次许诺：陪她们度假，游泳，花前月下散步，动物世界里徜徉，却一次次届时跑得"万里无踪"。连续5年，他都对妻子说：带两个孩子去夏威夷，痛快玩一把。一开始家人雀跃，但几年的"上当受骗"，实在令她们忍无可忍。至1998年9月，他痛下决心，且作出"没有退路"的行动：提前定计划，订机票，订房间，一旦不去夏威夷，罚金高达50%。度假时间是12月，12月的美国如中国的农历新春，节日多，且隆重：感恩节，圣诞节，过新年。但当时间倏忽走到11月，还在美中两地折腾的他就已感到：坏事了，怎么算来算去就是挤不出能给他"松绑"的10多天假！申请肿瘤中心建设的经费亟需落实；两国间紧锣密鼓进行的一个研究生联合培养计划项目，他是中方组织招生考试的代表；在浦东的技术研究中心建设，必须于年底完成……

那天越洋电话中他絮絮解释，那头的妻子马菁则轻叹口气，随后是"无奈的理解"："我是料到的……别说了，我来对孩子解释。"

于是，他那"大骗子"名下，多了条"难恕的记录"。之后，便有了他"初一赴美"的补偿行动。

愧对了一个家。

二

"你非要回去（中国）干什么？"这是5年前妻子马菁问他的第一句话。

"报国，为国家培养人才，在美国就不可以？"马菁再发问。

回答妻子"两大问题"，郭亚军用如下"四点"：一，在美国为国家培养研究人才，毕竟人数有限；在国内建中心，建基地，就地取材，孵化快捷，事半功倍。二，我是中国人，不但如此，从我小学到完成博士后，全靠国家倾力栽培；有道是：滴水之恩，涌泉相报，更何况我。三，我在美国再成功，总是在美国，我要在自己的土地上干出点事。四，我总忘不了自己的"工程兵出身"；在中国人民解放军，我整个呆了20年哪！

整个的豪言壮语。

不是一时冲动的豪言壮语。

满含激情深情的豪言壮语。

马菁理解，知夫莫如妻。妻子只能说："去吧，回去试一下，不行回来，'头破血流'也别怨。"就此绿灯放行。

出国，回国，回上海，重新踏上这片稔熟的热土，千般感慨万般情愫。拂去岁月烟尘，启程赴美的日子宛如昨天：1989年8月，酷暑。走时，是受二军大委派，带着"少年得志"的一身荣耀：在著名科学家吴孟超教授、刘新垣教授指导下，作为军人的郭亚军出色完成了硕士、博士、博士后学业，并在肿瘤的免疫与生物治疗研究方面取得一鸣惊人的创新突破，建立了"术后免疫失调"理论和免疫综合疗法。其理论及临床表明：在手术前后采用免疫综合治疗，不仅能加快患者术后恢复，提高存活率，且能延长非手术病人生存期。这一达到国际先进水平的研究成果，使他获全军科技进步一等奖，国家科技进步二等奖。1989年，首届十大科技精英在上海隆重评出，他忝列其中。科学无国界，一流的科研成果同时在国际上引起瞩目：美国哈佛大学麻省总医院肿瘤中心及英国、瑞典等四家高水平科研单位，竞相发来求贤若渴的邀请：当访问学者。他最终的选择：世界一流的哈佛。

哈佛四年，进一步夯实了他在肿瘤研究方面的理论基石。但在哈佛你要付出艰辛，哈佛探索研究精神的体现是：24小时实验室不熄的灯光。不熄的灯光下，最忙碌的身影就是中国的学者和中国的留学生。

一年过去，作为访问学者的郭亚军一跃成为肿瘤中心实验设计、确立方案、免疫治疗的"领军人"之一，并很快申请到国际合作研究基金。于是，初来时生活上的困顿一举扫除。比他先到美国搞科研的妻子满意舒心：在如此竞争惨烈的社会里，事业向上，生活稳定，足矣。自然，研究工作还是没一刻空闲。在距他们住所仅50米远，即为全美著名的海边风景区：波士顿滨海大道。但两年整，郭亚军未到景区内散步一次，而是一头扎进景区旁冷清的实验室里，面壁苦思，竭尽全力"扩张"自己的事业：四年，发表高水平的论文6篇。

羽翼丰满，欲振翅飞翔。事业的又一转机在他生活中出现：美国国立肿瘤研究院（NIH）在俄亥俄州克利夫兰市扩建凯西大学肿瘤研究中心，现任美国白宫医学科技顾问艾文慧眼识俊，力邀郭亚军"出山"，任实验室主任。这是一种事业发展的"全新标志"：有自己的实验室，有自己的基金，由自己一手确定研究目标与方向。总之，他"要乍干就乍干"，他成为一方研究天地里的"老板"！

研究突飞猛进，厚积薄发创新发明的辉煌一刻终于来临：那天他是在埋头做完器官移植的单克隆抗体实验之后，感到全身心疲惫，便静静坐下，啜一杯浓浓咖啡，欲松弛绷紧的神经，思绪却突然"走火入魔"地向刚刚完成实验相逆的线路畅想奔流：能否用最简单的方法，使肿瘤获得免疫原性？对，将一个具有提呈肿瘤抗原的免疫细胞，与肿瘤细胞融合，形成一个杂交细胞，这一杂交细胞便会成为很强的治疗性细胞，并"教会"机体识别肿瘤细胞，进而杀死癌细胞！这崭新的思路使他拍案而起：怎么过去没想到？！

创新的思路，创新的实验，创新的"杂交融合"，导致高效、特异肿瘤疫苗的研制，最后制成向世界"癌中之王"——肝癌发起有效攻击的"肝癌疫苗"！

创造，创新，多美好，多迷人。创造性的论文在1993年9月完成，寄科学界最具权威的杂志《Science》（科学）。第一作者单位，郭亚军充满自豪地写上：中国第二军医大学。11月，《Science》迅疾回复：接受。1994年2月，《Science》全文刊登。轰动！1994年1月23日，美国国家科技发言人在华盛顿举行新闻发布会，宣布该成果。成果被评价为：当今最有前途和实用价值的肿瘤治疗方法之一；被誉为当前四大经典肿瘤疫苗制备方法之一。美国《商业周刊》评价此项具有重大经济效益的研究时称：该项高新技术是教会机体的免疫系统识别杀伤肿瘤细胞。之后，德国著名的洪堡大学宣布：马上对其开展临床研究。

在美国科学界有句话：在《Science》上发表一篇文章，作者5—10年可以不工作。这叫"享受成果"，这是"成果效益"。别说"享受"，郭亚军竟在此时宣布：回国，建立科研基地。现在的他回忆：当时二军大的领导与他导师吴孟超教授访美，在旧金山一家宾馆，他们三人商议、研讨、敲定：在美中两国建"哑铃模式"，利用好两个优势：即：国外最先进的设备和技术，国内最优秀的人才；最终达到：国内的基础研究和临床与国外保持同步，真正做到与世界接轨。

家庭、院校、国家，当一切"绿灯"对郭亚军开启时，一个全新事业的艰辛也就此拉开帷幕。他做的第一件事：将几十箱的仪器设备往国内发送，光邮费，上万美元，他自掏腰包——算是报答育他成长的祖国的"见面礼"。

三

人不能分成两半，可郭亚军硬把自己"劈"成两半，一半在中国，一半在美国。

铮铮硬汉，不是说出来的，要做出来。妻子，女儿，近在心里，却远在天边。一个他随身的方黑皮箱，箱底总压着女儿妻子的照片：在家中后花园的休闲椅上吃着可口的甜食，在棕榈树的树干后探出两张调皮可爱的笑脸，在家中碧蓝的花瓣形状的游泳池里蹬腿挥臂……在美国的家庭与生活，他们已进入"上层"，物质条件早已"到位"。但一切不总是照片上那般美好。男人万里不归，女人就是孩子头上遮蔽的全部树荫；时间长久，妻子竟被周围人视作"Singl emother"（单身母亲）。美国法律不允许未成年的儿童在家中无亲人看管，妻子便辞去一半的研究工作，这"牺牲"很痛苦。

心在牵挂，牵挂万里；长夜相思，思在天涯。

男人的一半是女人，这句在中国的"流行语"，竟高度适合于郭亚军。每次万里长途电话诉衷肠，问妻子：家里可好？妻子总答得平静：好，很好。其实有时不好，有时很不好。95年，大女儿出水痘，高烧，妻子白天要上班，便狠了心雇人照顾；下班匆匆回家，给小女儿吃，陪大女儿睡。大女儿发烧不得睡，发水痘奇痒难入睡，妻子也无法睡，夜夜照料到天明。98年，郭亚军在上海，家中妻子和两个女儿在同一时刻给肆虐美国的流感击倒，全部高烧，全部卧床难起。但妻子不能不起，要给孩子吃喝，要扶孩子拉撒。天旋地转也咬牙硬挺，足足一星期。期间，他打过电话，妻子在那头依然静静如常吐出两个使他绝对安心无忧的字：很好。

坚强，坚忍，坚毅，远不仅是他一方。成功的事业，岂一个"男人"了得？！

毕竟有回家的日子。那次回家，妻子对他说，你就"边事业边管家"，我带孩子去度假，也算替你"弥补"。人去楼空，让他一人品尝在家的"孤寂"。几日之后便觉着"不对"，屋内屋外总弥漫升腾起一股莫名的气味，他挺起鼻子"追根寻源"，最后寻到那后院的游泳池，差点没厥倒：恶臭袭面而来，那平时碧蓝的池水全部漆黑一片！此时，这位研究"高新技术"的教授一派手忙脚乱。分析，调查，追根，终于逮住了"罪魁祸首"：两只老鼠的尸体"恶作剧"地将池内的自动清水循环器整个堵死。郭亚军说，三年，他只在自家的游泳池里游了一次泳。他来不及享受，却要花大钱请人来清洁池水，"教训"实在深刻得可以。

当然，他还有能力有"实力"享受属于他的自豪。

1995年5月20日上午，江泽民总书记和上海市主要领导黄菊、徐匡迪等到第二军医大学，到吴孟超院士的东方肝胆外科医院，走进郭亚军已初具规模的"肿瘤免疫和基因治疗中心"。郭亚军这样介绍：我们的中心及实验室从建立、运行到现在，仅一年多时间，但它与我在美国掌握的一个国家级实验室的设备是一样的，是国际上最先进的；并且，中心在研究肝癌上是医疗、教学、科研三位一体，全世界绝无仅有。

总书记仔细聆听、仔细询问他们的"哑铃模式"：哑铃，是一种比喻，两边是突出的"头"，一头在中国，一头在美国，都是高水平科研实验中心；哑铃间"充满运动"，两国的科技人员在其中不停奔波、穿梭、交流；基础主要在外，成果应用主要在内，出人才，出成果，中国出去学习的人员，100%回国。谁享有成果？是共享，是两国处于同一研究水平平等伙伴间的利益共享。两国的科研中心和实验室，你中有我，我中有你，密不可分。得利的是中国，得利的也是美国，互惠互利，皆大欢喜。总书记听罢，击节称赞：这种"哑铃式"模式，很好！

那天，总书记要离开，刚进电梯，却说："我还没有和小郭（郭亚军）道别。"再出电梯，伸手和郭亚军紧相握。郭亚军说："一生，我难忘这天。"

四

很苦，很累，很疲劳。

1996年上半年，郭亚军国内国外飞了多少次？11次！如此频繁地在"哑铃"两端穿梭飞，玩命。精力，体力，支撑得了？两点一线的顺利飞行是10多小时，遇到中途转机20多小时，坐肿了腿，颠倒了时差。下飞机，赶紧打点精神，聚焦思路，做实验、开会、讲课、撰写论文，每天睡四、五小时，算在休息上达到了"小康"。他的导师吴孟超院士常对他说的两句话，一句："身体最要紧！"一句："什么时候你和我一起去休息疗养一下？"说了全白说。终于出事：1996年7月末，郭亚军在上海突然大口吐血！非检查不可了，一作CT，自己也惊呆：右上肺有个核桃大的阴影。自己是医生，自己清楚：肺癌的可能十之八七！

到美国，不敢对妻子说，自己到哈佛大学、凯西大学去会诊，连续作7次CT，7次CT，都没排除肺癌的可能；再作两次穿刺，发现肿块还一个劲"膨胀"。当然，治疗医生对他说：还有个可能，航空性肺炎。因飞机上空调用的是循环气，有致航空性肺炎的细菌；你乘飞机如此多，又过度疲劳，便有此可能。好，那就先按航空性肺炎治疗。于是，治疗期间，他照常按工作日程飞香港，再飞西欧，再回国内，边工作边治疗，和往日无异。一个疗程下来，奇迹发生：右上肺肿块全部消除！

问郭亚军：你当时不怕？

郭亚军说："哪里，冷汗一身。是人，没有不怕之理。"

但当时，他确有一股精神在支撑，什么精神？他说："69年，我15岁，当兵了，当时年龄最小个头最矮的工程兵（郭亚军今日1米83，当时1米54）。"

工程兵的苦，知道吗？部队那时在山东莱芜，沂蒙山革命老区，与世隔绝的大山深处，打坑道，铺铁路，打油罐。一人一天10个石方，打眼、装药、爆破、运渣，一天干11小时，工具是"原始"的镐、铁锹、土风钻。吃什么？两顿杂粮一顿细粮，还限量，那时候郭亚军心目中最大的"享受"是：吃上一个肉包子。他曾经是工程兵部队的卫生员。卫生员手里有什么？一个药箱，几个绷带。打眼放炮会出事，爆破塌方会出事，一出事，全是要人命的大事：脑外伤，挫裂伤，动脉割裂伤——出了事，救人啊！但他能救多少人？当时医术低（几乎无医术），条件差，交通闭塞，一个曾和他一起蹦一起笑一起唱的年轻战友，倒在他怀里，头一歪，死了，牺牲了，无声无息掩葬在深深起伏的大山……

他是如饥似渴地要读书，他要救活自己的战友！但最早读的书只有：《农村赤脚医生手册》、《战伤救治原则》。当1974年他终以一名"吃苦耐劳刻苦钻研的好战士"被推荐到上海读军医大学时，他激动万分热泪涟涟：就为牺牲了的战友，也不能把书念砸了！

读书苦，苦读书，读书的一切苦，算什么？以后在美国的一切苦，算什么？回来为国家服务的一切酸甜苦辣、一切的"风雨险阻"，和那些牺牲的战友比，又算什么？！

当他病愈，才将此事"上报"妻子，妻子大惊："为了办'哑铃'，你快把命搭上了！"惊惧余，妻子无言，他亦无言。他们之间，无需再多语言。

五

郭亚军讲了个"拼命精神"的故事，不是他自己，是别人：他的研究中心有个博士刘彦君，30来岁。那次他从美国的实验室回上海，归来前他拼命赶一个项目课题，连续5个晚上，每晚只睡1至2小时。临回国的最后一刻，项目终于大功告成。急上汽车，急赴机场，飞机马上要起飞。气喘咻咻到机场，却实在撑不住了，两眼一黑，晕倒了！无奈，人在机场旅馆住一宿，第二天再走人。可人一回到上海，又马上"大干快上"。

这是"哑铃"两地研究中心每个中国人敬业精神的缩影。

人是要有精神的，科研是要有精神的，为国服务回国服务是要有精神的。

郭亚军说：为了祖国母亲好，他愿付出自己的所有。

报答母亲，用他的勤奋、用他的智慧、用他的成果。继1994年在美国《Science》（科学）上发表引起轰动的论文后，1997年，英国《Nature Medicine》（自然医学）又发表了他和同伴的论文"双特异性抗体修饰瘤苗技术"，并再次震动欧美国家：它作为一种更新的肿瘤疫苗制作方法，使肿瘤疫苗的制作由个体化向通用型迈出了一大步。该文的第一作者单位，郭亚军依然写上：中国第二军医大学。

春播秋收，他的"融和肿瘤疫苗"，已在德国洪堡大学完成一、二期临床研究，国内也将批准进入临床研究，它可望成为一种有效治疗恶性肿瘤的新方法。在"哑铃"的中国一方，已培养出30多名博士后、博士和硕士研究生，并形成了以肿瘤综合治疗方法为主体的多个研究方向，在肿瘤免疫、肿瘤疫苗的研制及临床应用上处于国际领先水平。

母亲嘉奖赤子一片情：1998年10月，郭亚军获"中国青年科学家奖"。总后卫生部、国家自然科学基金委员会、上海市科委、国家科技部、国家卫生部均给予其大力支持。

飞去来兮的路，郭亚军还在走，一步步，留下一个个艰辛、有力、创新的脚印。

（1999年3月19日）

独一无二

中华人民共和国成立50周年大庆前夕，一个电话打来令我血脉贲张：一个在日本艰苦奋斗留学7年多的中国艺术家，立志将中国的音乐发扬光大于世界，两年前，组成了一支由80多个日本人吹、打、弹、拉中国乐器的乐团。这是世界上独一无二的全部由"老外"演奏中国民乐的乐团。此次，乐团受中国文化部部长孙家正之邀，到京演出。

乐团名称：日本华乐团。48岁上海崇明人的"儿子"龚林就是这些"老外"们的艺术总监、指挥。用乐团内一位弹奏琵琶兼报幕员且会诌几句中文的日本小姐的话："龚先生好，他身上，中国5000年文明美德全有。"

身上集"中国5000年文明美德"的龚林，在国庆50周年前夕的9月26日那个晚上，时针吧嗒指向7：30分，他一步步走上北京海淀剧场舞台。不，他是拄着两根拐杖，一瘸一瘸撑到了舞台中央的指挥台！指挥台上放把靠背椅，一旦5天前在日本右膝摔成骨折的龚林支撑不住，能坐下指挥。

就在演出的前一天深夜，龚林说："明天我要咬牙站着指挥，拼了命站着指挥；不坐下，就是胜利。"说话时，他被夹板夹住的右膝及右腿骇人地肿胀，人一移动，拐杖触地咚咚响，疼痛时时令他龇牙咧嘴。

但演出的那个夜晚，当日本华乐团全体演员身着鲜艳的中国民族演出服装，手持（抱）二胡、琵琶、柳琴、阮、笙、笛、筝、鼓……等等中国乐器时，当灯光把舞台照得一派通明，龚林的身子在指挥台上挺得笔直，昂首，深吸口气，指挥棒极富生命力地挥舞而起，顿时，音乐高山流水般畅响、激越、欢乐、奔腾：《北京喜讯到边寨》、《瑶族舞曲》；原本"传统"的小提琴协奏曲《梁山伯与祝英台》，被改编为拉阮与二胡双协奏曲，产生了一种更符合民间传说的动人韵味，荡气回肠，柔缓深长……

被文化部部长孙家正称为"回家演出"的日本华乐团，赢来满场中国人的沸腾！

一

在北京，龚林说——

　　事情发生得没一点预感，一瞬间，我的右膝"坏了"！已经一切准备完毕，到中国，到北京，实现一个"游子"回报"母亲"的梦，感觉真好。那是9月21日晚，在大阪，我骑车去看望一位日本导师，向他讲述回祖国演出的激动喜悦。车祸，把我的喜悦抛向九霄！

　　人送到医院，拍片，检查。医生说，马上住院，开刀。并说，不如此，后果自负。住院治疗？我此时此刻能住院？！24日乐团将从日本关西机场起飞到北京，26日演出，铁定的事。我几乎要绝望，我不能站了，不能走了，还怎么指挥音乐会？这天深夜12点，我拨通了先期到上海为北京演出准备服装的妻子张文绢的电话。妻子听了很震惊，极担心，问："你还撑得住吗？"我沉吟好长时间，最后说："一个音乐家，一个指挥家，一生能有几次非常重要的音乐会？我想，只要有一条腿，就一定要去北京。"是的，去北京，我拖着一条腿也要去北京，我拼死也要指挥好这场"儿子向母亲汇报"的演出！医生说你一定要去是太冒险。我无法不冒险。为了这次赴京演出，我们全团人员利用所有的节假日排练近一年。无论付出多少代价，我必须去。我无法选择进退。

　　命运有时就是对人不公平。但我必须挺过去。这次，我乘飞机到北京，一路坐轮椅。

右腿安上临时的固定夹板，龚林到了北京，倚一副拐杖，坐一部轮椅，带着他80个日本团员的日本华乐团。

有点悲壮，有一种"视死如归"的精神，这需要勇气，对事业执著追求、永不言败的勇气。

35岁考入上海音乐学院研究生，40岁赴日本攻读博士，此前此后经历多少生活与事业的甜酸苦辣，人生的"不公平"，就如一道道或高或低或陡峭的坎，一步步跨越过去，一步步铸就他不屈坚忍的性格。

崇明是个美丽的岛，江海汇流，江涛海浪阵阵。龚林在岛上出生。龚林遇到的"不公平"就从他1958年读小学开蒙之日始。清晰记得开学第一天，母亲按当地风俗给他做了葱炒蛋，意在他读书会聪明。他读书聪明，可在当地小学当校长的父亲却在这一年成了"反革命分子"！于是读书聪明的他就在放学后及星期日帮"劳动改造"的父亲拉车。拉什么车？当时在崇明岛上运送公粮、棉花、化肥的独轮木车。用一条长长的担绳，一头拴在父亲推的独轮木车上，另一头就压在他稚嫩的肩上；他用力拉，为40多岁才开始体力劳动的父亲"减轻劳力"。九九寒冬，三伏炎夏，风雨冰雪，崇明的南北运河路，窄仄的乡间小道，有他童年一步步深深浅浅的脚印、汗滴、泪水……

寂寞、压抑、苦难，过早地降临。但童年总要向往快乐，向往美好。他的快乐和美好在音乐。那时音乐的"源泉"就是从农村人民公社的有线广播里流淌出来，曲目高亢：《东方红》、《步步高》、《社员都是向阳花》。但他百听不厌。不但听，还自己动手，砍来个竹筒，贴上块青蛙皮，配上母亲扎鞋底用的弦线，唔，一把"二胡"做好了，一曲《东方红》，再一曲《大海航行靠舵手》，哈，有那么一点音乐天赋。

龚林会什么乐器？样样能上手，精通的是笛子、扬琴、唢呐。到"文革"的七十年代初期，其演奏水平在当时上海的十个郊县是排得上号的，常代表县里参加全市的各种汇演与角逐。一次，他的唢呐独奏被上海人民广播电台、上海电视台收录、播放。就此出名，就此倒霉，人家查你了：这是哪个庙里的和尚？不查不知道，一查吓一跳：不得了，反革命的子女呀，隐藏得好深！于是对他下令：离开县毛泽东思想文艺宣传队，田里劳动改造去！他不服，他是"可以教育好的子女"啊。谁来听你"申诉"？于是他铁了心去参加各种外地文工团的招生考，一次次专业考顺利通过，一次次因"出身问题"而使所有努力付之东流。记忆中最深的是考兰州军区文工团那次，招生负责人叫杨青田，他看中了龚林，要把龚林带走，远走边陲。杨青田反反复复信誓旦旦对公社"革委会"负责人说：在解放军"革命的大熔炉"里，像龚林这样出身不好的子女一定可以教育好的，真的！"真的"也没用，公社"革委会"比杨青田还铁心：不放走就是不放走。最后见到要离去的穿着军装、戴着军帽的杨青田，龚林哭了，杨青田流泪了……

时至今日，龚林依然充满深情，对记者说："请代我寻找，杨青田先生，现在何方？"今日，龚林能越过人生及事业的这一道"坎"？

二

龚林无限感慨——

9月26日那天晚上，我不知从哪里来的一种不可抗拒的力量，我是拖着一条断了的右腿，用一条腿站着指挥完了这场对我来说是多么重要的音乐会。观众们的掌声、乐团员们的严肃、认真、和谐、一丝不苟的演奏感动了我。我不得不常常用手帕擦去从额上流到眼睛里的汗水和从眼眶中滚下的发烫的泪水。此时的我，也许已被音乐、热情所陶醉；我，也想起了苦难的童年、年迈的父母、忍辱负重的中华民族、五星红旗……

龚林那天晚上不仅仅受到"拖着一条断了的右腿指挥完这场音乐会"

的考验，此前——9月24日，当他被推着轮椅、挂着拐杖走出首都机场，呼吸到北京金色秋天的清新空气时，一个几乎使他"窒息"的消息接踵而来：日本华乐团的访华公演，原定在今年新落成的中山公园音乐堂（北京现今最好的音乐厅）举行。它位于天安门西侧，与故宫博物院相邻。然而，极为不巧的是：华乐团的演出和国庆50周年庆典的彩排"撞车"了！即：因盛大而紧锣密鼓进行的庆典彩排所需，国庆50周年阅兵式办公室24日晚"极其遗憾"地发来指示，9月26日天安门四周全面实施交通管制，日本华乐团当晚的访华公演只能服从这一"天大的大局"，紧急易地至海淀剧场演出。

24日至26日，中间相隔仅一天——48小时！忙碌、紧张、担心、急火攻心，但终于归为一泓静水，你要面对现实，要想办法"突围"，要争分夺秒实施"抢救工程"：各大媒体发布易地演出告示，乐器及时搬运到位，新的排练场地迅速联络，乐团团员心理一一稳定……此时的龚林，一不能将腿骨折的痛苦向团员丝毫表露，二不能因易地演出而产生的极大焦虑流露点滴。事后的龚林说："那时我的身心极度痛苦疲惫！"演出前的那个下午，在舞台上一遍遍排练，他时坐时站，拐杖倚靠在椅子的靠背，他的嗓音嘶哑，疲劳及疼痛的汗水不时沁满脸庞，时去擦拭。但他在指导乐团员排练时，精神始终昂扬，激励声声，情随棒起，心随棒落……

人要经得起压力，人要有追求的执著。

他经历过压力，但压力使他更执著。当年他无法走出那个江海环抱的崇明岛，同时被剥夺了"吹、打、弹、拉"的权利，当时的"当权派"这样对他恶狠狠：你反革命的儿子还在吹唢呐，我要甩烂你的"喇叭"！于是他就吹"无声"的笛箫和唢呐。练笛箫，练到了干农活的铁搭柄上，铁搭柄上凿几个浅浅的洞，边劳动，手指边在上面"龙飞凤舞"——手指技法练得熟透。唢呐声音伊俚哇啦响，却要吹得钻不进人家的耳朵，有啥"绝活"？绝活很简单，也很"痛苦"：人半跪在床上，把厚厚的被头盖在头上，四周边边角角也"封死"，人在里面密不透风，吹练的声音自然"曲不出户"。

"文革"硝烟尽，龚林释放他最大的学习热情和才华，虔诚登门成为著名作曲家朱践耳的门徒，再经朱先生推荐入上海音乐学院作曲系旁听，1981年又成为首届音乐学院干部专科班学员。越学，越觉得学海无涯，乐海无边。1987年，他35岁，再度走出崇明，报考音乐学院研究生，外语成绩第一，专业成绩第一。但，他所在的县沪剧团对他亮起"红灯"，人才难得嘛，好说歹说不放。此事最后惊动了当时的县委书记姚明宝，书记为他的学艺经历及精神感动，遂表态：无条件放人；崇明为国家输出人才，光荣！龚林激动，落泪：真的"换了人间"！

没有压力的追求不是执著的追求，执著的追求最终会得到真正幸福的果实。9月26日那天晚上，北京海淀剧场，当演出大幕拉开，龚林从舞台一眼望下来，全场满座，乐未起，掌声已如潮涌。一切因紧急易地演出的担心全部云散！这一瞬间，龚林说："热泪模糊了我的眼！"

三

龚林谈起在日本创业的艰辛——

国外出门都要钱。在日本，一个百人大乐团一年的运营费要多少？20亿日元！为了日本华乐团的生存，我们不得不"呕心沥血"。

说一件事，一个大型乐团出国演出，它的乐器要装一、二只集装箱。华乐团成立至今的两年多时间里，我和我爱人基本上都是用"随身行李"的方式，把一个大型民族乐团的乐器从中国搬来了日本。这是一件说来轻松做起来极难的事情，得靠一种信仰、一种精神支撑才能完成。两年多来，我们利用出差、探亲、考察、开会的所有机会，完成了这一"大工程"。一只装进包装木箱的大革胡，不光体积比一张木床还要大，重量也要超过100公斤。我们的乐团，仅低音声部就要4只大革胡，8只革胡。这些乐器从中国的乐器厂里出门一直到日本华乐团的仓库，不知要转多少次车，走多少里路……

龚林的妻子张文绢说起一件"终身难忘"运送乐器的事。是1997年，乐团要在大阪开正式成立的音乐会，于是在上海定做了大批中国乐器。运送员是谁？探亲回家的张文绢重任在肩。乐器有多少？13件。最高的乐器超过人的高度，一路运送，一路小心，身边还拖个10多岁的女儿，直把人累瘫。终于出上海，但到日本，事来了，海关人员眼一瞪，不放行，说，带这么多中国乐器入境，不正常。不正常，罚款了事吧？没这么容易，要扣下，没收。累极的张文绢举目四望，来接她的龚林未到。急得直掉泪，身边的女儿也吓得泪滴涟涟，可海关不相信眼泪，凶神恶煞，原则得很。关键时，龚林到，身边还带着个与海关相熟的日本朋友，叽哩哇啦一解释，凶神变弥勒，人物两过，虚惊一场！

太苦太累，乐团正式成立两年多，把龚林和张文绢"折磨"了远远超过两年。光说晚上休息，妻子说丈夫："没一天夜里两点前睡下的。"为什么？乐团中每种乐器的教学、指导、编曲、配器、排练等等，只能龚林一人"大权独揽"，别人要帮也爱莫能助。妻子看了心痛，有时想不通，相劝，争吵："别干了，不赚钱我认，累死了你，值得？！"

1992年，在上海音乐学院硕士毕业留校3年后的龚林自费赴日，成为大阪大学国际著名民族音乐学家山口修先生的博士研究生，研究的方向是古代丝绸之路音乐的东亚传播，即古代中国与日本、朝鲜半岛的音乐文化交流；同时，考察近代东亚音乐的国际交流，寻求东方音乐发展的新契机。中国是东方音乐一个最大的"源"，是"先祖"。东方音乐与西方音乐各有千秋，各有神韵，但为什么现在西方音乐西洋乐器的影响"盖"了东方音乐？西洋乐器对东方的"侵略"正猛，中国的家庭正在"钢琴大普及"，甚至不弹琴者也买琴当摆设——不正常的！什么时候，让西方社会"二胡大普及"——二胡很"价廉物美"的！这是龚林的梦：弘扬东方音乐，普及中国音乐与乐器。他要外国人"弹起琵琶吹起笙"！

万里觅知音。第一个知音者，竟是个年逾花甲的老人。1993年夏，龚林参加了个"了解中国会"团体邀请的文艺晚会及演出。几天后，一位日本老人来访。龚林不在，访者留条："龚先生，我叫宫胁康夫，前天听了您的民乐演奏，美极了！我热爱中国，想学二胡。三天后的晚上，我再来拜望您。"三天后宫胁再来，龚林依然不在。访者再留条：三天后再来，请务必等我。三天后龚林再有事，便在住宿处留条给宫胁：请留下您电话，我回来同您联系。终于与宫胁见面。他是什么身份？一个经营不动产的富商，开辆高档新车接龚林到他家，这样说：三年前，他在中国西安的宾馆第一次听到中国二胡的演奏——天堂的音乐！就此梦牵魂绕。三年里，日日遍访学二胡的老师，今日寻到龚林，才有了虔诚无比的"三顾茅庐"。

这是龚林在日本的第一个二胡学生。

像宫胁一样热爱中国音乐的学生在龚林身边"壮大"，其中有日本民乐专业演奏家，音乐学院在校学生。

开始有了"小乐队"的演出，演出合同相约不断。龚林趁势建议：何不成立中国音乐爱好会？同意！

1995年日本春节（元旦），招生告示一出，大阪、神户地区应募者逾30人。于是决定：1月20日召开中国音乐爱好会成立大会。但，会未开，1995年1月17日凌晨，日本百年未遇的阪神大地震轰然爆发，尤其神户，废墟一片！整整一月，通信联络全无，中国音乐爱好会眼看要被天灾夭折。但当电话联络一开通，龚林接到的第一个电话是谁？负责中国音乐爱好会事务联络的和田幸子女士，告之：她家所有的家具设备在地震中被"一举摧毁"，好在人无恙。再告之：她已联系上的绝大多数音乐爱好会成员均"健在"（万幸），只是现在都"无家可归"，宿于居室外的"简易棚"内。宿于"简易棚"的他们却意见高度一致：天摇地动，我们更需要精神上的支柱，这支柱是：我们热爱的中国音乐爱好会尽快成立！

异国知音，可歌可泣。

中国音乐爱好会就是日本华乐团的"前身"，日本华乐团正式成立日：1997年6月，团员遍布全日本。

四

1999年11月1日，龚林从日本大阪来电——

我是9月29日回日本的，30日住进医院，10月1日立刻进行膝盖骨折手术，手术成功。

10月10日，回日本的华乐团举行成立第三年的纪念音乐会，日本各大电视台及报纸都将这次演出称为"凯旋公演"，音乐厅门口摆满各界团体送来的花篮。大阪市政要、我国驻日使馆官员均参加音乐会。那天下午3点，当我撑着拐杖，拖着手术后10天用石膏固定的右腿走上公演舞台时，座无虚席的音乐厅内响彻了掌声……

那天唯一遗憾的是：因身体虚弱，我不得不坐着指挥……

"龚林先生创造了奇迹。"在北京演出时，日本华乐团艺术顾问、大阪音乐大学理事长兼校长西冈信雄甚为感慨。作为著名的人类音乐学家，西冈信雄足履世界74个国家，仅中国就到了15次。他说："要将一个大型乐队建成一定规模，少则5年，多则10年，而龚先生仅用两年多时间，把全是日本人组成的中国民乐团办成这等水平，除了敬佩、惊叹，我不知道再用什么语言来赞美！"

中国音乐专家权威畅谈他们的"听后感"——

中国民族管弦学会会长卜东生：龚林先生创建的日本华乐团，是世界上的"唯一"，由外国人组成的大型中国民族乐团，是中国音乐史上的一个"里程碑"。愿世界上今后有更多的国家拥有这样的"华乐团"——我为此振奋！

著名指挥家、作曲家秦鹏章：听完演出，我彻夜难眠，激动，感动！因为，中国的民族音乐，真正在国外开花结果了。特别感谢龚林先生，特别感谢华乐团全体同仁，为中国民族音乐在国际上的"张扬"作出了非凡努力。

原中国音乐学院院长黎英海：这次成功的音乐会，竟由一个成立两年多，由专业加业余的外国人"组合"成的乐团来完成，我的评价就两句话：一，不可思议；二，了不起。

日本著名制药企业——乐敦制药株式会社是华乐团的"经济后援团"，社长山田邦雄先生此次也兴致勃勃随团而来。他为什么要"声援"华乐团？山田邦雄说：一是中国音乐的"音色"特别美，他钟情；二，也是最重要的，是受龚林先生"强烈的中国心"熏染……

龚林"强烈的中国心"还表现在：这几年来，龚林已在日本"显山露水"：他指挥的华乐团，包括日本NHK在内的六家国际电视台均进行过现场转播，"朝日"、"产经"、"读卖"、"每日"等各大报刊均在显著位置报道龚林及华乐团在日本的成功。近年来，日本政府几次对龚林相邀：加入日本国籍。龚林如何对之？他婉拒。他这样表述心迹："我是一个中国人，一个中国音乐家，一个在日本从事弘扬中国音乐，立志把中国音乐乃至东方音乐推向世界的旅日音乐家。所以，我要——也必须——保留中国籍：我的根。"

万事刚开头，前面要走的路，很远，龚林给自己的事业这样定位。比如：办一个面向全日本社会招生的中国音乐学院；请中国文化部"支援"，在日本成立"中国音乐国际培训中心"；书写大手笔：实现华乐团赴港台、欧美的巡回公演……

在北京"拖着一条腿"站着指挥的龚林，在大阪"无奈"坐着指挥的龚林，期待你的明天——挺身而起的倾心指挥！

（1999年11月12日）

一诺十年

靠上海第二军医大学西门，矗着幢五层高的红楼。36岁的曹雪涛教授身着白大褂，从楼里出来。说起红楼"历程"：去年3月这里还一片平地，当时有人听一个大学里的实验室要自筹资金4000万元盖世界一流实验楼，说不可能，是乌托邦，总之是"不可为"。但我们"不可为而为之"，楼起了，成了！一层学术办公，二、三层基础研究，四、五层中试基地。总面积3400平方米，4000万元中的3000万元用于分子生物学、细胞生物学、蛋白质工程等先进的研究设施。说句不谦虚的话，就是发达国家从事免疫学实验研究的学者，对我们这里的设施配置也两个字：羡慕。

不光羡慕实验室，还有实验室水平，还有曹雪涛本人，年轻啊，36岁就领导着这么个实验室，取得一项项国际公认的免疫学方面的成果。对了，今年他还成为全国最年轻的中科院院士候选人进入终审，是军队及中国免疫学会"两条路线"不约而同举贤，虽然最终未能中第，但曹雪涛对此十分心平：有亦无，无亦有，自己还要百尺竿头上层楼。

曹雪涛却有不平静时，称：是想起我的导师叶天星，十年前，我向他承诺：留下，在国内，向国际免疫学先进水平发起冲击。十年后的今天，叶教授走完85年坎坷人生路，刚去世。一诺竟十年，十年不归路，有了'独特拥有'的这番事业，我自豪！

为什么选择留下？

"留下"，说白了指的是铁了心在国内干。前些时年轻冒尖的科研人员出国成潮，正常的事，人往高处走，国外先进嘛，软、硬件都是。曹雪涛没走，什么原因？

追根寻源到曹雪涛和他导师叶天星的"师生情结"。曹雪涛1981年入上海第二军医大学。大三时学校开堂讲座，由国内写出第一本免疫学教科书的叶天星教授讲当年（1984年）诺贝尔生理和医学奖获得者库勒与米尔斯坦的事，讲那两位免疫学大师"无意插柳柳成荫"的获奖趣闻，讲免疫学的"源"其实在中国。都说现代免疫学从种牛痘始，在欧洲。但知不知道中国古代先人的"种人痘"？人发水痘，好了结痂，痂取来，磨成粉，粉吸进没发水痘人的鼻子里，"阿弃"打几个喷嚏，水痘"弃"而不发了。自诺贝尔奖设立以来，拿奖最多的是哪个科研领域？免疫学。为什么？免疫学是生命科学的重要分支。人体三大系统：神经系统、内分泌系统加免疫系统，杰出人物纷纷在此亮绝招，出绝活……听入迷了。曹雪涛认准了今后要跟叶老学。到毕业那年，他成绩优异免试直升硕士研究生。但叶天星发话：我不要免试的，要考上来的。那就放弃免试资格。有领导对他说：五十取一。一旦你考不取，免试资格也没了。没了就没了，"从一而终"，信念坚定。准备考试一个多月时间，就在一间小阁楼里昏天黑地干。那天5门课考完，从学院到实习医院的宿舍，骑自行车要半小时，两腿愣是蹬不出力，累瘫了。分数下来，总分第一。叶天星说他：行啊，你不光红，还专。

跟叶老先读的是硕士，毕业时的论文是《白细胞介素Ⅱ激活的肿瘤浸润性淋巴细胞抗肿瘤作用的实验研究》。论文答辩委员会5个专家评委听后拍案惊奇，一致认定：该论文已达博士生毕业水平，有4个方面的创新见解，并建议：可马上参加博士生入学考试以补修博士生第二外语等课程。曹雪涛随后以优异成绩通过了博士生入学考试，边补修博士生课，边没日没夜赶写本书：《白细胞介素Ⅱ的基础与临床》。3个月能成怎样的书？不是几万字的小册子，是整43万字的"大砖头"！而且，填补"国内空白"。1990年，他几岁？26岁，住学校"筒子楼"的一间陋室。上海的冬天，雪花没有飘，北风却狠命吹，屋漏寒入骨。吃东西烧的煤油炉，一件棉大衣把周身裹得死紧，不到半夜，奋笔的手不歇。为他的写书，婚后要生孩子的爱人王建莉避到山东老家。那天事情来了：人写得"衰竭"了！一点钟后睡下，感觉着要出事，不安稳地睡到4、5点钟，浑身虚汗猛往外倒。捱到7点，哇一口，喷血！自己懂医，知道事情的严重性，赶紧起身，让自己镇静，拿个拖把将吐在地上的血擦了，再用毛巾洗把脸，漱一下口，推了自行车就走。到长海医院，没多少路，但要过座小桥，平日踢足球左边锋的他从来过桥如履平地，那天是摇摇晃晃就是撑不过。拼尽了力到医院急诊室，刚吐出句"我胃出血了"，人就倒了，晕过去。

人住院，静下心，想自己的过去和未来。想到了出国。到另一片条件更好的蓝天下生存，前景不会更灿烂？正此时，叶天星教授和叶师母来医院看他了。那是怎样的感动：叶教授往八十奔的年龄了，走到他病床前时，累得和师母一起吭哧吭哧气喘不停；手里提着什么？一篮鸡蛋，一瓶蘸鸡蛋吃的油！多好的叶教授，好人一生多坎坷：30多岁就任美国康奈尔大学副教授，之后回国，一心医学报国。到"文革"，饱尽风刀霜剑，历经生死磨难。苦难一幕幕，家庭悲剧接连发生：4个子女，3个先后逝去，白发人送走个个黑发人……早把一切看淡泊的叶教授那天在学生病床前，却说起他一生"最遗憾的两件事"：一、作为一个一级教授，没把二军大免疫学教研室办成博士点；二、没把教研室办成全军重点实验室。谁来做成这两件事？寄希望你曹雪涛！因为你年轻，有才华，因为你刻苦，有能力，有不达目的不罢休的执著。二军大免疫学科要发展，要有领军帅才啊……

在如此命运坎坷如此淡泊名利如此心系祖国心系科研心系学校的导师面前，曹雪涛热泪滚滚，他许诺：不走，留下，为实现导师的"两个遗憾"，把根留在二军大。

是年，26岁的曹雪涛，破格毕业博士生，留在二军大免疫学教研室任讲师。

两年后，曹雪涛28岁，破格晋升正教授，成为全国最年轻的医学教授。依据主要为：其独立撰写出版的43万字的《白细胞介素Ⅱ的基础与临床》，为国内外第一部关于白细胞介素Ⅱ的理论与应用方面的专著；他主持的"高活性肿瘤浸润淋巴细胞与细胞因子综合过继免疫疗法治疗癌症的研究"，获全军科技进步二等奖；他博士生毕业就破例获准直接给研究生授课，授课内容：全国首开此课的"细胞因子的理论与方法"……

用现在的眼光看当时，曹雪涛说："事业起了头。"

"人小"何以办"大事"？

"人小"有多层指代含义：年龄小，资历浅，知名度低，等等。

曹雪涛第一次出国是1992年8月，参加在匈牙利召开的第8届国际免疫学大会。此前他又一次"不知天高地厚"，见有投稿会议的机会，便天地不怕一投了之。投了忘了。人家却来邀请：参加会议，登台作学术报告。那是4000多名世界知名学者参加的国际免疫学界最高层次大会。到匈牙利的布达佩斯，毛头小伙的曹雪涛往国际免疫学会联盟主席米兹尔斯教授跟前一站，对方顿时狐疑。直到他作完《重组单核因子对白介素Ⅱ疗法治癌效果的增强效应》报告，学术观点创新，不但米兹尔斯，连亲临大会的匈牙利总统根茨也和他拥抱，用了句特别的赞美："太神奇了，年轻人！"

曹雪涛自己则没一点"神奇"感觉。他还在这次国际大会上发现了自己的"弱项"。比如英语，在国内一直感觉良好，但在这次国际大会上，他作完学术演讲，有人兴致盎然向他英语提问，他竟然有听不懂的地方！他感到窘迫，感到"耻辱"。他发誓，回来发奋，把英语练得"滴水不漏"。

你要做什么，你发狠劲了，什么做不到？在他年龄很小的童年，在山东搞农业科研的父母亲将他送到外公家：胶东平度县一户普通农家。农村生活苦，7岁开始放牛，挣的工分钱是大人的一半，一放就两年，从小付出勤劳。9岁的那个秋天，外公去济南就医，家里就剩雪涛和外婆二人。队里分地瓜，一家几百公斤，散在田地。别人家拿走了，外公的地瓜怎么搬？天黑，守着一大摊地瓜，他孤独，害怕，哭。之后回家睡觉，一晚上的梦全是田里地瓜被偷走的事。第二天起身，拿了个小竹筐，家里田垄一趟趟跑，终于把地瓜搬回屋。那时朦朦胧胧懂了个理：蚂蚁都可以搬家，人要下死了心做啥事准成；做成了什么事，也没必要欣喜若狂浑身轻飘。比如他28岁破格提正教授，没有兴高采烈喜形于色，而是感到了前所未有的压力。那天是父亲突然从山东打电话来，说同事们看了张你们上海的报纸，登的"曹雪涛成为全国最年轻的医学教授"，是不是这回事？报纸曹雪涛没看，但报上说的曹雪涛不会再有第二人。父亲说你现在有点涵养了。儿子说是没啥好炫耀的。父亲最后在电话里给他一句评价："你小子还行。"

是的，有时就要感觉自己行，自信绝对重要，这是事业成功的一块厚重基石。1994年底他和教研室的同仁"突发奇想"：办本全国性的免疫学一流杂志。想到了就干，别管人家盯来的眼光是惊讶、是怀疑、是否定。杂志名称：《中国肿瘤生物治疗》。杂志定期出版，一年4期，绝对正宗；一期投入两万元，全部赠送；杂志顾问全是院士及著名专家，其中吴孟超院士任名誉主编；每期杂志的打头文章，皆出名家之手。"开张"之日，老院士老教授们亲来祝贺：吴孟超院士、汤钊猷院士、刘新垣院士……但，莫高兴早了，1995年春，全国报刊大整顿，没刊号的"内部刊物"面临整饬缩编。曹雪涛马上紧急行动，揣本杂志上北京，先是通过中国免疫学会的审查，盖上了章，再去找全国科协负责人。负责人他不认识啊，不认识就横冲直闯，撞了南墙心亦不死。最后费了不少周折，终于见到了负责人。一个科学泰斗，一个年少学者，但都是心存大志的科学家，心相通，负责人一感动，心软了，批条：找中国科协学术部主任。以后再报国家科委，再报国家新闻出版署，好大一个"弯弯绕"，考验你的不屈不挠。

在北京"该出手时就出手"的两天，在北京坚决不对"等、靠、要"存有幻想的两天，在北京跑得不辨东西南北的两天，换来的是这么个结果：从全国科协那条线上报的180家刊物，批下刊号的只有个位数的几家，《中国肿瘤生物治疗》是"其中之一"。

《中国肿瘤生物治疗》杂志现在为国家正式一级专业核心期刊。

"人小"办"大事"，靠什么"夺取胜利"？曹雪涛心得："年轻人就要有锐气，暮气沉沉不能打仗。"

国内研究怎样走上国际舞台?

10万元科研经费,能"起步走"了?在1992年,10万元科研经费的来源分别是:国家自然科学基金3万元,总后卫生部青年基金2万,上海市科委推出的科技启明星计划,将曹雪涛当成其中一颗"星",给了5万。

启明星,正从黎明前的东方悄然升起,但人家还没关注你。

那时感觉有点奇妙,就如跨腿骑上马,马上会飞起来的感觉。年轻嘛,没把事情想得恁复杂。教研室那时就7个人。叶天星教授上哪都把曹雪涛推在潮头,对学术界巨擘们介绍:"我们的学科带头人。"听得他心头暖,脸上臊,使命感和受宠感交织。那时的教研室主任是徐志工教授,她对副主任的曹雪涛如此"体贴入微":"行政、管理、教学我来,你一心扑科研,把学问做出来。"在实验室,被曹雪涛称为"师姐"的田野平,比他大过10岁,行动和语言那么纯,就3个字:支持你。真的在把他当成一颗冉冉欲升的"星"。这样的集体,催你奋进;这样的集体你不奋进你实在觉得"对不住"。

当时就这么想:搞科研步人家后尘——要吃人家一鼻子灰。要搞顶尖的,抢占"制高点"的。一句话说得好:人无我有,人有我强。把主攻方向定下来:细胞因子治疗肿瘤,即肿瘤免疫治疗,国际性的前沿课题。但当时实验室的陈旧家当是:一台显微镜,一台离心机,一个超净台,算是一穷二白。曹雪涛血气方刚:瞄准世界先进水平,追。

登高望远。科研的高起点,决定科研的高水平,高水平的科研成果,是你和国际上任何高手过招的资本。

沉下心来研究,守着寂寥的实验室研究,瞄准了国家、地方、军队的重大课题实施研究。成果开始从坚冰下挤兑而出,厚积终有薄发时:在国内,率先系统地对白细胞介素Ⅱ激活的肿瘤浸润性淋巴细胞抗肿瘤作用进行了实验研究,部分内容为国际上首次报道;完成了近10种人和小鼠细胞因子的基因克隆、表达、纯化、生物活性的研究,为国内大规模推广这些细胞因子开展实验和临床研究打下了基础;对肿瘤的细胞因子基因治疗进行了系统实验研究,发现了新的作用机理,提出了新的应用途径……

国际免疫学界开始瞩目中国上海的二军大,瞩目曹雪涛。他们啧啧称奇时,也狐疑:中国上海的一个实验室,怎么确立它在国际免疫学界的领先地位,何以一篇篇论文在国际免疫学一流刊物上发表?

1995年10月,曹雪涛受邀到美国,到洛杉矶,到圣地亚哥,再飞华盛顿,参观一所所名大学、名实验室,登台亮相作报告。在美国著名的国立卫生院癌症研究所（NCI），他作的报告是"基因修饰的树突状细胞治疗肿瘤研究"，报告完，轰动。许多华人科学家前来听讲，全然是"县里来人了"的惊喜气氛，说真想不到，今天在这里见到大陆正宗培养的科学家带着成果到著名的"国立"来讲课。有个华人科学家还是问了句："这成果，真是在中国做出来？"曹雪涛脸上的自信在答：我确实从你故乡来。

不仅足履美国、法国、德国、日本、英国等等国家的著名医学中心、实验室、癌症研究所、大学讲坛，曹雪涛均被邀请授课。1996年10月，国际著名的法国巴斯德研究所邀请他作专题报告，报告毕，免疫室主任杰克·戴斯教授对来自中国的"树突状细胞与癌症治疗"成果及理论"甚为钦佩"，遂将其属下负责人一一招来，向曹雪涛"汇报工作"，并请他"指点江山"提创新建议，曹雪涛这天从早至晚接受"车轮大战"。其实"汇报工作"是假，"高手过招"是真。不同的是，科学家之间你来我往的"一招一式"，既是对彼此的挑战，更是对彼此的仰慕尊重。在此过程中，他在向对方作"强有力证明"，同时也在感受催其加倍努力的压力。

立足国内，但绝不封闭，出国门，上网浏览，在开放的科研世界里，重要的已不是地域。曹雪涛的体会："有特色就有水平，创新才能走向国际。"

"一诺十年"还将继续？

曹雪涛不在国外，妻子王建莉却一度在国外，在美国克利夫兰医学中心做博士后，成绩优秀，条件优渥。但离别苦，相思最苦。那次，儿子在美国生病发高烧，王建莉在实验室就是无法下来，托儿所电话频频告急。事后，妻子和儿子在电话里哭，说："爸爸为什么不来？"要去容易，美国多家著名科研机构一次次致函曹雪涛：做高级访问学者。非但不去，还要动员妻子回来。二军大政委傅翠和少将去美国访问，还特地绕路会见王建莉，亲口对她说："雪涛在国内干得好，还是你回来。"1998年，曹雪涛赴美国20天，就为带妻儿一起归来。妻子已在美国营造的家被"囫囵贱卖"，就说那辆小车，卖价只2000美元，足足亏去1万美元。妻子真的心痛，心最痛是自己的事业，哭着和他一起"回家园"。

什么都知足，永不知足的就是拼命在干的事业。一个人再牛，你一生能干成多少件"大事"？认准了自己的舞台在哪里，认定了自己在什么位置能干出最佳效果，太重要。曹雪涛认定自己在国内能干出一番事业，闯出一片天地。1996年，他找到了事业的知音：上海华晨集团公司的老总。人家说，看重的就是：一，年轻有为；二，把根深深扎在祖国的科研产业。曹雪涛彻底符合他的"条件"。于是来个大手笔，投资3000万，兴建我国首座具有当代先进水平的免疫学实验楼。由于工作进展出色，又追加了1000万元。至于投资回报，现在和看得见的未来，免谈。

事业在"多头并进"：基础研究，学科人才培养，生物高技术产业化。到目前为止，曹雪涛在《免疫学》、《基因治疗》、《癌症研究》、《自然医学》、《中国科学》等国内外著名刊物上发表论文160多篇。最近，以抗原提呈细胞（尤其是树突状细胞）为重点进行的基础免疫学研究取得新突破，处于世界先进水平。他的"基因工程新型白细胞介素Ⅱ的大规模纯化"通过国家药审进入临床试用，"分泌型基因工程人GM－CSF的高效表达和纯化"已获国家新药证书，"神经生长因子的中试研究"通过国家药审，进入Ⅰ期临床试验，生物医药产业已露曙光。1998年，他的《肿瘤细胞因子基因治疗》又一举摘得全军科技进步一等奖。

"这里每天在发现新东西。"此话是不是夸张？就说发现新基因，第一条基因的发现是1998年4月，经过一段时间的"摸索前行"，几个月后就是"大踏步前进"，再以后制定的新技术路线，保证了新基因的"层出不穷"。至今，做了24000多个基因片段测序，其中的3000多个片段为首次发现，112条为新发现的全长基因。今年6月，美国南加州大学癌症研究中心"眼红"之后，断然决定：买下曹雪涛实验室克隆的6条基因专利，并由曹雪涛在中国负责后续的功能研究，买入价：3000万人民币！自然，中国对此的进一步研究与开发，国外人不得"介入"，国内专利在中国，在上海二军大。

十年前，导师叶天星教授到学生曹雪涛病榻前，一篮鸡蛋一番激励使曹雪涛"把根留住"，一诺即十年。这十年，是曹雪涛"最好的青春年华"。十年，不仅早成就了一个免疫学博士点，一个全军重点实验室，且冲上了免疫学的国际前沿。今年9月，叶老走完了85年坎坷人生路，离开了他钟爱的学生、事业和实验室。离世前他的一段话却充满欣慰："我心爱的孩子相继早逝，我的生理没有得到延续；但，我的事业，有人延续……"

叶天星教授离世的一个月后，在中国上海，由曹雪涛的第二军医大学免疫学教研室承办了我国迄今规模最大、水平最高的国际性免疫学大会——上海国际免疫学会议。国际免疫学著名专家云集沪滨，其中有国际免疫学会联盟主席，美国免疫学会主席，亚太地区免疫学会主席等等。来参加此会的多位著名美籍华裔免疫学专家这样说："给中国人争了气。"

"一诺十年"的曹雪涛，还将继续你的承诺？

曹雪涛答："继续。"

（1999年12月10日）

第二章·事

布达拉宫600天

你一定听说过布达拉宫，可你进去过吗？

这座耸立在地球之巅的规模最宏大的建筑，占地41公顷，上下13层，顶高海拔3750米，巍巍依山而后倾。

雪山白云间的布达拉宫有多少间佛堂大殿房屋？有人说：一千多。又有人道：大约近万！长年在宫的60岁的次仁多吉却告我："数过了多少回，一次也没数过来！"

规模宏大到"未知"。

"未知"乃愈加神圣。

神圣的宫殿历经沧桑1300年。

而今，一个"噩梦"却幽幽而来：神圣的宫殿已经"岌岌可危"！

一

"噩梦"的端倪始露于一场小火灾。

西藏文化厅副厅长、布达拉宫维修办公室副主任甲央（藏族）翻开一册记事本，上面写道："1984年6月13日晚10点。地点：布达拉宫红宫强巴佛殿。火灾几分钟后即被宫中喇嘛扑灭，火灾系电线短路引起。"

对小火灾的重视远远超过火情本身。西藏自治区领导纷纷赶来，北京国家文物局迅即派出一批专家技术人员进藏，任务：查出一切安全隐患，消灭一切火源，彻底解决圣殿中的消防问题。

不查不知道，一查心惊跳：险情远远不止单纯的消防问题！

八方惊动。

全面调查布达拉宫险情自1985年始：全国古建筑几十位精英及维修专家荟萃于此查症会诊，中有全国著名古建筑维修专家罗哲文，不顾年逾古稀，不顾高寒缺氧，从京城飞赴拉萨，携杖登宫，细细勘查。

调查缜密而科学。三个专家调查组分别于1985年、1986年与1988年三次进藏，最后确认：险情是全面的，严重的，局部建筑确实可用"岌岌可危"来定性：

——地垄，支撑整个布达拉宫多层庞大建筑群的基础，又在隐蔽部位，原有的木构件普遍遭到虫蛀，腐朽、扭曲、拔榫、断裂的情况异常严重，摇摇欲坠；往往，用手指去轻捅那些用了300－800年的椽子和过梁，烂木屑便会如天女散花般降落，有些地垄处，人已几乎难以仄入。

——宫内宫外一片片阿嘎土地面，因常年失修，松软、散裂，脚踩上去，如履不平的沙滩地。

——宫中33座主体建筑、14座附属建筑内，随处可见：扭曲变形的木件结构，错开的柱位，空膨开裂的墙体，价值连城的珍贵壁画沟壑纵横似地破裂……

惊动了党中央，惊动了国务院。

中央政治局对此专题讨论，国务院1988年10月正式批复国家文物局：尽快抢修布达拉宫。

1988年12月，西藏自治区成立布达拉宫维修工程协调领导小组；1989年元月1日，布达拉宫维修办公室在布达拉宫山脚下"安营扎寨"；1989年5月，国家文物局组织的专家技术小组再次对全宫进行了三个多月的实地勘测。在此基础上，编制了总体设计方案，并经国务院批准：工程总投资3500万元，维修项目77项，维修总面积2.8万余平方米。国务院要求：整个维修工程，力争1993年底完成。

布达拉宫维修领导小组名誉组长：中央政治局委员、国务委员李铁映。

布达拉宫大维修，序幕就此拉开。

二

布达拉宫"开天辟地"的始造者：公元七世纪初第一位统一雪域高原的藏王松赞干布。有一说法流传至今：松赞干布娶到唐朝文成公主为妻，大喜，遂在红山（今布达拉山）上营造布达拉宫。建宫时，唐太宗曾派诸多汉族工匠前往，与藏族工匠一起，建成"红宫九百，合顶上之王宫，共1000间，共计九层，高大宏敞"。

何谓"布达拉"？梵文音解为普陀罗，意佛教圣地观世音世界。

可惜，这1300多年前的布达拉宫，终未完全保存下来，先遭雷击失火，继而绝大部分建筑毁于兵燹。我们今日所仰视的圣殿，是从公元17世纪五世达赖大规模重建及后世达赖陆续扩建成的"新宫"。史载：五世达赖重建宫殿时，清康熙皇帝特遣100多名汉、满工匠来此助建；五世达赖圆寂后建造红宫灵塔时，工匠每天逾7000人众，声势浩巨。

1300年，布达拉宫"垂垂老矣"；340年来，布达拉宫历经一次次大规模小规模的重建和扩建，但对她的大规模维修，记录为零。

维修布达拉宫，一个历史性难题，一个没有任何维修资料可供借鉴的艰巨工程。

开工至今，已经600多个日日夜夜。

进宫。进宫的大门称"彭措多朗"。这里毋须赘述那门的宏大，且看大门背后，是一把用整棵树干做成的需几人合抱的门闩。门闩之大，堪称世界之最。次仁多吉则见多不怪。只用那粗糙的手摸一下门闩，复对我挥手："去德阳夏。"

德阳夏的汉译：东观乐广场。德阳夏在布达拉宫白宫之东，面积1600平方米。广场上来来去去数不尽的朝拜圣殿者。

维修布达拉宫开工前的火祭，就在这里举行。1989年10月9日上午。

那天，观者如堵。宽阔的广场中，安放着分别代表和平、免灾和权威的白、黄、红三色火台，松树枝和木材燃起旺火，作为祭物的五谷等撒入火中噼啪作响。此时，三位西藏佛界德高望重的格西（藏传佛教中的高等学位者）带领众僧侣登场，袈裟如火，火映袈裟。三位格西与众僧侣面朝火台，诵经朗朗：祈祷布达拉宫维修万事如意、万事平安；祈祷维修后的布达拉宫佛业愈加发达兴旺；祈祷维修后的布达拉宫在众人心目中的地位愈加崇高……

"火祭很重要！"次仁多吉说。

"为什么？"

"就因为是维修布达拉宫。"

火祭前，"不理解"的浓雾曾一度笼罩着布达拉宫。

一开始的"不理解"几乎全出自那些善良虔诚的宗教信徒：阳光下的布达拉宫巍然耸立，红宫白宫壮观无比，圣殿千年无恙，岂会一朝危倾？更何况，圣殿中的圣堂圣像圣物，能"忍受"这般"大动干戈"？

有人利用了这"心态"，有人"借题发挥"：圣殿中埋着许多珠宝黄金，说是维修，其实是冲着它们来……

三人成虎，谣传甚嚣。

不得不"反击"。维修前夕，布达拉宫对西藏宗教、民间等各界人士敞开险情的"大门"。多少人疑虑而来，多少人信服而归。一个拉萨当地的老人参观毕，蓦地道出一句："没有共产党，就没有布达拉宫！"十一世达赖的一位后裔观后则感慨："过去我来布达拉宫不知多少次，从没见到有这么多险情——非修不可呀。国家决定修宫，英明。"

刨根究底：关于"珠宝黄金"之说呢？

说出来令人忍俊不禁。

这次因维修清出的垃圾知多少？500车，足足2000多吨。为防漏金漏宝，清理筛选工作以喇嘛为主，当地民工为辅，内地来的工程技术人员一个未参与。2000多吨泥灰碎砖的垃圾中清理出如下"珠宝黄金"：几片小金箔，几十粒小小的珍珠，外加几件破损的农具，几把酥腐的木头架子。唔，忘了说，还拣到两只"硬梆梆"的水牛角……

东观乐广场上走来两位布达拉宫资深望重的喇嘛。56岁的土登强巴喇嘛一边手捻佛珠一边款款道来：从维修开始，就成立了两个文物登记组，两个文物登记组分别有两个喇嘛严格把关（这两名喇嘛即是其中最认真负责的把关者）。"说句笑话，珠宝黄金，在我们眼皮下'插翅难飞'。"布达拉宫喇嘛知多少？55岁的阿旺索巴喇嘛告诉我：大大小小37位。37位喇嘛异口同心：维修布达拉宫，是共产党在为西藏僧俗办一件最好的好事。

精诚所至，佛门为开。

三

赞美，惊叹。

走白宫，入红宫，数不清的佛堂，行不完的大殿。尽管走得脚虚气喘，且难辨北南西东……就说宫中壁画，数不胜数，连次仁多吉也只能提供这样一个数字：单是红宫西司平措殿堂二楼，壁画便有698幅。仰视红宫14.85米的五世达赖灵塔，顿觉自身矮矬。那塔的周身全为金皮包裹，眩人眼目，此灵塔的价值：11万两黄金，且不算入塔上镶嵌的无数珠玉玛瑙。在十三世达赖灵塔前，则见有一座堪称旷世一绝的用20万颗珍珠串成的珍珠塔……

赞美，惊叹，从古至今，甚至包括那些为好奇心、野心乃至"信仰"、"使命"所驱使，历经千难万险而来，且早成"历史"的老外们。

约翰·格鲁伯，德国耶稣会会士，当他历经三个月藏北高原的"痛苦"跋涉，终于在1661年作为第一个欧洲人到达拉萨时，城边陡然高耸的布达拉宫使他"倍感震惊"，以为在西藏"看到了我们最大的基督教堂"！震惊之余，格鲁伯即为这宫殿画了一幅素描。但从画面上看，布达拉宫远未扩建到我们现在所见的宏大规模。

第一名抵达拉萨的英国人为托马斯·曼宁。作为东印度公司的官员，1861年他穿越喜马拉雅的高山屏障，由南至北最终来到"赋予他灵感"的傲然耸立在城市之上的布达拉宫前。他的叙述充满立体的"视觉"："气势宏伟，完美无缺的布达拉宫似乎近在咫尺，但当我们走上80步或100步，从另一角度进行目测时，它离我们仍有四、五英里远……"

西方殖民者一度垂涎世界"第三极"这块宝地，英帝国主义者荣赫鹏，于1904年8月2日，在其麾下因藏兵顽强抵抗死伤百余名后终于侵入拉萨城。他们以见到布达拉宫为其久已渴望的目标的实现，"布达拉宫矗立在我们头顶上方，它有着令人难以置信的庞大体积、金色的房顶及白墙。它比圣保罗大教堂（英国伦敦著名的基督教堂，顶高111米）还要高。布达拉宫是我们见到过的最大、最令人惊奇的建筑物。"在布达拉宫面前，入侵者一个个感到自己的"十分矮小"。而一年后，他们在西藏一片憎恶和反抗中，"黯然"离开拉萨，走过依然金碧辉煌、巍峨雄奇的布达拉宫……

维修布达拉宫，为了使历史的辉煌永驻，事在当今，功在千秋。

四

有人说，布达拉宫代表了西藏宗教、文化、艺术的最高最完美的境界，也充分显示出西藏人民卓然无比的智慧。

55岁的姜怀英，中国文物研究所高级工程师，此次维修的技术工作由他全面负责，1989年维修工程开工前最后一次勘测检验项目，他领队。对布达拉宫，他有特殊的赞美词："来了，看到了，就不想走了——被她彻底征服了！"知道西藏的全国重点文物保护单位有多少？10多处。规模宏大的西藏寺庙宫殿建筑有浓厚的宗教色彩和鲜明的地方特点。从1982年至今，他前前后后进藏11次，平均一年进藏一次多。前几年来，是为了维修大昭寺、扎什伦布寺。对维修布达拉宫，他表示："修成此宫，一生足慰，死也瞑目！"

都说，姜怀英到西藏来，是怀着"壮士一去兮不复还"的气概。他有严重的心脏病和严重的肠胃病，每次进藏，带足了急救药，每次来，都一次又一次地经历"胸憋"的巨大苦痛。布达拉宫不少喇嘛闻此都异常感动，有一个喇嘛特地找到他，劝他"千万千万保重"。姜工闻言一笑，"布达拉宫修成，我的事业和理想已得到最美好的实现。"

见到中国林业科学院高级工程师纪成操时，61岁的他正在白宫东大殿和藏族民工呱啦呱啦打着手势说话，再看这一身精神的老人，颈挂着一架放大50倍的望远镜，望远镜神气地在他胸前颠儿颠的。问他：这么大岁数，进藏还吃得消？答你一口味儿特浓的京腔："我这把年纪进藏还说吃得消，怕有人说我不那么唯物主义实事求是。但有一点是真的，进藏三次，共一年多，真正的大病，一天没犯过。你说怪事不怪事：在北京我老这儿疼那儿酸的，可就是一到这，全无'反应'……"

两年来，从内地到西藏来的工程技术人员100多位，其中有的来过不止一次两次。来了再来，是好玩？说个简单常识和规律，对每个人来说，高山反应，后一次比前一次来要强，一年要比一年更甚。有的高山反应严重者，真可用"死去活来"形容。可还是要来，为什么？姜怀英依然用他那句"老话"：给布达拉宫征服了！纪工说：他那林科院的四个"老中青"年年不漏，趟趟不缺地赶来；四个人家都在北京，家庭环境都好，有的还是"高干子弟"，可他们就是要来，一来就半年。四个人的家属都说："布达拉宫勾了你们的魂！"

"勾了魂"的不止内地来的人。

76岁的德钦老艺人（相当于内地的高级工程师）掰着手指也算不清他已新建维修了多少西藏的寺庙，用他出神超凡的木匠活。这次修布达拉宫，多少人劝他：别上宫啦，在下面用嘴巴指挥得啦。我采访老人时，也见他手脚颤颤的。殊不料他说："我一天上下两次布达拉宫。"（那天我采访布宫时，也上下两次，差点累得"死"过去！）

为啥？

"为了把圣殿修得更漂亮！"

五

周总理，西藏人永远不会从记忆中抹去的名字。

那是在动乱的年代，"文革"初期。西藏也有"红卫兵"，也有"革命群众"。那天，黑压压人群开到布达拉宫脚下："革命群众"要对她采取"革命行动"。布达拉宫危在旦夕！西藏急电党中央，急电周总理。周总理心急如焚，当即回电：布达拉宫是中华民族的文化瑰宝，一定要保护好，一定要说服群众……周总理的话，最终使布达拉宫没有在"革命"中丢失一片金箔，没有损坏一寸宫墙。

保护好这"中华民族的文化瑰宝"，就现在而言，是只争朝夕地维修，全力以赴地抢救。

维修抢救已进行了600天。

600个日夜朝夕，除内地来的专家工程技术人员，近千名西藏的工匠、民工、喇嘛是维修宫殿的主力军。

藏、汉共同努力，共同奋斗，维修工程开工至今，已完成15项主体建筑抢修加固工程，正在紧张施工即将完工的有13项工程。

布达拉宫已摆脱了"岌岌可危"。

出宫，蓦然听到歌声，很响亮很粗犷很雄壮的歌声，有领唱，有合唱。

是维修布达拉宫的工匠和民工在唱，唱千年流传下来的藏歌。歌声唱进了雪山白云，回荡在布达拉宫顶。

次仁多吉说，他们天天唱。

（1991年8月9日）

沉没之前

东海。

5月2日晨5点05分，曦雾迷茫中，一声闷雷般的轰响：我国家海洋局装备最精良的远洋考察船——向阳红16号，在执行大洋多金属调查任务的正常航行时，突然被撞！

向阳红16号4500吨位，拦腰撞击它的是38600吨的塞浦路斯银角号巨大货轮。

向阳红16号遇难、下沉……

弃船？！弃船！

被撞前的向阳红16号，一切如常，除少数当班船员在工作，其他船员和海洋科技考察人员均在沉沉酣睡中。

船向正东，按预定航线缓缓驶向作业海区。

船被撞前一个多小时，49岁的船长金明奇步上驾驶室，是时海况不佳，有雾，视距差，肉眼所及仅20米至30米。但，雾此时并未带给人任何不祥预兆。金明奇海上工作近30年，担任向阳红16号船长11年整，海洋勘探调查几十万公里，战风踏浪行雾，家常便饭。

突然间，从雾中驶出一团庞大如山黑糊糊的物体，对向阳红16号右舷汹汹而来！

该发出的转舵指令都发了，该采取的紧急避让措施都采取了。没有起到效应，也不可能起到效应，因为距离太近太近。

船长亲眼目睹：这艘几万吨级的塞浦路斯货船船头的球鼻首重重地撞在本船的机舱部位！

致命的撞击。

向阳红16号上的110位船员和科学考察人员每个人都被这撞击震憾惊醒。

大副胡其芳撞醒后闻到一股呛人的烟味，还听有人叫"起火了"！稍后又听到钢板断裂的噼啪声。他的第一反应是：不好，是主机爆炸了！大副的职责是：堵漏，救火，救生，他一骨碌翻身挺起，直奔驾驶室……

二管轮徐建设,他凌晨4点下的班,又晕船,下班后倒头即睡,撞击"如山里轰响的放炮声"将他震醒,并同时听到钢板护墙板破裂及瓶瓶罐罐爆碎的恐怖交响。他的岗位在机舱,出门奔向机舱大门,一头撞见当班的三管轮沈忠伟。大声问对方:"机舱怎么样?"沈忠伟喘着粗气答:"不好,机舱水已经上来了!"睁大眼一看,短短一分钟内,宽大的机舱内已进水近二米,右主机海水低压已自动报警。

住在222房间的科研人员金星和郑涛,他们一个睡上铺,一个睡下铺,撞船惊醒后,上铺的金星在意识尚未完全清醒时感觉有东西向他整个儿砸压下来(后来知道是破裂的钢板和舱顶的装饰板),他一面大叫:"这是怎么啦?怎么啦?!"一面用两只手向上死死撑住砸压下来的物体。以后他们两个人从一条破裂的钢板缝里挤逃出来后才知晓,他们住的房间正是银角号重撞时的"正中部位";和他们同屋的另两个人:孟令伟、于海洋,从被撞击的那一刻起,便"永远失踪"了。

同为重撞"正中部位"的是翻译王龙泉住的房间。撞击时他猛然惊醒,迅速冲出门外后他"蓦然回首",只见他住的房间,被挤压得"消失"了……

假如(从船长金明奇到16号船许多船员都提到这个"假如"),撞船的银角号在撞后慢速顶住16号船,这样,就可以缓解海水大量涌入机舱撞开的16号船,这样,就可以延长16号船下沉的速度。但银角号接下来的步骤恰恰相反:迅速倒车。迅速倒车,致使向阳红16号机舱进水速度大大加快,即刻,向阳红16号船体迅速倾斜,下沉,下沉……

以上一切,都发生在短短的三分钟内。

分秒不能宕延。

5点08分,即16号船被撞三分钟后,船长金明奇令报务主任发出求救信号——卫星示位标。5点10分,金明奇果断向全船发出弃船部署。弃船部署警铃为六短一长,持续时间应为一分钟,但警铃只短促地响了两下,就戛然中止——全船断电,连应急电源也被完全破坏。

谁也不敢信:真的要弃船?!

"弃船!所有人员带好救生衣上艇甲板!"船长金明奇在一遍遍大声呼叫,考察总指挥张志挺也一遍遍大声呼喊。

弃船——船上有世界上最先进的多频探测仪,有刚用近30万美元引进的万米绞车,有先进的组合电台,有极好的定位和动力设备,一切的一切……

但此刻最最宝贵的是什么?是人!

弃船,分秒不能犹豫!

"让科学家先上救生艇！"

船在下沉，无情地下沉。

已经到了船毁人亡的紧急关头。

船长金明奇知道，有经验的海员们知道，弃船自救，行动越快越好，否则后果难以设想。

"让科学家先上救生船！让年老体弱者先上救生艇！"是船长的命令，是船员们的共同行动。

向阳红16号船上，有一半人员为来自北京、杭州、青岛、厦门的海洋考察科技人员，其中不少人首次出海。此次到太平洋调查，出发日期原定为4月30日，因大雾，船在吴淞口2号锚地临时抛锚一日，抛锚期间，曾抓紧做了一次船万一遭遇紧急情况下的应急部署操演。操演时，每个人都认认真真，万一船遇险，船上全部人员将迅疾一次性上完4条救生小艇，左舷一号艇由船长负责，右舷二号艇由政委统管，左舷三号艇由大副带队撤离，右舷四号艇由二副指挥……

绝无想到，在操演的两天后，一切成真。

一切却又未如操演时：

船上4艘救生艇中，二号艇、四号艇均被银角号船撞瘪撞坏成"废物"，而一号艇与三号艇则因大船被撞后右倾，失去平衡，难以放下。

情况紧急，情况危急。

向撞我船的银角号船呼叫："Lifeboat！Lifeboat！（放救生艇！放救生艇！）"但银角号船置若罔闻，未放一艘救生艇。

自救，完完全全依靠自己的力量紧急自救。

危难之时，显出船员们的英雄本色。

用大扳手扳，用螺丝刀旋，用太平斧砍，用一双双手死命地推，用喊破了的喉咙嘶哑地喊。在吊放失去平衡的救生艇的短短几秒钟内，一个个船员竭尽全力，施展出浑身解数。他们中有：电工杨文有，水手贺连荣，二管轮徐建设，水手顾龙桥，机工王绍辉，船上木工顾洪林，轮机长赵国民……终于，满载着海洋科学技术人员的一、三号救生艇被放入水中。

一号救生艇定员39人，超载至50多人，三号救生艇定员28人，超载至近40人。

船长金明奇在两天前的应急部署操演时，"定位"负责一号小艇，但他此刻没有上一号小艇，他把一包重要的材料交到机要员王培手中，"你先上救生艇，一定要保管好这些材料！"57岁的考察总指挥张志挺也把随手携带的重要公物交给上一号救生艇的水手长，自己则坚决不上艇。大副胡其芳，在前日的应急部署操演时"定位"三号艇，但他在吊放完三号小艇后，自己没上艇，转身再去帮助吊放一号救生艇，吊放完毕，他依然没上艇。

此时——5点20分，向阳红16号尾部已经下沉入水。

"自救"不忘"救物"

弃船自救，是向阳红16号船上全体人员共同协作脱离险境的紧急行动。脱离险境之前，情急之中，16号船员的"个人主观能动性"还表现在哪里？

政委沈熙民说："除了救人，还救物。"

救何物？理所当然地去推想，其中自然要包括个人物品。

否。几乎没人拿出什么个人物品。此次考察，历时六月，将四次停靠夏威夷，人人带有美钞人民币。然而，绝少有人抢出这些个人钱物，甚至搁在枕边的手表，戴上的人寥寥无几。

倒是发生了这样几则事：

年仅22岁的船上机要员王培，撞船后在黑暗中把船上的重要材料紧揣在手中，自己的私人物品则一样未带；

轮机长赵国民，眼看船没救了，迅疾从甲板上奔回机舱门口，却又跑回自己房中，想想再有什么东西可带走，一个"习惯动作"：取了两张记录打印材料。临出门时才想起：忘了拿自己的个人物品了。可是，来不及了。

最令人"不可思议"的是船事务主任、党员蒋汝斌的所作所为。

蒋汝斌是船上贵重公物大管家。因为他住在底层，离撞船部位远，所以撞船后他开始并未想到会"弃船"这一严重后果。他第一次跑上甲板见到船长，船长对他说："快把所有贵重公物抢出来！"长得较矮小的蒋汝斌没有声张，没有喊人帮忙，为了抢出这些贵重公物，上上下下跑了两趟。到第二次下到舱里时，下面已到处是水。他进自己房间，从抽屉里找到保险柜钥匙，开保险柜时因没有照明灯看不见保险柜号码，他不慌张，镇定地用打火机打火照明。抢出来的公物装满一个近百斤重的大皮箱和一捆几十斤重的布麻袋。他出自己房间门时，竟没忘了把房门反锁上！他往楼梯上走，脚下是迅速上漫的海水，船倾斜，楼梯也倾斜，四周没有一个人。他拎不动了，他几乎走不动了，双脚棉花一般软。但他此时根本没想到放弃一个箱子或一个麻袋，以便腾出一只手去抓倾斜的扶梯。他当时只想：快上去，要挺住，一定要把东西抢出去！

终于，一步步顺着楼梯爬上来了，贵重公物抢出来了，整个的人，一下瘫坐在甲板上。

事后蒋汝斌承认："太危险了，我上来，海水跟着我漫上来，只要慢一拍，就没命了。"

问他：怎么没想抢出点自己的东西？他道："哪里有功夫往那上面想！"

惊心动魄的最后撤离

最后的撤离，惊心动魄。

留给向阳红16号船人员的时间已经很少很少，以分计算，甚至要以秒来计算。

船毁已成"定局"，人亡的危险时时刻刻存在。从船长到每一个船员都知道：当船全部沉没海底，将引起不可预知的"沉船反应"：整个沉船区域将形成一个巨大的漩涡，并涌起大浪，在这区域内的救生艇极有可能被漩涡吸入、倾覆……

而此刻，船长金明奇、考察总指挥张志挺、副总工程师周邦汉、大副胡其芳等20余人还在船上。

大副胡其芳大声请示："船长，我们怎么办？"

"快上主甲板！"

人在倾斜的主甲板上走，步步艰难。

他们终于来到两只没有动力的救生筏前。

已经没有时间没有地方让他们"安安稳稳"地下到救生筏里。

"跳救生筏，一个一个跳。"

大副胡其芳往下跳了，副总工程师周邦汉往下跳了，考察总指挥张志挺往下跳了。最后从向阳红16号跳到救生筏上的是船长金明奇。他们是含着眼泪跳下去的。

船长最后跳入救生筏的时间：晨5点25分，距船被撞时间仅20分钟。

全船弃船部署执行完毕。

船长金明奇，这个在海上搏击风浪近30年的铮铮硬汉，此时放声大哭。

满脸是泪水，满身是汗水，四周是汹涌起伏的海水。这时，海水似有一股巨大的吸力，把无动力的救生筏往即将沉没的大船边上吸。

划呀，快划呀，快离开大船！用桨划，用手划，用讲义夹划，能用什么划就用什么划，拼了命地划！

突然，所有在救生艇筏上的船员们看到了什么？在向阳红16号右舷已被撞坏的二号救生艇边，漂浮着挣扎着一个人！

是大管轮梅秋芳。

快去救梅秋芳！

梅秋芳住224房间，大管轮一个人住一间房，撞船时他的房间被挤成一个小角落，双脚骨折，好在他的床铺下方也被撞开一个洞，沉船时海水从洞口涌入，海水又把压在他腿上的钢板木板浮起，他顺势从洞口下钻出，再奋力游出两米深的海水，海浪把他冲向损坏的二号救生艇旁，他扑上去，死死抓住了救生艇边的救命铁栏杆……

然而此时，正在水中的两条无动力救生筏无法来救他，一号救生艇去驶往银角号船轮途中也失去动力，唯一一条有动力的救生艇三号艇在送完一部分科技人员和船员上银角号船后发现：艇机已经漏水！

再次请求银角号货轮放下救生艇，营救危在旦夕的梅秋芳。

银角号依旧不放救生艇。

这时，梅秋芳抱紧了二号救生艇打了两个滚，离开了大船，未穿救生衣的大管轮在海面上漂浮，挣扎……

三号艇急速驶向梅秋芳，重新闯入随时会发生"沉船反应"的危险区域。

救出了梅秋芳。梅秋芳死里逃生。

紧接着，向阳红16号的烟筒沉下去了，海面上腾起一片蒸气。随即，海面上形成了一个巨大的漩涡，涌出一个大浪。

是时，5时40分，向阳红16号全部沉没。沉船点，东经124°28′，北纬29°12′。沉船处，水深约80米。

都哭了，所有在救生艇筏上的船员和海洋科技人员。

都哭了，所有这些经过紧张、危难的自救后幸存下来的生还者。

生还者107人，失踪有三人，他们是：30岁的于海洋，39岁的刘诗明，30岁的孟全伟。其中，于海洋正值新婚燕尔。

是时，天空阴沉阴沉，东海寂寂，雾正静静散去。

等待着

5月2日6点50分，向阳红16号全体遇难幸存者登上塞浦路斯银角号轮，他们是一个个顺着银角号放下的软梯艰难地爬上去的。

5月2日7时许，登上银角号轮的我方报务人员金礼德通过卫星拨通了国家海洋局东海分局的电话。报告：向阳红16号沉没……

7点30分，国家海洋局局长严宏谟闻此噩耗，救援工作和外交工作几乎同时开始。

9点30分，银角号轮停止出事海域搜寻，该船船长下令，沿20°航向继续航行，前方是韩国。但在开船时，他们对中方船长和船员却说：该船将驶向中国。

5月2日21点30分，我国"德意"号远洋拖轮追上了银角号，地点是北纬30°40′，东经124°58′。5月4日10时47分，在韩国济州岛附近，16号全体人员终于从银角号换乘到"德意"号拖轮上。

5月5日上午，黄浦江上阴云密布，水天呈灰色，载着107名遇险获救人员的"德意"轮，缓缓驶入国家海洋局东海分局码头。没有锣鼓声，没有欢笑声。沉默，还有眼泪，还有含泪的紧紧拥抱。

该给沉没的向阳红16号写上最近几句：建于80年代初期4500吨级的科学考察船，它曾多次前赴太平洋进行大洋多金属结核科学考察，它的定位、动力、卫星通讯和海底物探作业装备在国内均是一流，它为我国在1991年3月获得联合国批准的"国际海底探矿先驱投资者"的资格，作出了很大的贡献，而获得联合国批准的"国际海底探矿先驱投资者"的其他国家，目前仅为前苏联、日本、法国、印度。

沉没了，向阳红16号。

一曲悲歌掠过太平洋的海面。

生还者揪着心，噙着泪。他们等待着。

等待着明日的远航。

(1993年5月14日)

英雄不说悔

刘先火的名字，一夜间"火"遍了巴山蜀水。

其实，刘先火早该是个"火得发烫"的英雄。

从1989年始，刘先火在他家门口的人工河——四川双流县合江乡天灯村东风渠的激流里，一次又一次，7年共救出14条落水而濒临死亡的生命。

一次次救人，都在同一地点——东风渠公路桥跃入水中。

公路桥，当地百姓称之"死人桥"。

坠下"死人桥"的一个个生命，因刘先火而再生。

刘先火却没再生。最后一次——1996年5月9日，他把5个年轻的生命托出水面，自己则沉入水底而殁。

在这之前，已经救起过9条人命的32岁农民刘先火，却几乎无人知晓。甚至，连一些被救人都不知道自己的救命恩人姓甚名谁。直至刘献身之后，人们抚今追昔，这才回想起英雄一连串的"救人不倦"，且，至死未言悔。

一

刘先火第一次救人，绝对默默无闻。

那是1989年4月12日的下午，合江乡村民陈昌雨学骑自行车晃晃悠悠上到公路桥，桥上遇一群鹅。陈昌雨见状心慌意乱，手中的车把子硬不听使唤，连人带车栽下桥去。桥下六七米，是一路从都江堰而来的春水在呼啸奔流。

刘先火的家，就在桥东20多米远。听得叫声，当时25岁的刘先火冲出家门，奔至下游的河岸，纵身一跃下了水。正好候个着，落水人就漂至他跟前，一把将其托住救起。被救起的陈昌雨不忘尚在水中的车，手指向那车。刘先火再一头扎进水里，只几分钟，那车便也被利索地"救起"。

整个救人救车过程，10多分钟。

被救者以后有何"表示"？没有。倒是被救者的父亲登了一次门，也未见着刘先火，见着的是刘先火的父亲。父亲对父亲，简简单单道一声：

"谢你儿子了"，便过了场。陈昌雨伤好后，一次未登刘先火的门，好似救命恩人不存在。

刘先火是怎么想？救人的事，开始连他的妻子胡仕秀也不知晓，救人那天她去了娘家，回来几天才听村里人说，便问刘先火：你救人了，怎么没听你说？刘先火答：救了就救了，又有什么好说？

这件事几乎"来无影去无踪"，默默隐在这乡间广袤的山岭丘壑中。

自然，附近的村民还是有"很局限的反应"。这1977年建造成的东风渠公路桥，太窄，两边的桥栏太低，一米不到，桥两头又分别有几米高的土坟遮人视线，所以，车翻落水事故不断，死人伤人的事时有。仅从1986年到刘先火这次救人，已经溺死了4个人。86年正月初五那次拖拉机翻落桥下，好惨，村里年轻的媳妇李素芳和她5岁的儿子命归黄泉。陈昌雨这次获救，亏刘先火在，亏刘先火就住在桥头边低矮的茅草屋里。

对那茅草屋，村民们开始投去敬意的眼神。

二

刘先火第二次救人，几乎"接踵而至"，是在1990年6月22日。那日下午天闷热，刘先火原本想在家睡个午觉打个盹，闷热却使他难入睡，便和妻子女儿一起到隔壁父亲摆的茶摊去，解闷。

惨事说来就来。刚要落座，就听母亲在屋前大叫，"六六（刘先火的小名），快去救人！"

惨事发生的地点，又是公路桥！

是一桩大惨祸。一辆载着24位乘客的客车，因司机视线受阻，客车撞断了约10米的桥栏，翻转着落下水渠。

刘先火旋风般急奔公路桥，妻子胡仕秀也紧跟在丈夫身后。刘先火一路奔跑一路撂下鞋、衣、裤，胡仕秀一路跑一路把那鞋、衣、裤一一拣起。说时迟，那时快，刘先火已经跃入激流。

车祸，惨不忍睹：车落水渠，当场死亡12人，其他人，有的重伤奄奄一息不省人事，有的被淹于水中困于车中，车又顺着急流冲往下游。场面凄惨而混乱，喊叫声，呼救声，呻吟声，哭声，声声撕裂人心。

入水的刘先火恰如一个"浪里白条"，仅一米六几的他，先从水中救起一个近80岁的老妇，将她背至岸边。他不知，这老妇的儿子，就是当时双流县的父母官——县长郭应富。再转身入水，见一中年妇女正在桥下的水中挣扎，仅露出个头。将她救起后，那妇女又哭喊着对他说："大哥求求你，快救救我的孩子，孩子还在车里！"才4岁的孩子被死死卡在车座上。刘先火砸破车窗出入四次，方才把孩子救出。

中学教师徐思发，车翻那一刻便撞得知觉全无，模模糊糊苏醒时，感觉一个比他瘦小许多的小伙子将自己背至渠岸边。徐思发挣扎着想说话，要称谢，那瘦小的年轻人却一个转身，救别人去了。旁人之后告知他，救你的人，叫刘先火。

农民陈思友，当时被困车中，渠水倾泻而入，吓得他立马瘫了。此时，刘先火赶到，将他背出车外，再往岸边游。受了惊吓的陈思友却"极不配合"，人软绵绵如一滩泥，几度背起，几度又从刘先火的肩背上滑落，搞得刘先火也精疲力尽。终于拖至岸边，刘先火则不忘对被救者"幽默"一下："你是真想下去呀，河水凉凉的，哪儿好耍嘛！"

前前后后，刘先火在湍急的水渠里救起6个人。

6个被救者，都是外村外乡的陌路人，刘先火与他们素不相识。被救者之后如何"报答"刘先火？

邻乡的农民陈思友，伤愈后提着二两白酒、二两花生来到刘先火家，以此感激救命之恩。刘先火高高兴兴将这"报恩酒"一口饮尽。中学教师徐思发一介书生，不习以物报恩，车祸后两个月，伤还未痊愈，上唇开裂的缝针刚拆去，臂膀的绷带还吊着，就空身一人寻到公路桥边的刘家茶摊。当时茶摊人多，声浪嘈杂，竟没捞着和刘先火多说几句话。不过徐思发还是看清了自己的救命恩人确实瘦小的模样。唯一记得刘先火对他说的话是："没啥，应该的。"

以物报恩以情报恩的一段佳话是来自县长郭应富。被刘先火救起的郭县长的老母当晚即死于医院。人死了，救人的情依然在。出事第二天，郭县长就遣自己的弟弟上刘家致谢，带上的物品是：水果、糖、一块料子布。第二年春节，郭县长带着自己的老父，再亲自登门来拜年，来致谢。县长还问刘家：生活上有啥子困难要解决？刘先火说没有，刘先火的父亲说没有，真没有。救人救得县长过年来他们的茅草屋拜年，是"意外"，是"光荣"。还要提啥子困难，害臊不？

救出6人的刘先火，至此，依然默默无闻。

默默无闻的刘先火，还会这样默默无闻地在东风渠公路桥上救人吗？

三

1990年的特大车祸，使村民们对重新修建公路桥的呼声高涨：死这么多人，该彻彻底底改建个新桥了！明摆着，桥面要加宽，桥栏要加高，桥两边的土坟要铲平，否则是祸根。呼声传到"上头"，起始便听到有些振奋人心的消息，说得还有鼻子有眼。可以后却又渐渐"风平浪息"了。原来这扩建新桥没村民百姓想得那么容易简单：造路修桥本该是县交通局的事，但公路桥下的水渠却属于省里东风渠管理处管。东风渠的水自都江堰一路浩浩荡荡流下来，途经龙泉、仁寿、简阳、双流等等区县。所以，这扩建之事，是多头扯皮之事，绝不是一家两家能说得定。"上头"说不定，"下头"难动静。如此，村民们翘首盼望的事，便随之飘渺了。

扩建新桥无望，刘先火扮演公路桥"救命菩萨"的使命便继续延伸。

转眼便到了1994年9月，那是个漆黑的夜晚，一位骑自行车的中年妇女行车至公路桥。公路桥在1990年撞断的桥栏没修复，天雨路滑，刹车失灵，那妇女一慌神，便从缺口处连人带车翻滚而下。

救人的事都给刘先火撞着，他正一个人在家门外。救人的过程大同小异不再细述。黑暗中他把人和车都救起。救起的妇女竟然一声道谢也没有，湿辘辘的身子跨上湿辘辘的车择路就跑。刘先火在她身后紧赶几步，喊道："嫂子，你衣服全湿了，到我家换套干衣再走。"那妇女却如遇上歹徒似地坚决不回头，猛骑不止，转瞬"逃之夭夭"。

浑身湿辘辘的刘先火回到家。妻子大惊，问："你又救人了？"刘先火点头。"你救了谁了？"救了谁？刘先火怎么知道自己救了谁？他只能告诉妻子：被救的人，"逃走了"。

这次胡仕秀是太气愤，也为刘先火的一次次"无偿救人"而叫屈，而不平，"先火你这样救人是图啥？！"

真的要问：刘先火一次次救人图个啥？图别人给他报偿？给他钱？从没往那上头想过一分。

刘先火其实家境不佳。本本份份的一个农民，种几亩地，逢东风渠枯水时和妻子到渠里捞土沙，农闲时外出打工帮人腌肉，一年苦干猛干，能积攒的钱最多1000元。两年前，家里起了瓦房，其中三分之二的钱，是贷款。平时家里吃的喝的抠得紧紧，菜几乎一律是自做的咸泡菜，打牙祭的肉一月才能吃一回。那回，刘先火得了队里因修东风渠占他一分地的赔偿：73元整。拿钱时，队长扣了他两挑氨水钱7元。拿钱归家，妻子胡仕秀却受人"挑唆"，说刘先火未拿回家的钱，是给他胡乱"花销"了。胡仕秀那个气呀，和刘先火吵了个底朝天。那7块钱，对她来说，绝非是"小数"。事后真相大白，妻子向丈夫道歉，刘先火嘻嘻一笑："嘴巴没吃不要紧，嘴巴老吵出事情"。

刘先火图什么？掏心掏肺地救人，被救的人却"逃走了"，那就把那人那事忘了，忘得干净，从此后再没说起。

四

刘先火最后一次救人，在今年5月9日，乍暖还寒。

那是极平常的一日，天阴下雨。下雨天刘也下地干活。至中午吃饭，胡仕秀有点歉意地对刘先火说：早晨煮的饭不多，留中午的饭少了点，怎么办？刘先火知道妻子说这话是"假客套"：其实这类事家里常发生。节约省钱，还造房的贷款，就要从一点一滴做起。早晨一般是两顿饭一起煮，看当天的活重不重，活重，饭煮的多一些，活少，中午少吃或省下一顿便是"顺理成章"的事情。于是，那天中午不多的剩饭，先热给了两个孩子吃。孩子把饭吃了，锅底就仅剩了些硬锅巴，刘先火对妻子说："这锅巴你加水煮了吃，我不饿。"刘先火不吃，胡仕秀也不忍心吃。省下了这顿饭，还省下了这点锅巴。

晚上的饭是不能省的。天擦黑时，胡仕秀把饭煮好，便出门唤丈夫吃饭。刘先火正在屋后的蒜苗地里干活，蒜苗地就俯对着20几米外的公路桥。刘先火答：不忙，还有点活要干完。答音甫落，公路桥上传来"轰隆"一声闷响，刘先火抬头一看，顿脚叫一声："郭二娃糟了！"

谁是郭二娃？郭二娃叫郭洪明，27岁，邻乡承兴镇大树村的村民。前两年买了一辆三轮载人摩托，干起了个体载客的营生。有时，他也在刘家的茶摊歇歇脚，和刘先火熟。5月9日晚的郭洪明驾车遇到当地4个小青年，嚷嚷着要坐车出去"玩耍寻乐"。5人乘这辆摩托，超载2人，能走不能走？赚钱的念头在作怪，郭洪明最终驾车上了路。不料车行不久，坐车人变本加厉，竟要自己驾车。人多势众，郭洪明不得不从。车上东风渠公路桥，依然未修复的那段桥栏"张开大口"迎接他们，超载的车如一匹难驾驭的野马，脱缰而奔，冲出缺口，翻落渠下……

刘先火自然不知这群年轻男女是去"玩耍寻乐"，也无暇去想这车是严重超载违章，更没有顾及自己两顿饭没吃正饥肠辘辘。他仅想：快救人！东风渠的渠水湍急，一路吼着叫着顺势而下。水无情，人危急。刘先火扔下手中的蒜苗，狂奔向公路桥。妻子胡仕秀也在他身后急奔。情急中，来不及脱下全部长衣裤，只甩下一件外套，撂下一只鞋，绒衣绒裤还套在身上。跑过公路桥，跑向下游的岸边，再紧跑了几十步，就超过从上游漂下的人。

刘先火下水了，高高一个鱼跃，扎进冰凉凉的激流里。

第一个救起的是驾车人郭洪明。郭洪明原本会水，但从公路桥翻入水后，一度吓懵了不知如何驾驭水。矮矮小小的刘先火，此时镇定如常，救出郭洪明后，再返身入水，占据好下游的有利位置，上游漂来3个惊慌失措的落水者，他一一将其接住，把他们一个接一个拖至渠岸边。已陆续赶来一些邻里乡亲，将刘先火救起的落水者拉上岸堤。

此时，刘先火已在黑暗而冰凉的水中救人救了20多分钟。饥肠辘辘的刘先火一定累极，他开始往岸上游，要爬上岸。他想喘口气。却听又有人在惊呼："快看，那女孩子不行了！"就是车上那个职业高中的女学生。她落水后，在黑暗中死命挣扎。她向她的同伴呼救，谁也没有来救她，谁都在自顾不暇地逃生。她浑身无力，充满恐惧与绝望。她被湍急的流水无情地越冲越远，从翻下渠水的地点，一路冲往下游百多米远，人随急流在起伏、在下沉，没顶地下沉……

刘先火无法上岸，无法喘口气。他返身，用尽最后的力，挥臂向水渠中心处游去，向那女学生游去。

岸上的妻子胡仕秀急啊！她知道刘先火太饿了，她知道刘先火太累了，他穿着绒衣绒裤，人重，挥臂蹬腿也开始吃力。"谁快下去帮帮先火呀！"

终于，又有一个人下了渠，是刘先火第一个救起的郭洪明。郭洪明说，当时，他是在深深的自责中下水的。

刘先火靠近那女学生了。他对女学生喊："稳倒，稳倒（稳住）！"

女学生终被推上了岸，获救了！

半小时内，刘先火救出五条人命。

然而，此时的刘先火却力不能支了，此时的刘先火自己却难以"稳倒"了！岸上的人向他和郭洪明抛出了"救命绳"，郭洪明一把抓住了，刘先火连抓绳子的气力也没有，一股激流涌来，刘先火未呼未叫一声，瞬时沉入水底……

此时，是晚上8点左右。

此时，刘先火的妻子胡仕秀在东风渠岸痛声疾呼刘先火！

此时，被刘先火救起的4个要"玩耍寻乐"的年轻人又在何处？他们竟离开了东风渠，随人到了刘先火的一个亲戚家，各人褪下一身湿辘辘的衣服，换上一套干衣裤穿上（那衣裤，据说至今未归还）。

之后，绵延十里的东风渠两岸，几百个村民打着火把，声声呼唤刘先火，寻找刘先火。

就在众人寻找刘先火之时，周遭一片混乱骚动之际，那些被救者，又一声招呼也不打，悄悄鱼贯而出"溜之大吉"。

那个夜晚，东风渠岸火烛通明。村民们心不死，彻夜打捞，彻夜寻觅。但，英雄不应答——不见刘先火！

这天夜深，被救者又溜于何处？交通管理部门为寻找"事故肇事者"，终于找到他们时，他们竟然若无其事地在一起"玩乐正酣"！

问他们："你们怎么能自己先跑了？"

——面面相觑。

问他们："救你们的人已经被水冲走了，你们怎么想？"

——木如呆鸡。

再问他们："救你们的人叫什么名字，知道吗？"

——瞠目结舌。

愧对英雄刘先火！

五

唤不回刘先火，寻不回刘先火。

刘先火走了，走得匆匆忙忙，走得轰轰烈烈。

生前无人知其名，身后名声满天下。

川地一位吃新闻饭的同仁说了如此一段"大实话"：刘先火这次救人不死，或许还没人想来采访他。一采访，乖乖，一人无怨无悔救出14条人命，整儿一个讴歌不尽的时代英雄！

仰慕英雄的故事，竟是"说不完"。

刘先火5月9日牺牲，从5月10日开始，每天前来吊唁他的有800人左右。这其中，自然有被他生前救过的人。他们看了报纸上的遗像后惊呼："这不是救过我的救命恩人？！"惭愧呵，因为英雄生前他们未去当面答谢一句，英雄死后赶来吊唁，也算补上了一堂人生的"良心课"。

5月16日是刘先火的下葬日，那日上午天晴，来为刘先火送行的超过了1000人。刘先火家屋里屋外挤满人，屋门外的公路上，齐齐排列着几十辆大车小车，蔚为壮观。来人中许多是素不相识的外乡外县人。太平镇一建筑队的队长李大吉，流一身汗硬挤到刘先火的灵堂前，鞠躬，叩头，捐钱，说："这样的好人，真太少！"简阳县一位工人叫周朝明，是正巧路经此地，知情者向他说了刘先火的救人事，他二话没说，捐下一笔钱。

在死去的刘先火面前，既有良知的回归，却又有不可理喻的"表现"：5人中被救的郭洪明，从5月10日至5月16日，共7天，日日为刘先火守灵。他以这种方式，表达自己深深的忏悔。然而，被救起的另外那4个人，居然自始至终未露面！

刘先火和他的家人毕竟可得慰藉：入葬时，为刘先火送行者排成几里，花圈大大小小铺满田野，公路上的几十辆车齐声鸣笛示哀，相识与不相识的人，争相为刘先火的新坟垒土……

六

当记者前来造访刘先火的家乡时，东风渠正逢枯水期。刘的妻子胡仕秀说，此时节，是往年他们夫妇俩合力捞土沙的日子。渠上的公路桥依旧未修建，那6年前撞断10米的桥栏，依旧如豁了嘴似地呈现在人面前。村民们道：过去车翻人落有刘先火"保佑"，现在再"生祸"，谁来救？好在该乡领导透露：桥很快会建，投资50万，要拓宽到12米，规划已定，只等各方协调落实。

采访现任双流县金县长，他的话说得好："学刘先火，关键是要为老百姓实实在在做点事。要让英雄'走'得放心。"

欣闻：全县上下已为刘先火家捐款七八万元，刘先火生前贷款全部免去，其住房由乡里重新装修，并赠送一套家具，一架彩电。再闻：四川省将追认刘先火为革命烈士、一等功臣及舍己救人的英雄民兵等称号。

刘先火，可以安息。

刘先火的坟，就面对着家乡绵延近百里的龙泉山，面向东南，面向每日升起的太阳。

（1996年12月26日）

壮哉日食寂寞星

一

你说，3月9日上午，零下30多度的我国北之极——黑龙江省漠河镇，麇集着来自天南海北近万人，他们仰望苍穹看什么？同一时辰，亿万中国百姓将自己牢牢"锁定"在电视机前，紧盯荧屏心潮难平又在干什么？不就要把"日食彗星世纪幽会，天象奇观千年一回"瞅它个明明白白么。

日全食是明明白白看到了："黑太阳"出现，白天成"夜晚"，日冕、日珥、贝利珠，日全食的所有壮丽景观一一呈现，激动人心啊！

且慢，当人们激情于日全食时，并未忘记要瞅清楚与日食共度"良宵"的"海尔—波普"彗星，尽管此"良宵"仅为两分多钟。

终于，"日彗同现"的天象奇观在电视荧屏上展现了：食甚中的那轮黑太阳高悬于空，在它的右下方有一粒星点，四条白线将其框住，这粒星点被明白无误地指认为是："海尔—波普"彗星。

如此罕见的天象，如此壮美的画面，千年观一回，三生而有幸。

然而，错了，大谬不然！

现场所有的科学家一致指出：它不是彗星是水星！

然而，就是这幅搞错的画面，竟在荧屏上停格了42秒之久。

电视实况转播长达两个多小时，"海尔—波普"在哪里？然而，已经没有时间寻找，俱往矣，事过境迁。

壮哉是日食，寂寞是彗星。

二

电视机前的亿万观众无缘见"海尔—波普"真身，而在漠河现场观看"世纪幽会"的观者中也有许多人和"海尔—波普"失之交臂。

漠河县教委一同志用刚买来的天文望远镜观日察星，结果观日全食"大饱眼福"，寻彗星"没有方向"。

电视台出动8台摄像机"捕日抓星"，日全食顺利捕到，星则成了"漏网之鱼"。

刻意捕捉彗星而未得的还有成千上万者，其中包括北京兴隆观察站首席科学家、全国"海尔—波普"彗星联合观测与研究项目负责人之一的胡景耀研究员。胡老实事求是，以科学负责的态度告知："我当时的任务就是为电视传播找彗星，但没找到。为找彗星，我日全食也没看一眼，结果彗星未找到，鸡飞蛋打一场空。"

找不到"海尔—波普"，错过了看"世纪幽会"，实属憾事。有人这样解释找不到彗星的原因：当时漠河地区的天气太好，使日全食时的"黑夜"未如预测时那般"黑暗"，彗星真容相应未能毕现；二是日全食骤使白天成"夜晚"，人的瞳孔一下不能适应变化，给寻星带来了困难；三是出现了"意外情况"，即壮美的日全食一出现，许多人便"兴奋过度"，竟在现场燃放起耀目的焰火和鞭炮，这显然使观星"雪上加霜"。种种解释，不一而足。

遗憾的事，遗憾的心情，在从漠河回返哈尔滨的列车上，记者听到邻座的一位学生向他的母亲提出了"十万个为什么"：为什么日食时我们没有看到彗星？而事先报上却说"必现无疑"。为什么报上事先不讲清彗星在日全食时应展现于什么方位？为什么我们非要从大老远跑到漠河来，看不到彗星来干啥？年轻的母亲无言以对。童言无忌，一旁的我们如坐针毡。

事实似乎如此。作为传媒中人，在我们所见所听所视的媒体上，乃至我们自己所写的文章中，几乎均遗漏了日全食时彗星所在的确切位置的必要交待；几乎均未估计到可能出现的种种不测；几乎均以夸饰的手笔将"世纪幽会"描绘成一幅"童话世界"。就在我们写作此文的时候，3月17日晚，××电视台又将那幅"错把水星当彗星"的画面推上了荧屏！

这是为什么？科学来不得半点虚假，宣传科学同样不能随心所欲。是时候了，我们应当静下来扪心自问。

三

是不是所有在现场观看"世纪幽会"的人都空手而归？

答案是否定的。

记者当时是在漠河地区的北极村。北极村距漠河县城再北80余公里，紧靠黑龙江，一江之隔的对面即为俄罗斯；地理位置系北纬53·5度，东经122·4度。切莫小看了这"再北80余公里"，据科学家称：北极村的中国科学院地球物理研究所漠河地磁站，是中国境内观测此次日全食的最佳位置，因为它更接近日全食的中心线，日全食时的"夜晚"当更黑，观测条件当更好。在此观测的几乎全为科研人员，而无任何"外行看热闹"者的干扰。

在观测时，科研人员甚至发出如下严厉警告：所有在场人员绝不能拍闪光照片，谁拍就砸谁的相机！因为日全食时，一点点人工的光亮都将干扰太阳光谱的"纯度"。

日全食了！激动人心的场面。但再激动，不影响天文科学家冷静的观测。紧靠日全食的右下方出现两颗明亮闪烁的星：外侧一颗为金星，内侧一颗为水星（就是这颗水星，在电视荧屏上被误指为彗星），天穹的东南方向还有几颗星隐约可见。日全食时的苍穹，绝非"繁星满天"。

已过了近一分钟，人们翘首期盼的"海尔—波普"还未进入视线。

突然，负责此次观测7个科研项目的地球物理所研究员汤克云，从地磁站屋内跑出，手指头顶的苍穹高声喊道："太阳旁边没有彗星，快往头顶上看，彗星就在你们头顶上！"

人们的视线迅疾移至头上的天庭，果真见到天庭靠东南处有一颗"毛茸茸"的星，它比当时仰角22度全食中的太阳再高出近50度。此星和其他星的截然不同处不是清晰明亮的一点，而是呈现一种略模糊的"面光源"状态。用肉眼细看，并非像事先那些报道所写，拖着长长的彗尾，横扫长空，而像一颗银钉，镶在天顶"纹丝不动"。如果说有彗尾，也是既短又"若隐若现"。

"这就是'海尔—波普'彗星！"在场的紫金山天文台、北京天文台、台湾天文研究所及日本九州大学的研究人员，均予以肯定。

我们注视着"海尔—波普"，"海尔—波普"也以它迷离的目光俯视大地，彼此相望一分多钟。

另一事实是：在80公里外的漠河县城观测现场，少数事先知其方位和"有心"的观测者也看到了"海尔—波普"犹抱琵琶半遮面的"倩影"。

一位科学家断然称：此次在漠河现场真正看到彗星者，不满1000。

事后，记者以我们的所见，向观测彗星的权威胡景耀研究员作了详细描述。胡老细听之后答道："你们在北极村所见的这颗星，有可能就是我没见到的'海尔—波普'！"

在天文科学家的"指引"下，"海尔—波普"彗星终未在我们眼皮底下溜之大吉。我们成为看到这一激动人心的"世纪幽会"的少数幸运者之一。

四

日彗同现，天象奇观。有人查证，类似的情景，在世界天文记载中只出现过三次，一次是1882年5月17日，在埃及；一次是1947年5月20日，在巴西；一次是1948年1月1日，在肯尼亚。

漠河是仅有的第四次。

激动了多少人的心！

日彗同现的前几日，我国最北的边陲小城——漠河县人满为患：最南边的海南来人了，特区深圳赶来一群群长途跋涉者，连西藏也跑来了"追星逐日"族，上海、北京、江苏、浙江、辽宁、吉林等等诸多天文爱好者更是闻风而动，或"散兵游勇"，或"拉帮结伙"，向北，向北，一路向北至漠城。

漠城人如何迎接这些天南地北者？仅说一件事：凿开冰雪之路。漠河及周围的大兴安岭地区今年大雪，大冷；雪下了一茬又一茬，冰雪积了一层又一层，高有半米左右，坚冰如铁。地区领导亲临指挥，用推土机开出漠城周围170公里大道；再组织全漠城干部百姓，用锤，用钎，用镐，用铲，用斧，扫清县城内17公里路面，以绝对保证外来者安全。这一持续几日的"活计"，累得漠城人都要"趴下"。

那几日，冰天雪地的小城热闹无比，到处沸沸扬扬着有关日全食与彗星的传说和故事——

知道日食制止了一场战争那回事吗？很早以前，古巴比伦人就发现了日食的发生具有周期性，这个周期称为"沙罗周期"。熟悉此周期的古希腊天文学家泰勒斯推算出公元前585年的5月28日将发生日全食。当时小亚细亚安纳托利亚地方的两个部落为了一些宿怨已打了三年恶仗。泰勒斯想让这场无休止的战争尽早结束，就宣称：上帝对你们的战争很恼怒，将用日全食来警告你们！至那一日，日全食真的发生了：黑夜忽然间降临，天昏地暗，星星重现天际，周围的山峦暗影幢幢，狗吠鸡鸣声声又起。交战双方在惊恐万状中顿悟：上帝真的发怒了！于是，彼此和解，签下一份永久和平条约。

关于彗星的故事更为有声有色：知道那颗著名的哈雷彗星吗？1910年，人们预测到，在当年的5月18日，哈雷将运行到太阳和地球之间。经计算，该彗星的彗尾的长度竟在两亿公里以上，而其方向又是背向太阳的；须知，地球和太阳之间的距离约一亿五千万公里，那彗尾肯定会扫过地球。再经光谱分析，那彗尾中含有几种毒气。当时的欧洲，立时沉浸在一片恐怖之中：彗星扫过地球时，就像鳄鱼的尾巴扫鸡蛋一样，地球岂不"粉身碎骨"？！大潮汐，洪水泛滥，世界末日将来临了！于是，什么样的惊恐之事都在发生。可过了5月18日，人们一觉醒来，一切照旧！原来当时对彗尾的密度估计全错啦。彗尾的密度其实非常小，即使扫过地球，也对地球"毫发不损"……

一个个观日追星族的嘴里泪泪道出。更有一个个观日追星族们自己的故事，也应运而生。记者目睹耳闻，随手即可拈来几个。

与记者同宿漠河某个体旅社大通铺的一位年轻人，一对上话，人家也是阿拉上海小伙子。细细的嗓门，白嫩的皮肤，长发及肩，一副娇惯模样。不料此君道：他是同济大学学机械制造的四年级学生。此次他自费乘飞机，坐几天几夜的火车，终于孤身闯入漠城。一番话不得不对他乳臭未干的外表另眼相看。这以后此君的胆气再有发展：那日凌晨四点，他一骨碌翻身而起，并将屋内其他人叫醒，道：此时观彗星，是最佳时辰。说罢一手提着架望远镜，一手打亮随身带的手电筒，头缩进滑雪衫的棉帽里，义无反顾去零下近30度的室外观星去了。

从长春来了一家三口，自费不说，那个十来岁的儿子据说特地向学校请了一星期的假。那天是3月8日的上午，日全食前一天，看了半夜彗星的儿子和丈夫在床上酣睡，做妻子的来床前"慰问"，并对丈夫和儿子道：今天是什么日子，还睡觉？！当中学老师的丈夫立时从懵懂中惊醒，失色道："今天是日全食？！"妻子嗔笑："今天是我的三八妇女节。"丈夫听之，脸才松弛，笑着向妻子道歉："忘了忘了，我现在脑子里只有彗星日全食。"

业余爱好者如此迷恋这一天象奇观，到漠河的科学家们又是何种态度？

北京天文台一位资历很深的研究员对记者说：彗星没啥了不起。"海尔—波普"彗星从2月中旬就能观测，何况现在不是距地球最近的最佳观测时。跑到漠河来，看那两分多钟的彗星，啥意思？外头炒这"千年一遇"的什么奇观，过头点了吧？这次来漠河的科学家，你们去打听，十有八九是研究太阳的。

说的是。专程前来漠河的百余位中外天文科学家，济济一堂开了个大型学术研讨会，主题就是"太阳与人类自然环境"，近二十个研究课题，均与太阳紧密联系，却与彗星无任何"瓜葛"。此次观测在研究者眼中，彗星"无足轻重"。

著名天文科学家、中国科学院院士叶叔华则说得巧妙而委婉：科学家到漠河来，当然主要冲着日全食，特殊的时刻会有特殊的收获。不过，在日全食同时，如果出现彗星，那岂不更有趣？想想，本来是夜里看到的彗星，竟能在白天和日全食一起见识到，确实是"奇观"。奇观归奇观，但请记住，这仅仅是一种巧合，对观测与研究太阳，无任何特殊意义。

在科学家的眼中，"海尔—波普"仅是日全食时的点缀和陪衬。

"海尔—波普"，你注定要在日全食时会"寂寞"。

五

在北极村漠河地磁站用日食光谱仪观测的几位天文科学家难过得哭了！

这几位科学家来自紫金山天文台、北京天文台等。

是因为没有见到"海尔—波普"彗星？

作为我国太阳光谱研究的权威，63岁的沈龙翔研究员说：我确实没看到彗星，因为那2分钟里我们全盯着仪器。难过的是，我们的日食光谱仪出了问题！

这台直径为35厘米的日食光谱仪，重达一吨，特从南京紫金山用专车运来。这庞然大物是在八十年代初由我们的科学家自行制造，为亚洲第一大日食光谱仪。该仪器在1983年6月11日巴布亚新几内亚的一次日全食中立下赫赫战功：在当时已知的3500多条光谱线上，又证认出为数可观的新光谱线，世界为之瞩目。

为了使这台光谱仪在此次日全食观测中再显身手，国家特批了6万元经费。沈龙翔不顾自己年事已高，在正式观测前已两次前来北极村。一次是去年8月，看当地观测是否有技术与电力的保障；第二次来是去年12月，进一步落实具体事宜及亲身体验此地的寒冷。那北极的冷是绝对领教过了：零下40多度啊！冻得人"分不出南北"。

准备工作足足一年，报题，立方案，审批，再重新组装仪器，装入特制的航空大胶卷，那胶卷，240毫米宽，30米长，拍摄速度每秒3张，30米的胶卷就可拍几百张，可谓"弹药充足"。

说至此，沈龙翔的眼光突地黯淡伤感：就在日全食的两分多钟，光谱仪的照相机械出故障了，照片拍不出来了！任你紧急抢修一遍遍重试，无效。简直是"致命打击"！

然而，日全食过程结束，太阳重新光芒万丈，光谱仪的故障竟自动消失，照片可以张张顺利拍出。

故障原因终于找出：寒冷作怪。日全食时，气温骤降7度多，使当地温度达零下31·8度，冻住了光谱仪的摄像电子快门。寒冷无情，使这一观测研究"泡汤"。

怎不令人痛心地落泪？！

在看日全食或看彗星的选择上，科学家们的态度明白无误。北京天文台沈海璋研究员直言相告："当时我太阳还来不及看，哪有心思看彗星。看彗星？回家去看么。"对电视荧屏上错把水星当彗星的画面，沈老竟然如此"宽宏大量":那颗水星,是最靠近太阳的行星,所以常被耀眼的阳光淹没,平时用肉眼是极难看到的,只有在日全食时水星才露出它的真面目,倒是研究水内星的好时机,"看到了水星,难得啊!"

在漠河,和诸多天文科研人员交谈,话题总是先从"天象奇观"切入,之后总又随一股惯性滑向日全食的"轨道":日全食太壮美太有研究价值了!如1919年,通过日全食,著名英国科学家爱丁顿证实了爱因斯坦由广义相对论所作"光线偏转"的预言。这一成就轰动了世界。日全食观测归来,爱丁顿一下成了全球瞩目的凯旋英雄。

日全食实在令人痴迷,每次日全食,再远的路,再艰苦的条件,我国天文研究人员都要奔它而去。四十年代,为了看到在甘肃的一次日全食,有关研究人员乘着辆破军车,竟在崎岖不平的山路上跑了整整一个月。1968年在新疆的日全食,正逢"文革"最盛之时,却挡不住天文学家和地球物理学家的观测热情,那次共去了400多人!1980年在云南瑞丽看日全食,光在云南汽车就走了三天。那天下午观日全食时,天气开始阴,人人都急如热锅上的蚂蚁。终于,日食前最后一刻,天蓦地放晴,顿起一片欢腾的声浪……

无法选择,一如在今日漠河,日全食的无比壮丽,盖过了"海尔—波普"在天穹发出的微弱闪光。

六

日全食过后,"海尔—波普"将不再寂寞。

只有在真正的夜空中,"海尔—波普"才会向你展示无穷魅力。

无须想象,你已经见到:夜空中,明亮的"海尔—波普"彗星正拖着一条扫帚般的尾巴,出现在夜的天穹。记住"海尔—波普"光顾我们地球的最佳时间:3月23日,它将到达近地点,4月1日将到达近日点。这段时间前后,它的彗尾将越来越长。但最佳观测之时,也是它开始离开地球之际。23日后,这位地球的不速之客开始毅然掉头而去。4月1日之后,它也开始向太阳告别。届时我们目之所及,它会变得很暗,彗尾很短。再以后,它的倩影将没入茫茫宇宙,再继续它寂寞的飞行。"海尔—波普"会回来,回到太阳和地球的"身边",但时间,是在2500年后!

科学家如是说:彗星是太阳系中最原始的天体,对彗星的观测和研究,能为人们了解原始太阳星云以及太阳系形成和早期演化提供重要的信息。

早已过了彗星是灾星的年代。天文爱好者也能向你叙述有关彗星的知识:天上的彗星如过江的鱼,数不清,有一亿颗以上吧。但人的"目力"

有限，至今观测到的仅1600多颗，大彗星则少而又少。人们还想象：彗星，莫不是太阳系的外来客；它的光顾，是否有什么"目的"？

记住：3月23日夜晚，我们观测"海尔—波普"的最佳时。它的彗核直径比著名的哈雷彗星还要大两到三倍，届时，它与地球仅相距两亿公里。那时它会非常明亮，拖着很长的尾巴。它是本世纪最亮的一颗彗星。

那一夜，万众举首，万镜齐窥。"海尔—波普"，你将不再寂寞，人类为你壮行。

（1997年3月20日）

在前沿阵地上

基因、DNA重组技术、基因治疗、克隆技术、基因工程、人类基因组研究……所有这些研究遗传及生命科学的语言，使人类突然感到前所未有的愉悦和振奋！人们时而隐约时而清晰地被科学家告之：遗传及生命科学的研究，将使人类的生活质量发生"天翻地覆慨而慷"的飞跃。诸如：以基因为基础的农业，将使人口超载的地球人人果腹而有余；荼毒人类的种种病魔——遗传病、癌症、心血管病等——最终将在"精确的"基因治疗下"灰飞烟灭"；依靠基因工程，人的生命将"既寿且康"，换句话说，活到120岁，在未来也不被视为"古来稀"……

谁不为此怦然心动？！

所以有了一句话：21世纪，是生命科学的世纪。所以说，21世纪，人类真正将在改造客观世界的同时"改造自己"。

在这人类向新世纪进击的前沿阵地上，群英荟萃、猛将如云。其中，就有中国上海的"师徒三人"：谈家桢、赵寿元、余龙。

谈家桢教授，逾90高龄，名播国际的遗传学家，中国科学院院士、美国科学院院士、第三世界科学院院士，六十年代初复旦大学在全国率先成立的遗传学研究所首任所长，众望所归的中国遗传学奠基人。

赵寿元教授，68岁，谈家桢先生"掌门弟子"，中国遗传学会副理事长，复旦大学首席教授之一。今年8月，在历经遗传学风风雨雨一个世纪发展后，将第一次在中国北京召开本世纪遗传学最后一次全球盛会——第18届国际遗传学大会，大会主题发言之一：《遗传学——为民造福》，由谈、赵联袂撰文宣读。

余龙教授，44岁，1990年读博士后时师从赵寿元先生，现任复旦大学人类新基因克隆实验室主任，上海新黄浦复旦基因工程有限公司总经理兼人类新基因研究所所长。

三代科学家，一脉相传，其经历、成就和精神，无疑是拼搏在世纪科研前沿的中华精英们一个浓彩的缩影。

摩尔根是他的导师。毛泽东是他的"靠山"。年届九十的谈家桢，雄风不已，坚守在"前沿阵地"上。

谈家桢教授说起对他"影响巨大"的两个人：一为现代遗传学巨擘、基因论创始者、美国科学家摩尔根；一个系中国革命领袖、大政治家、大哲学家毛泽东。

谈家桢是摩尔根"关门弟子"。1932年的谈家桢，是燕京大学读遗传学的硕士生，二十几的年龄风华正茂意气风发，并以超凡的才智和刻苦钻研出色完成了瓢虫色斑如何变异的三篇论文。这三篇论文中的一篇寄到了大洋另一端的摩尔根实验室，实验室的反响是：欣赏！于是，1934年，谈家桢远涉重洋，直奔世界遗传学研究最高殿堂：美国加利福尼亚州立理工大学摩尔根实验室深造。1936年，他的论文《果蝇染色体的遗传图》助他一举摘下博士论文，事业风帆扬起。

说起摩尔根，谈家桢立显崇敬。早在幼年时，谈家桢即入宁波教会学校。教会学校要你信上帝，信上帝创造了万事万物万种。尽管谈家桢读圣经背诵如流，但他骨子里是上帝的叛逆者，脑子里总跳出一个个解不开的疑问：何以狗生狗猫生猫？何以老鼠的儿子天生会打洞？何以儿子像父亲乃至孙子像爷爷？上帝能解答这些缠不断道不明的"死结"？上帝无言。之后，他又跨入教会学校的东吴大学，一位年轻教师讲解了《进化与遗传》这本书——迷雾顿开：自然界的万事万物万种高级生物低等植物，何以经悠悠千年万年而"万变不离其宗"，全是遗传基因在"作祟"！他还知道，世界上有个叫孟德尔的奥地利神父，在19世纪中叶念圣经的同时迷上了种豌豆，沉迷于观察该豆的色、皮、形状乃至杂交，最后证明：生物细胞中的"遗传因子"，是决定生物体形状的"魁首"。现代遗传学即自神父孟德尔始。之后便有了摩尔根，潜心研究那小小的果蝇，研究果蝇头上何以这个生白眼那个长红眼。结果，小小的果蝇又把遗传世界搅得波澜大起：每一种生物，其遗传的基因全都按照顺序排列在染色体上，就如和尚念经摩挲手中的念珠般地"整齐列队"；而每个排列于染色体上的基因，都携带着自己的遗传密码。基因的染色体学说，就此诞生。于是，围绕着基因——生物体细胞担负遗传功能的物质，近一个世纪演绎出多少精彩绝伦破译生物生命的故事……

谈家桢就是破译生物生命故事中的杰出者之一。

摩尔根潜心于果蝇，抗战时归国的谈家桢则依然沉醉于瓢虫。其时，复旦大学研究的基地在大后方的云贵高原。高原山区雾遮云绕，吃喝拉撒全在一个破庙中，与世隔绝。好在山区密林里有取之不尽各种色斑类型的瓢虫，捕捉而来，凝神屏息，细观细察，让不同色斑类型的虫子互为交配。咦，交配后的瓢虫后代，出现了新一种类型的虫子：即子一代、子二代重合了前辈的不同部位和颜色的色斑，此为嵌镶现象，就譬如一个AB血型的人和一个O型血型的人会生出另一种血型的下一代。研究最后显示，如瓢虫的色斑基因一样，一组等位基因的数目在两个以上，作用互相类似，都影响同一器官的形状和性质。于是全世界惊奇：古老的中国有个站在科学潮头的谈家桢，在极艰难的环境下，以被中国人称之花姑娘的瓢虫提示了遗传学一种新的现象和规律：嵌镶显性遗传学说——大科学家的思维和发现！

以后，嵌镶显性学说，写入全世界遗传学教科书。

说起毛泽东和谈家桢的"缘分"，很早。毛泽东看重谈家桢，谈家桢敬佩毛泽东。

1956年，毛泽东提出：艺术上的不同形式和风格可自由发展，科学上的不同学派可自由争论。谈家桢受鼓舞。同年在青岛召开全国遗传学座谈会，不怕被人"抓辫子"的谈家桢慷慨陈辞当时被视作"帝国主义异端"的遗传学理论，并介绍了国际遗传学发展的最新动态：分子遗传学。1957年3月，谈家桢作为党外人士参加全国宣传工作会议，那天晚上，毛泽东点了名要见谈家桢等人。那晚谈家桢第一次握到毛泽东的手，毛泽东则边摇他的手边道："你就是遗传学家谈家桢啊！"又对他说：要坚持真理，不要怕，一定要把遗传学搞起来。谈家桢不怕，他一生信奉一句话：科学家要有良心。坚持真理和科学，就是坚持讲真话。但那时讲"真话"的一些人，即被戴"右派"。谈家桢开始担忧。但1957年7月，毛泽东到上海，谈家桢被通知赴会，毛泽东竟在一大堆人中将他笑呵呵"点名"：老朋友啦，谈先生！又风趣道："辛苦啦，天这么热，不要搞得太紧张嘛！"于是，当时极有可能"划过去"的谈家桢自然回到人民中间。

现代遗传学在中国，一路风雨艰辛啊！然而，在毛泽东和谈家桢的交往倾谈中，毛泽东从来是谈家桢的"靠山"。1958年1月6日，毛泽东用自己的专机特将在上海的谈家桢、周谷城、赵超构接到杭州西湖畔的刘庄。毛泽东问谈家桢：把遗传学搞上去，你觉得还有什么困难和障碍？无讳忌的谈家桢竹筒子倒豆地道出了事业上的"难点"，毛泽东细听后即表态：有问题，我们一起来解决，一定要把遗传学搞上去。1961年"五一"节前夕，毛泽东到上海，单独约见谈家桢，又表了态：我支持你；要大胆把遗传学搞上去。正是这种"支持效应"，那年的复旦大学，在前几年遗传研究室的基础上，扩大建立了全国第一家遗传学研究所，所长就是谈家桢。1962年至1966年，研究所科研突飞猛进，发表科学论文50多篇，培养了一大批教学和科研人才。新中国遗传学自此崛起。但"文革"十年，谈家桢亦在"打倒"之列，妻子含冤弃世，他被发配田间躬耕改造。依然在此时，毛泽东想到了谈家桢，说了句：谈家桢还可以搞他的遗传学嘛！于是他被"解放"。1974年的毛泽东已病重，病重的毛泽东竟依然遥记谈家桢，特让一位中央领导捎来一份特别关切：这几年为啥没见谈家桢发表文章……

年过九旬的谈家桢忆伟人，不仅忆那往昔的"交情"，更是感到，对毛泽东的思想，他"心有灵犀一点通"。

谈家桢万千感慨：世界生命科学的研究，曾在我们一度踟蹰不前时，一把将我们抛进落伍者行列。二十年前我们醒悟，却只能远远望着人家的"烟尘"在后面跟踪；二十年过去，我们终于从跟踪转为追击，追击的时间，少说也是二十年；过了这个二十年，才能有资格谈"超越"。但毕竟，从现在开始，在世界这一前沿阵地上，我们开始追击了，"可喜可贺的！"谈老说。

赵寿元才智超群，谈家桢慧眼识俊。中国竞夺主办本世纪最后一次遗传学"奥运盛会"。赵寿元凯旋。

"见识见识这个新生物体。"赵寿元教授笑着说。

赵寿元教授递过来的那张纸上，画着个四像四不像的"新生物体"。它的英文名称为Fromoshken。对它细瞧，蓦然觉出：那脚，是蛙脚；那尾巴与身体，属鱼；那头，归老鼠；那利爪，是鸡的形状。于是便明了这新生物体的意味来：Frog——青蛙；Mouse：老鼠；Fish：鱼；Chichen：雏鸡。新生物体Fromoshken由此"拼接"而成！生命科学把各生物分化发育的基因搞清楚，再将其"裁剪拼装"，使生物的基因组"重组"，就会造出这样的"怪物"。

作为国内著名的分子遗传学专家，赵寿元教授学识异常渊博。其实赵教授最早的"出身"非遗传学，而是被称为"金饭碗"的银行业。五十年代的一次服从组织的"调动学习"，才使他"懵头懵脑"进入这一陌生领域。事业是一种缘。年轻的赵寿元才华出众，谈家桢慧眼识俊才。于是，赵寿元告别"金饭碗"，从此义无反顾地投身于遗传学那奇妙诱人的世界。

人的遗传和各种生物的遗传现象，是那样的"坚不可摧，牢固不破"。赵寿元教授说起有人做过这样一项"可笑"试验：将生下不久的小老鼠尾巴一刀切除，如此连续切除七、八代，结果是：这些老鼠生下的后代依然拖曳着细长的尾巴——遗传的顽固可见一斑。其实这试验大可不必，中国旧时代妇女早提供了类似铁证：无数代女人把天足裹成小脚，而生出的一代又一代孩子依然一色天足。

彻底解释这种遗传现象的是DNA这匹"黑马"。何谓DNA？概言之：它是遗传信息的载体，是生物遗传的遗传基础；在其化学本质上，亦称之脱氧核糖核酸。DNA的奇妙处："尽情表现"各种生命现象并使各生物具有遗传特征。当五十年代DNA双螺旋结构被阐明后，世人大悟：掌握包括人类在内的所有生物生命的"东西"就是DNA和它所包含的基因。为什么种瓜只得瓜种豆只得豆？简单得很：因为瓜有瓜的DNA和基因的"运行轨迹"，豆有豆的DNA和基因的"行动路线"，每一样生物的进化过程和生命过程不同，缘其DNA和基因都"各为其主、各自为政"，各有自己的"密码"。

"DNA和基因，掌握你的生、老、病、死。"赵寿元教授总结。

DNA结构被揭示后，永不安分的科学家又开始"野心勃勃"：有没有可能去打破自然遗传的铁律，让DNA依照人的意愿行事？就是说，你如果种瓜，能否在收获时一举两得：既得瓜亦得豆；再如：人一旦得了与遗传有关的病，必是其DNA某个基因"走火如魔"出了事，那就设法修补它们，使它们"改邪归正"，使疾病从根本上被"封杀"。

科学就是从不可思议的幻想起步。赵寿元说了一个人的名字，"科恩，美国人，1973年，他把前人的幻想变成了奇迹般的发现：DNA重组技术。"

让我们在DNA重组技术这一概念上多一番停留。DNA重组技术，顾名思义：用人工手段将不同来源DNA片段（含某种特定基因）进行重组，以达到改变生物基因型和获得特定基因产物目的的一种生物高技术。理解这一概念的最好方法：用"梦幻般"的科学事实来诠释。

一种叫苏云金杆菌所分泌的蛋素蛋白能杀死植物毛虫，科学家发现了这种蛋白基因。于是，通过DNA重组技术，将这种基因导入植物，使植物成了转基因植物。结果，这种转基因植物的叶片表达毒白素，害虫咬食叶子后，中毒，死亡。

在比利时，有一种牛，其名称怪怪：两倍肌肉牛。那牛的肌肉，疯长，产量极高。何以如此？因为研究者发现了一种控制骨骼肌的基因，它使牛的肌肉不得"肆意成长"。DNA重组技术就变起魔术：设法破坏这一骨骼肌的基因，遂造成肌肉在牛身上的"泛滥"。随之，便满足了人们在餐桌上咀嚼这美味牛肌肉的大量需求。

DNA重组技术的成果使人类获得一次次惊喜和"实惠"，而最使人深受益处的就是防病治病的基因治疗。胰岛素，治疗糖尿病和精神分裂症；

干扰素，对血癌和某些肿瘤有疗效；人生激长素，可使侏儒者"节节拔高"；促红细胞生成素，各种贫血患者的克星……然而所有这些"素"，有多少人知道是运用了DNA重组技术大量生产活性多肽和蛋白质所致？

全世界在1997年惊骇于一个克隆（无性繁殖）的小绵羊：多利羊。这只小绵羊的遗传物质完全来自一只母羊的乳腺细胞，是母羊的"复制品"。当人们担忧从多利羊会不会发展到一个"多利人"的同时，却又众口欢呼这一从DNA重组技术"魔盒"里跑出来的划时代重大科技成果：一个细胞制造一个生命，生命体的任何一个部位的细胞都可被用来克隆复制同一生命，生命由此将"无限延长"！于是，人们要克隆大熊猫、克隆中国华南虎，因为，它们正面临生存繁衍的绝境。有人甚至要"雄心勃勃"克隆早在6000万年前绝迹的恐龙，因为恐龙蛋化石遗留至今！

DNA"繁衍"的故事，现在已很多，未来将更有"惊世之作"。我们即将进入这样一个画面的时代：一个新生婴儿，他（她）口腔黏液细胞的DNA被撷取，几分钟就会通过仪器，测出其现在及将来一生健康与否的基因图，以便真正防病于未然。我们的世界，受困于颗粒无收或少收的沙漠、干旱、高温、低温、盐碱地，我们诅咒自然的这份"残忍"。但科学家不诅咒，他们正潜心发现在恶劣环境下尚顽强生存植物的抗逆基因，包括抗旱、抗盐碱、抗冷、耐高温等等，并对其进行克隆、分析和抗逆试验。在未来30多年时间，我们的地球还将增激12亿至30亿张嗷嗷待哺的嘴。人类会不会因此而"自毁"？遗传与生命科学家告诉你：一切会好起来的，粮食会有的，面包会有的，人类定会高质量地延续，因为那时，沙漠已成绿洲，盐碱已成沃土，稻谷在荒滩扬穗飘香……

赵寿元教授说起：1993年8月，他去英国伯明翰，参加竞夺本世纪最后一次国际遗传学大会的主办权，中国的竞争对手是澳大利亚，那个刚把2000年奥运会从中国人手中硬生生夺走的澳大利亚。但这次凯旋的是中国人。因为：各国尊重钦佩中国在遗传及生命科学领域已经和正在取得的巨大成就：用最少的耕地养活了世界最多的人口；中国人的健康和人寿期望岁数大幅"上扬"；走向新世纪的中国，正日益"关注"自身生命质量……

中国挺直了身对世界说：研究生命科学的主战场，中国理所当然是一个。

从士兵到教授。余龙，前沿阵地"一条龙"。近日，他和他的同事们又有了"新发现"。现在不说，"保密"！

"那天的学术报告会，人山人海。"余龙教授说。

想这"人山人海"是种夸张。但余龙教授强调："是人山人海"。广州中山医科大学大礼堂，那天站的人不比坐的人少。

是1987年的一天，年已八十的谈家桢教授来校作学术报告：生命科学的前沿研究及发展方向。余龙去得算早，早到的余龙只能挤在礼堂的后座角落。当时余龙做梦也未想到，一年后他会走进上海复旦大学，走进谈老闻名国内外的遗传学研究所。那天他的笔记本记得密密麻麻：生命的本质是DNA，DNA揭示人类遗传奥秘，一切生命表象不能解释的都被DNA"破译"；计算机发展加快了遗传学研究步伐，它们已能模拟人的神经网络……

1970年参军入伍的余龙当过战士、文书、卫生员、军医。1982年考入广州中山医科大学读硕士，86年转业留校工作并继续在大学攻读博士学位。谈老作报告前，余龙正被自己神经科的临床研究——肌肉营养不良症折磨得没方向：中西药用遍，病人的病情却恶性循环。谈老的报告打开心灵一扇窗：控制病人神经的基因变异，做基因外的治疗便低效或无效。要做DNA！做DNA，求师于谁？余龙和他在中山医大的导师刘焯霖教授想到了谈老，想去谈老的遗传研究所。但谈老是"高山仰止"的地位，会收你？军人的性格是想到了就"傻干"：拉着导师赴上海。遗传所见来人一片心诚，竟然首肯，余龙高兴得一路站着回广州也不觉半点累！

1990年11月，余龙成为遗传研究所所长赵寿元教授的博士后学生。赵所长高瞻远瞩定方向，对他说："你要咬定青山不放松，就是人类基因组，全世界热门课题。我专门给你个博士后实验室。"这种"待遇"破天荒。

什么是"人类基因组"？人细胞中有24种染色体，上面含有10万个遗传基因，使用约30亿个碱基对，若将其中蕴藏的遗传密码信息全破译出来，以每页1000字、每本书1000页计，需1000本书才能把它们全部记录下来！人类一旦弄清了所有基因中所携带的遗传密码的确切含义，便可揭开生命和各种疾病的秘密。自然，这10万个基因中仅五分之一对医学和科研有用。所谓"有用"是指：能用于生产基因药物产品的，能用于基因治疗的，能用于解释或阐述疾病发生机理和生命现象的。借助于巨型计算机，人类开始向这个"庞大的基因王国"发起挑战：1987，美国率先将"人类基因组计划"列入国家预算，其他国家纷纷响应；1988年，形成跨国人类基因组计划国际组织；1990年，美国正式启动"人类基因组计划"，投入科研经费30亿美元。至今，全世界已确定了2万个基因的方位，预计到2005年人类基因图谱将彻底查清，基因和疾病的对应关系也可逐步查清——人类便有了攻克所有疾病的可能！

争夺"有用"基因，在全世界范围展开。一个"有用"基因，其专利转让费可达几千万乃至数亿美元。因为，已开发成功的数个基因工程药物，其年产值就以几十亿美元计！

中国，已被各国视为"基因新大陆"，因为，中国人口最多，民族最多，病种最多，在中国采集、研究"有用"基因，成本低、效率高。

各国抢滩中国，中国在保护自己宝贵基因资源的同时，也启动了中国的"人类基因组计划"：1993年，国家自然科学基金委员会批准"中华民族基因若干疾病相关位点的研究"重大项目，全国19家科研单位协作攻关；同时，中国人类基因组计划也被列入国家863计划；1996年，"人类疾病基因分离与克隆"重大课题确定，全国20家单位参与。

中国要从基因大国到基因研究大国。

对赵寿元教授为自己研究的定位，余龙说：像基因治疗一样"准"。

短短一年多时间，余龙和他的小组，白昼黑夜地干，"抢"到30多条新基因，并加紧功能研究开发。1998年初，上海有家"新黄埔集团"企业，看中余龙，看中遗传研究所，甩出大把钱干这"高科技"，开发基因产品。上海市主要领导闻讯，也表态：全力支持。余龙振奋。振奋的原因：中国的企业终于有了"超前意识"，终于敢冒这太值得冒的风险了。在美国，企业为了抢这10万基因中"有用的百分之五"，投入资金是政府的10倍：300亿美元！

余龙和他的伙伴们加入了争夺"有用"基因的"战斗"。为此，余龙在91年承接国家863项目时立下了军人般的"军令状"：埋头苦干，5年不跨出国门一步！7年过去了，余龙初衷不改。他认定：在自己的国家"抢基因"，有戏。

赵寿元教授说："余龙，是条一往直前的'龙'。"

对难说是自己第几代弟子的余龙，谈家桢教授的评价是：出息。

对自己导师的导师、遗传学泰斗谈家桢所说我们正开始"追赶世界遗传学的脚步"，余龙眼睛发亮地说："追赶很累，追赶也很'刺激'！"

6月8日，是个阳光照耀的星期日，在实验室里"追赶"的余龙和记者通电话，用压抑住兴奋的低音说："我们又有新发现（！）"又补充："现在不说，保密。"

今天的世纪之交，明天的新世纪，中国的"余龙们"，在生命科学这一前沿阵地上，还会有多少次的新发现？

（1998年6月11日）

准备好了吗？

"千年虫"，你听到过吗？

"千年虫"，你了解它吗？

"千年虫"，你知道它正悄悄向我们走来吗？

如作名词解释，简单："千年虫"，计算机2000年问题；这个"问题"同时有个洋代号：Y2K。

对"千年虫"问题，很有些耸人听闻的比喻，如：它可能是人类史上规模最大的抢救工程；要对它"抢救"，就好像在一万米高空为正在飞行的波音747换引擎一样。也有对"千年虫"绝对不屑的说法："当我们发现它时，就用杀虫剂把它干掉。"

耸人听闻也好，绝对不屑也罢，反正有句话，眼下正在流行蔓延并将越来越蔓延流行：对付"千年虫"，你Ready（准备好）了吗？

一

"千年虫"的来龙去脉，我们应有一番从"无知"到"有知"的领会。先按图索骥倒退半个多世纪寻其"祸根"。那时人类的电脑先驱们，正为他们发明的早期计算机中央处理器速度低、存储器价格昂贵而骚首挠腮，他们要节省内存和外存，同时提高数据处理速度。翻开60年代有关资料，你会得知，当时计算机1G的存储设备平均价格为600—1000万美元左右，与今日比，吓死人的天价！而存储器中有3%到6%为日期资料，假使采用4位数日期，就将增加1%的磁盘空间。如此，当时的程序设计员自然要煞费苦心在计算机内"开源节流"。节省字节就是节省天文数的钞票。于是，便出现了使用两位十进制数字来表达年份的"绝活"，即：年份的数字表达本来应四位数，而这一"创新举措"是将年份的表达精简至仅保留年份后面的两位。举例：1966年，在计算机上的表达就是66——当时省钱啊！

就此种下"祸根"。

谁会想到，当年功莫大焉的节约之举会带来世纪末的"秋后总算账"？此后几十年，计算机表达年、月、日的一贯通行标准就是6位数

（DD/MM/YY或MM/DD/YY）。忽地那么一天，有人用"超前的眼光"发现：公元2000年1月1日在计算机上的表达是：01/01/00——错，错，错！01/01/00与1999年1月1日在计算机上表达的01/01/99，孰大孰小，一目了然。

绝对高科技的计算机由于不识2000年的"庐山真面目"，竟然发生时光倒错：2000年远远"落后"于1999年！

匍匐潜行如此深，埋藏时间如此长，又如此"居心不良"的"千年虫"终于从深水里浮出，在人类懊悔、叫苦、憎恨不迭中渐露其狰狞面目：在应用系统的输出显示中，用"00"表示"2000"，显然要造成理解混乱，事实上，"00"的"自然理解"是"1900"；紧接着，显示错误引发计算错误，便会带来一系列"祸患"。计算机2000年问题，不仅只在2000年1月1日发生，在其前后的"特殊日子"也会给你添乱。譬如，2000年是被不少电脑系统忽视的"特殊闰年"，有2月29日，但1900年却不是闰年；届时，计算机一旦将2000年当作1900年的话，2月29日便直接跳入3月1日，自然，接下去的日期，全错。

好在人类之船在驶向新世纪的途中，已发现了前方由人类自己一手造出的可怕"冰山"。我们必须绕道行驶，小心翼翼；我们必须修正我们原本制定的航线，否则将撞击"冰山"而受重创。

最重要的是，我们绝对不能掉以轻心和存在侥幸心理。事实上，"千年虫"骚扰人类已经有了一些"精彩故事"。在此仅举一例：在美国，一位叫玛丽·班达的女士，出身年份是1894年，到1998年就是逾世纪的104岁高寿。玛丽女士万没想到某一天的早晨，一纸来自户籍机构电脑发出的幼儿园入学通知单欲"请君入瓮"。玛丽女士幸福耶愤怒耶——这世纪玩笑也搞得太大了！之后知晓，这是"千年虫"的先期发作：在那户籍机构的电脑数据库中，玛丽女士的出身日期1894年被压缩成"94"，由于"94"失去了"18"作支撑，电脑便执拗地确认玛丽女士是1994年降临尘世。既然玛丽是4岁幼龄稚童，理所当然要进幼儿园接受童年时代的"美好教育"。

假如，"玛丽的喜剧"届时充斥于2000年的人类舞台，世界岂不充满一片"乱"？

二

1998年12月31日，新加坡海事当局对外宣布：为防止船舶计算机2000年问题，对进入新加坡港和附近水域的船舶，要求出示防止"千年虫"作祟、预防危及港口和航道安全的应急反应计划。

位于上海的中国远洋集装箱运输有限公司迅疾作出反应，同日发出紧急通知，重复以上内容并指示：航行于新加坡水域中及各轮船长，今接新加坡有关海运当局的通知，为了防范船舶计算机2000年问题，保证该港口和附近海域的船舶安全，要求上述水域的船舶提供有关船舶2000年问题的防范措施。公司已拟就船舶Y2K应急措施部署表，今传真给你轮。另，新加坡水域发生检查时，请出示该证明，以示船东和船长对解决2000年问题之重视。

"千年虫"怎么会跑上船舶？新加坡海事官员们是不是神经过敏小题大做？

且慢生疑，让我们看看世界其他地方的同类举措——

英国伦敦港：为防"千年虫"，宣布提前进入预警期，从1998年12月31日起一周内对进入伦敦港的船舶，要求船东和船长提供针对Y2K问题的措施和相关证明，否则将被停航2小时；

荷兰鹿特丹港：该港港长已向全世界宣布，鹿特丹港到世纪之交时完全没有2000年问题，所有港口指挥系统都可以安全进入2000年，同时有言在先：如没有解决Y2K问题的船公司和船舶，鹿特丹港届时将拒绝其进港；澳大利亚：其海上安全检查机构AMSA在安全通告中明确规定，自2000年1月1日起，对进入澳大利亚水域和港口的各国船舶，要增加对可能存在Y2K问题的设备进行标识说明和制定有针对性防范措施的检查，否则，船舶在澳大利亚港口将被滞留……

相信，以上"动作"，很快将产生多米诺骨牌效应。

同时，国际保险业也给航运部门"雪上加霜"的压力，称：一旦在世纪之交时发生海损、机损、货物损坏事故，船公司事后不能提供确凿的事实，来证明上述事故不是船舶Y2K问题引起的依据，保险公司将作"绝情"之举：不承担任何赔偿损失的责任。

于是，1999年1月上旬，中国远洋集装箱运输公司有一条叫"布依河"的货轮静静驶离我国北方的一个港口，这条船号有那么点我国少数民族味道的万吨远洋货轮，此次承载这样一个重要使命：模拟演习该轮在1999年12月31日23点59分，一举穿越2000年"千年虫"袭扰，最终胜利迈向21世纪的过程。同时，上海计算机2000年问题工作组会同专家，对船舶解决"千年虫"的共性问题进行全面分析研究。

模拟顺利，演习成功：其时，船上的机电自动控制、通信、导航等系统遭遇"千年虫"，全船紧急处理，整个"遇险"及"战而胜之"的时间，3分钟。

自然有人要问，船上真有"千年虫"？船上"千年虫"会带来什么"惊天动地"的损害？

好，就"解剖"这艘"布依河"轮。其船价：4个亿。它是个高度自动化计算机化的小社会，集诸多精密仪器仪表于一轮：船舶电力系统，主机遥控系统，自动操舵系统，水处理系统，自动检测系统，通信导航系统，GPS定位系统，空调照明系统，安全控制系统，消防系统，报警系统……实际上，它就是个高度信息化的"综合部门"。"千年虫"藏于哪里？一为大小计算机系统的本身，二是更隐蔽地藏匿在各种智能化控制系统及仪器仪表的嵌入式芯片中。何谓嵌入式芯片？就是在有关设备及仪器仪表内，嵌入了带有中央处理器（CPU）的芯片，并封装了固定的软件程序，像"黑匣子"一样，倘若其中有把"2000"当"00"的个别错误指令存在，便会大告不妙。时候未到，它静静潜伏守候，时间一到，顿时怦然发作；不但造成控制系统的混乱，还极可能"传染蔓延"给其他系统。如果引发船舶失控，船就会像没头苍蝇胡乱撞；或失去动力，船就会"胡乱漂流没方向"……

中国远洋集装箱运输有限公司有和"布依河"同类的大小集装箱运输船116艘，年运输产值140多亿——国民经济中举足轻重的一块。

演习完毕，在"布依河"轮上，上海市计算机2000年问题工作组会同有关专家，与一些船员开了个"千年虫"的座谈会，参加者有水手、电机员、电报员、轮机长，甚至有司务长、随船木匠，他们中的每一个人都知道那个可恨可诅咒的"千年虫"。他们几乎众口一词：不斩断这"千年虫黑爪"，我们就不得安宁。这次我们是真正的同舟共济——逮"千年虫"！

三

现在让我们登岸，从"布依河"轮的小社会回归我们生存的大社会。

我们注目上海。

上海就像一条船，一条其大无比的船。我们先概算一下这"船"上信息化的"家当"：大中型计算机100多套，小型机1000多套，PC机近百万台，有数以千万计的带有嵌入式芯片的控制系统和智能设备，还有众多的局域网和跨部门的广域网和其他信息系统……

"千年虫"的"温床"是：信息化程度高的部门、城市、地区与国家。上海的信息化程度，上海的工业化程度，均为全国领头羊；今日上海，入目皆是计算机，各行各业，公共场所，台前幕后，连带三口之家的小家庭，且计算机的使用，已从单机运行向大规模的网络应用发展。

听到过一则"笑话"：某国官员，耳听计算机2000年问题，心里犯嘀咕，嘴上即脱口而出："计算机2000年问题和我们无关。我们很安全的，因为，我们使用的是不同的年历。"

上海决无此类"笑话"，决无这种"轻松"，对计算机2000年问题，上海很"严肃"。

我们听到上海市领导、上海的决策者这样清晰地对内对外一次次表达：不解决好上海的计算机2000年问题，将影响上海经济的正常运行，将影响上海国民经济和社会信息化进程，将影响全市的正常生活秩序和社会的稳定，将影响上海在国际上的整体形象。

解决计算机2000年问题的关键两个字：重视。

重视的体现：上海成立了各委、办、局组成的计算机2000年问题联席会议，成立了计算机2000年问题工作组，成立了计算机2000年问题专家组。上海正"全市一盘棋"，以期达到对此工作横向到边、纵向到底的"全面覆盖"。

决策人的高度重视是工作成功的一半，成功的另一半是要无数人去做，去修改，去修复。就譬如要求在极短的时间内，从里到外整修一幢有不少"漏洞"的高楼，要齐心协力，要全身心专注投入。修复的工作没有"灵丹妙药"，计算机2000问题拒绝"投机式的捷径"。修复者要静心坐下，老老实实面对你的计算机系统软件与硬件，进行检查、评估、修改和测试验证，甚至，对一切不合格的"对象"，痛下决心，淘汰——"新桃换旧符"。

宝钢集团教授级高工虞孟起是个"老冶金"，未说"千年虫"，先说了这样一个概念：而今的现代化企业，由于它计算机控制的自动化程度高，生产工艺连续性强，一旦某工艺或程序"卡壳"，往往是牵一发而动全身，继而引发灾难性后果。他说起这样一件事：80年代中期，某企业的一台锅炉水位仪，其设计的最低温度为零下8度，殊料那一年气候异常，西伯利亚肆虐而来的一股冷空气使该城市温度骤然降到零下10度，那水位仪便"冰冻失灵"。其第一恶果是溢出锅炉的水损坏了制氧机，而没有氧气就无法炼钢，无法炼钢便使炼钢的铁堆成山也"没了方向"，整个生产系统随之瘫痪。所以说，"千年虫"之于自动化程度高、生产工艺连续性强的宝钢，确实是"如临大敌"，"一旦出事，肯定是不得了！"

所以，宝钢早已严阵以待，其围歼"千年虫"分两个层次：一为管理层的计算机系统，此为明处；二是有嵌入式芯片的过程及自动控制系统，此为"暗处的敌人"。企业的400多个系统及支撑软件，2000多台设备，全部"老老实实修改"。在修改中，重点是"咬住人"——责任到人。第一线由生产厂长牵头，应用软件问题一个不能丢；对提供软件的厂商，理所当然对其实施"一网打尽"：签下承包合同责任书，一个不许跑……

为什么这样"逼迫式"地干？是因为关系企业是生存还是毁灭——不是夸张。

宝钢对"千年虫"问题的解决，已经完成：67.6%，正在解决：29.3%，留下的"硬骨头"：3.1%。

尚有最后一搏。

四

有人提前描绘公元2000年1月1日这一天，一个在世纪之交狂欢了一夜的男子到家里，经历了种种遭"千年虫"袭击的尴尬场景，其中是从早到晚打电话，任你发怒任你吼叫，电话就如"死去"一般没了拨号音……

上海市邮电局副总工程师林球尼闻此"可怕的描述"，笑起来。他说，确实，连我们的一些高级技术人员也在说：有些宣传，是否搞得过分了？他们怀疑，到时真会出这么大的问题？的确，计算机2000年问题毕竟是个"未来问题"，全人类第一次经历，全世界第一次共同面对，没经验，少实例。但就因为是"第一次"，你必须小心，你必须考虑周全，你必须充分估计到它的严重性。但还有最重要一点，你要有信心，"我们就很有信心。"林球尼说。

林球尼先未提电话打不通的问题，而是谈及对用户的电话打印账单是否"计算出毛病"的问题。是啊，我们对客户服务的支持系统及营业厅全部受计算机控制，计算机的控制能力是很强的！倘"千年虫"一旦在那时逞凶，造成"死机"，怎么办？给用户的打印账单因"千年虫"作祟发生错误，怎么办？这就要提前查系统内的一切漏洞，修改，反复作模拟试验。好，如果一切"OK"，有把握了，你还要不要担心？要担心。做什么事都要想到"万一"，对付这"万一"，就是加强人工的密切监护，让账单通过"人工的眼睛"……

计算机2000年问题的可怕性就在于：一个计算机命令下去，轻点一下确认，"千呼万唤收不回"。上海邮电局通信设备，绝大部分是国外引进及中外合资的新产品。1998年底，全局已完成了设备调查，该请厂商修改的，签协议，签合同，尽快修改，一定要在今年上半年了断；该升级的软件，一步到位；要淘汰的产品，早日解决；重要设备的应急方案，抓紧制定……所以，林球尼才敢说"我们很有信心"。所以林球尼说："请老百姓放心，届时，邮电局的整个网络，不可能瘫痪。"

不久前，听到了中国工商银行上海市分行的"拍胸脯"：新世纪到来时，老百姓的钱袋不会被咬破，2000年储户的利益可确保。其依据是什么？从"外部"而言，该行对外服务的各类机器打印凭证已全部改为4位记年制，161台存在计算机2000年问题的ATM机全部完成升级，牡丹卡等信用卡届时便可安然"通行四方"。分行的技术保障处处长蒋国强则对记者说了分行"内部"因为计算机2000年问题所付出的"千辛万苦"：从1998年年头起，就对所有的计算机进行摸底、分类、汇总，且反复多次。要知道，分行这10多年的飞速发展包括计算机的发展，购入的硬件有新有旧，牌号众多，各种应用软件更是五花八门，设备共一万多个5大类；设备除计算机外，还有嵌入式芯片的非计算机设备……你说，这不搞得人"七荤八素"！

摸清家底，接下去是能改则改，改不了换。修改完，测试。到1999年1月中旬，修改完成达95%。是否可喘一口气了？否。对"千年虫"预防，银行一定要走在前面，因为涉及千家万户的利益，不得一点马虎，不得一点松懈。有道是：早解决早安心。

但至少现在不能安心，现在要制定应急措施方案，现在要进一步精心测试，然后接受总行严格的检查验收。或许，真正的"安心"，是在迎接2000年的那个世纪之交的晚上。那个夜晚，严阵以待的全行人员，将全部留守于各银行网点，在世纪末最后的倒计时来临时，迎接真正的"平稳过渡"。

五

对付"千年虫"，你准备好了吗？

上海正在紧张、精心地准备之中：涉及上海20个国民经济要害部门和重点行业早就成为"重点跟踪对象"，如电力、供水、电信、交通、能源、金融、证券等等，这些要害部门，于1998年底已基本完成第一阶段检查测试工作，现在开始步入修改解决阶段；而其中的有些部门，工作已超前。

大势良好。

但是，有不平衡，没有准备好的部门和单位，存在。他们说："千年虫"，没那么厉害吧？"千年虫"，是不是有人在"故意炒作"，以牟取利益？"千年虫"，怎会偏偏降临我们头上？

我们的时间其实已经不多。

专家估计：全世界现有93%的计算机程序、总数1800亿条指令与日期有关, 这些指令必须加以检查测试, 存在问题的必须加以纠正。

必须加以纠正, 此为一; 纠正需要付出大量时间、人力和"艰辛", 此为二。否则, 我们要付出代价, 付出落伍, 乃至, 付出"衰退"。

上海已经进入解决计算机2000年问题的攻坚阶段, 上海是否能全面解决好这一问题, 就看我们的各级领导、广大科技人员和全社会真正地"投入"。据悉, 上海的一些"名牌道路", 上海的内环线, 从上海虹桥国际机场出发的一路, 还有上海的各大媒体, 不久将出现围歼"千年虫"的醒目宣传。

当然知道, 这些醒目宣传"绝对不是做做样子的"。

必须再提醒: 对付"千年虫", 你准备好了吗?

(1999年1月22日)

破晓第一声

——写在《解放日报》创刊出版50周年

序

1948年9月，中原大地硝烟弥漫，江南的上海已"遥感"解放的急促脚步。山东省城济南解放。未多日，上海《申报》驻济南记者返沪。到沪，该记者直奔汉口路《申报》三楼总编办公室，拿出一封"共产党那边的信"。谁写的信？时为中共济南《新民主报》社长兼总编辑的恽逸群。恽逸群，当年蜚声沪上的"名记者"。信写给他熟识的几位《申报》副总编，而闻讯赶来看稀奇的人多得"轧塌了门"。此信关键词在信尾："明年春暖花开时，定能把晤沪滨，与兄等畅叙也。"

什么意思？

无须费思量便晓然：明年春，中国共产党定能解放大上海。届时，若尔等不随国民党去，我们将在一起共商天下事。

什么反应？

一片沸腾的哗然，还有几阵轰然的嘲笑。

笑什么？笑代表共产党写信的恽逸群"口气勿得了格大"。明年春，距当时半年左右时间。半年，共产党能过长江、占南京、踏上大上海？不是笑话也是笑话。

绝对不是笑话。半年后的1949年5月27日中午，雨后初晴，在"解放区的天是明朗的天"的歌声和欢快的秧歌舞中，汉口路上走来了接管《申报》的解放军，其领队者就是：范长江、恽逸群。该日下午，恽逸群在报社底层营业大厅主持召开《申报》全体职工大会，宣布军管会接管《申报》的命令：《申报》资产中的国民党官僚资本，没收；史量才家族私股部分，保留。即日起，《申报》停出。中共华东局和上海市委的机关报——《解放日报》，明日在此创刊。

天翻地覆。

49年5月27日夜半，在汉口路，尚闻远处解放军围歼国民党残部的隐隐炮声，5月28日黎明，《解放日报》就要在解放的土地上诞生。

一

"整个报社闹猛噢！"不止一位当事人这样说，这样形容50年前上海第一张《解放日报》出生时一切的兴奋紧张喧腾。

闹猛是因为齐聚解放日报的"胜利大会师"。解放军和地下党的胜利会师，解放军和大上海工人阶级的胜利会师。彼此早就心仪：解放军势如破竹，打得蒋家王朝兵败如山倒；地下党战斗在敌人心脏，"第二条战线"风起云涌波澜壮阔。中国革命的领导阶级是工人阶级，而上海正是中国第一代产业工人的诞生地。从农村打进城市的解放军，第一次亲眼目睹大上海的工人同志，既十分新鲜，更万分亲切。当宣布接管《申报》的大会刚结束，《解放日报》社长范长江、副社长恽逸群便来到报馆二楼排字房，排字房的工人把墨黑墨黑的手藏到身背后，说："手脏的，手脏的。"范、恽两个哪管脏不脏，抢着去握那一双双墨黑的手，握紧捏牢了，摇啊摇……

这天的胜利会师，场面热烈激动，场面也"别有风味"，各路人马各个样。100多位解放军有的穿灰军装，有的着黄军服，但清一色戴着袖章，打着绑腿，脚蹬一双"布草鞋"。而在上海"土生土长"的地下党与进步新闻工作者，则是另一番打扮，有的西装革履，有的长衫翩翩，有的一身工装油滋麻花。人走到了一起，心融在了一起，刚刚会师又要战斗——争分夺秒，为明天《解放日报》的创刊。

也就是从27日下午起，报馆原本一切固有的"秩序"被彻底打破。军管《申报》，停出代表为国民党官僚资本发声音的《申报》，代之为全新的中国共产党机关报，截然相反的"两条路线"。解放军进编辑部，原《申报》馆的编辑老爷已经"人去座空"，香烟茶叶之类遗物触目可见。新来者当家做主：你进这房，他落那座，眨眼间全体进入了"阵地"各就各位。现今著名老报人，当时在《申报》新闻整理科做练习生的许寅，5月27日一大早兴冲冲上街去了，遇到两个迷路的解放军战士，便自告奋勇当向导。东转西走一整天，晚饭后急匆匆回到报馆，发现"世道巨变"，遂去三楼办公室，却见一位穿军装的年轻女兵端坐于自己办公桌前，而他原本置于桌上的物品被"转移"到边角落，内心便有点闷。恰在此时，有人激动兴奋地来通知他：你被留用啦，马上到会议室报到，为明天出版的第一张《解放日报》做光荣的校对工作！当年20出头的许寅血脉贲张。他家里几个兄弟姐妹，个个是共产党员，有个姐姐还为革命"光荣"了，他对共产党感情深！所以他心情不再闷，以满腔解放了的喜悦投入到出第一张《解放日报》的队伍中。

"破"字当头，立在其中，《申报》的等级规矩随之一夜俱废。《申报》馆等级森严，其正式职员共三等九级，级别高的可对底下人颐指气使，要送稿按铃，立马有人进门恭敬服务；要香烟开口，有人即刻买来送到桌前。解放军这天来，所有等级规矩"兜底翻"，上下平等。过去被差来差去的勤杂工人一下子竟"手足无措"。范长江，首任《解放日报》社长兼总编辑，最高领导，那天就是没听人毕恭毕敬喊他"范社长"、"范总"，所有穿军装的都直呼其两个字："长江"。"长江"听之如何？"长江"耳顺。于是，编辑部、工厂部、排字房等一片"长江"声。"长江"如此，其他人当然概莫能外。

真的感觉：解放了！每个为创刊《解放日报》的人的心里：温暖的、欢快的、沸腾的。

二

5月27日下午军管后的报社，马上成为一个出报的"战场"。但外面的老报人横竖不信："今天中午封《申报》，明天一早8大版《解放日报》出炉，来勿及的！出报跟打仗两桩事体。别的不说，就想这版面上的稿子哪里来。"

稿子竟然说来就来，变戏法似的。从27日下午3点不到，源源不断的稿子开始"密集轰炸"排字房，排字房工人手脚一片忙乱："解放军的稿子写得吓死人的快！"稿子从哪里掉下来？为有源头活水来。许多成稿从几百里外的丹阳带来。丹阳，南京与上海之间的江南县城，傍沪宁铁路。丹阳是上海《解放日报》的"根"，丹阳是《解放日报》的"母腹"。

1949年4月23日，南京解放，宣告国民党统治的"首都"倾覆。也在此日，中共华东局致电党中央，请示上海、南京的党报命名问题。4月24日，党中央迅速复电：上海党报用《解放日报》，毛主席已允写报头，即可带来，在带来前可沿用（延安）旧报头。解放大军一路浩荡南下。南下的军队中有支特别编制的队伍：新闻大队。领队人为恽逸群，人员来自济南《新民主报》、新华社华东总分社、新潍坊报、华东新闻学校、华中新闻学校等。新闻大队5月初入丹阳县，与范长江、魏克明等会合，宿丹阳城北一个叫荆城桥的村庄。此后20多天里，荆城桥的户户农舍，撒下新闻大队成员的笑语欢声，荆城桥下那条清澈的流水，留下他们晨漱夕饮的身影。新闻大队客居丹阳，是在作入大上海前的最后演练：学习进城的各项政策，反复策划《解放日报》如何办得"端庄大气"，构思报社由哪些部门组成，配备各部组人员。甚至，根据上海地下党及时送来的《上海概况》，将其中要军管的《申报》馆内房间乃至办公桌等诸情况都了解得煞清。此时《申报》老爷们还端坐于写字台前，苦心编撰"国军捷报"，而在丹阳解放军的新闻大队，已将这一只只桌椅毫不留情地"收编"。在丹阳，新闻大队倾听陈毅司令员最后的进城动员，那意思是：党的政策是党的生命，接管好上海，对我们来说是新事物，要仔细，要慎重！对上海这样一个东方大城市，单纯从军事上占领，仅为小胜。上海复杂得很，许多事情包括我自己，都不太懂。不能自大，吹牛皮。老百姓佩服我们会打仗，但还要看你能不能把上海管好……

共产党在上海办大型日报，前所未有，"吹牛皮"不管用，要埋头干，精心编，动脑写。上海老百姓长期被国民党的传媒欺蒙，报纸上说共产党时必言"共匪"，写解放区必"暗无天光"。共产党的报纸就要"拨乱反正"，来给上海市民"补课"：共产党各项利国利民的方针政策，解放军秋毫无犯的严明纪律，解放区的朗朗晴空……所有这些内容，约40多个版面容量的各类文献，在丹阳就编写毕。《解放日报》编辑部，在丹阳组成。《解放日报》文献版，在丹阳试刊。《解放日报》发刊词《庆祝大上海的解放》，铿锵有力意气风发历史未来洋洋洒洒2000余字，也是在丹阳写就。当时在丹阳，不仅有新闻大队，还有接管上海各个系统单位的各路英豪。在总前委和华东局首长倡导和支持下，总新闻大队在丹阳就四出活动，广交未来的"通讯员"。那是些什么级别的通讯员？全是将去接管上海各系统各单位的"头头脑脑"，"处级局级"皆有，与他们握手相约：到上海，要写稿子来，要传信息来。丹阳发展的"通讯员"有多少？500多个！所以，解放军入报社，信息畅通不闭塞，消息源不要太多！稿子多多的主要"源头"：新华社成立的"上海记者团"，记者团成员由新华社华东总分社、新华社三野总分社、《上海人民报》和包括《解放日报》在内的记者组成，他们按上海各系统分组分片，深入战区、街区、厂区第一线，发回一篇篇"新鲜滚烫"的消息。如此多的稿件"源头活水"，难怪排字房要"抵挡不住"。

"稿子潜（溢）出来了！"5月27日晚，在排字房，有经验的排字、拼版工人惊呼。版面8个，最多10万字，但发稿文字远远"超额"，版样怎么划？版子怎么拼？那天晚上，有个急性的工人嗵嗵嗵奔至三楼，找到军管的新闻编辑部主任丁柯，说了稿子"潜出来"的意思和"严重性"。丁柯遂跟下楼到车间，深入实际。情况确实棘手：上海头一天解放，报纸头一天问世，要说的话太多，要写的事太多，件件都重大，事事都要紧。

怎么办？刻不容缓，忍痛割稿！该缩的缩，能删的删，短些短些再短些。工人师傅在旁进言，编辑发稿要把握字号，不能因为"重要"而一味图大。那就改呀，马上改，小些小些再小些。这边刚刚搞定，那边"最新消息"又接踵而至，拆掉版子再重来……

半个世纪后的今天，回忆那天晚上的情景，最深刻的印象是什么？老同志们异口同声——"潜出来了"！

三

工人阶级伟大。49年5月27日，汉口路309号报馆内的工人不但在车间里发挥了不可替代的重要作用，而且，如果没有他们在此之前的护厂行动，5月28日的《解放日报》将面临"无米之炊"。

当解放的脚步在踏近，危险也同步逼近。曙光在前，夜色更浓。国民党在上海气数将尽，便有垂死前的"狗急跳墙"。4月28日晚，号称"飞行堡垒"的国民党警备司令部便衣密探持枪闯入《申报》馆，逮捕了地下党员诸荣春，报馆的地下党组织蓦地心情沉重。一方面赶快布置救人，一方面护厂工作更紧锣密鼓。护厂护什么？报馆所有的机器设备，仓库里的卷筒纸，它们都是出报的"命根子"。地下党和工人的目的：将其顺利交到人民手中，为共产党和人民的新闻事业所用。于是就要与彻底落败前的反动派"戮力争夺"，要用智慧，要付出勇敢。

《申报》当局先放言：时局"危重"，报馆内机器将搬迁异地。地下党便向报馆部分职工秘密寄发一封"公开信"，言此设备乃全社职工命之所系，保护设备，就是保生存，人人责无旁贷。同时，组织地下党员和积极分子，日夜吃住报馆，仔细清点家当，频频巡查车间工场，遂使"搬迁"梦碎。随着解放的隆隆炮声愈近，《申报》当局再生一计，谓：时局已使资方无力再发工资，只能以出售或抵押卷筒纸维持运作。地下党再次发动职工坚决不允、针锋相对：纸张不得变卖，不得抵押，无纸便是无米炊！雷厉风行，即刻派人去报馆在哈同路（今铜仁路）的卷筒纸仓库日夜值班守卫。

最后的时刻，最后保卫报馆的几天，真紧张。

5月24日晚至25日晨，兵贵神速的解放军打到哪里？打到了徐汇区，再推进至嵩山路，并向外滩方向大步挺进。此前几天，国民党检查官夜夜严查新闻报道，《申报》刊印前必将文章经其审读。但24日夜，去取文章的工人带回"惊人消息"：那审读新闻的"检查官"竟道："啊呀呀，现在还叫我审稿？人家（解放军）已到静安寺，你们该到那去敲图章！"

消息到编辑部，有人惊，有人慌，有人发呆发闷。遂有人打电话到静安寺，对方答8个字："（解放军）已经到了，客气得很。"这可难煞了《申报》的编辑老爷们。20多年来，言必称"共匪"，文必写"戡乱"，两天前还在吹捧"国军阵地岿然不动"，而此刻，共产党的军队兵临楼下了，今天的报纸怎么编？已是凌晨3点，按惯例《申报》早该开机付印，然而今天的头版难产。又过去一小时，依然无从下笔。死一般的沉寂，愁云惨雾编辑部……

地下党员盛步云这样说：那时我们工人开心啊！在地下党指挥下，马上组织纠察队，套上自制的袖章在报馆门口、走廊"站岗放哨"。25日清晨，登上报馆5楼看，汉口路和福州路上的国民党"市府"和"警察局"白旗悬起。再看当天的《申报》，"共匪"再看不到了，"中央社"销声匿迹，《申报》破天荒转方向，一版头条是"本报讯"，大标题为：枪炮声昨彻夜不绝，解放军今晨入市区。

保住了设备，保住了卷筒纸，保住了所有的车间库房！不容易的，很不容易的，在隆隆的炮火声中，将一个完整的报馆，纤毫无损的财产，胜利地交到解放军手上，交到解放了的人民手上。

从5月24日晚解放军进入市区到5月28日晨宣告全境解放，《申报》经历了最后3天的"非常时期"。25日一早，苏州河北岸激战正酣，上海市地下党便指派一批人依照约定的"暗号"，陆续进入《申报》馆。他们是从"地下"走出来，他们是为解放后出版的《上海人民报》而来的。从编辑、排版到印刷、发行，《上海人民报》的出版无疑是《解放日报》胜利创刊的成功预演。就在这3天，就在这同一幢大楼，两份背景迥然相异的报纸同时运作，"各自为政"，"互不相扰"。只是太累了排字房工人，共产党的报纸刚付印，转身又要去排《申报》，不过累得开心啊——上海就要解放了！《申报》的编辑老爷们在失神地观望，《上海人民报》的同志们在热切地盼望，盼望解放军的进驻，盼望上海第一份党报的问世，盼望着，倾听党报第一声。

四

《解放日报》创刊的日子，留下许多美好回忆，有许多令人咀嚼的"情节"。

大军入城，秋毫无犯，军纪严明。《约法》规定：军人上街不许购物。采访吃饭怎么办？背上干粮就出发。《约法》规定：军人着装不许乘坐公交车。采访赶路怎么办？系草鞋，紧绑腿，甩开脚板大步走！

"烽火连三月，家书抵万金"。在进驻上海的新闻大队里，有数十位上海籍同志，为了人民的解放事业，当初毅然辞家而去，投身于烽火连天的战场。他们中有的离家已有多年，有的甚至已经10多年，战火阻隔，音信杳然，家书何止抵万金。然而，当他们凯旋上海之时，在创办《解放日报》的日日夜夜里，却没有一个人告假离社去探家。

《解放日报》首任厂部负责人吴以常就是其中一位。他说，那时候《解放日报》的创刊高于一切。从丹阳南下的路上，他担心到上海报头制锌版有问题，便派人在先解放的苏州下车，提前制作报头锌版。27日入夜，《解放日报》创刊进入最后的冲刺阶段，可是至关重要的报头尚未抵达。这张报头样稿是从原延安《解放日报》上剪下来的，独此一份的"孤品"，舍此无他！如果……万一……。尽管事隔已经50年，然而这特殊的一刻，过来人至今记忆犹新：晚10点刚过，在苏州制成的报头锌版终于在大家的翘望中送进报社。这是一件大事体啊！拼排了10多年甚至几十年《申报》的工人，今夜迎来改天换地的历史性时刻：毛泽东如椽之笔写下的"解放日报"经他们手，明天要和600万上海人民见面了！

谁不想先睹为快？那制成锌版的："解放日报"4字报头在排字车间迅速传看，可就是看不懂啊！看不懂主要在第一个字"解"，第四个字"报"。当然，锌版的字是反的，这不拘一格的字，越加难看懂。"快到小打样架子上打出来看效果。"打出来一看，全都笑，盛赞："铁笔银钩，好看！"

这一晚，灯火竟夜人无眠……

五.

终于，迎来了1949年5月28日——在大上海宣告解放的欢庆声中，《解放日报》正式宣告创刊！

早晨4、5点，天蒙蒙亮，汉口路309号报馆前便聚集起几百个卖报小贩。平日此刻，是《申报》出报时间。可一直到天亮透，还不见报纸出，小贩们急煞。报馆门开，出来两个一身戎装的解放军，宣布：从今天起，《申报》停出；从今天始，共产党的《解放日报》出版。刚才还"急煞"的卖报小贩顿时欢呼："解放啦！卖《解放日报》啦！"

可此时的《解放日报》还没上机印报，还在发最后的稿件，还在统筹"潜出来"的问题。印报车间的工人也急啊，但急得很高兴，高兴得索性打起腰鼓，嗵嗵锵嗵嗵锵地扭起了秧歌，以此等待。

终于，印报了，出报了！

时间：早上8点30分。汉口路309号报社大门前，人头攒涌，欢声喧天。

《解放日报》创刊号对开八版。

《解放日报》创刊号发行10万余份。这是中国共产党在28年的历程中，主办大型日报的发行数，首次突破10万份。

10万余份《解放日报》抢售一空。

是日中午11点，《解放日报》办公室里的一部专线电话铃声响起，是陈毅同志通过秘书打来的："报纸看到了，出得快，出得好！同志们辛苦了。"

经过一天一夜"创刊战斗"后睡眼朦胧的编辑部人员，大部正躺在办公室的地板上"休整"，一听说司令员来电嘉奖，呼啦啦翻身跃起——振奋啊！

（1999年5月28日）

起跑线上

看不见的是风，看不见的是梦。难道有看不见的工程吗——而且是2000年上海市第一号重点建设工程。

她不是跨江飞峙的桥，不是高架雄奇的路，也不是现代化的港口、码头。这项工程是"看不见的战线"，但涉及"看不见的路、桥、港口、车站、码头"……即便到工程竣工，她依然"销形于无"。

然而"于无形处于无声处"的上海市2000年第一号重点工程，其意义之重大，其影响之深远，在新上海工程建设史上无出其右。

这就是不久前，被市政府正式宣布为新千年上海这座特大城市的第一号重点工程——上海信息港主体工程。

大象无形。

"一号"无形。

惊醒于信息化

人类进入了信息时代。

讲两个故事。

在我们这座喧嚣的城市里，那日，杨浦区有位年轻人因兴致所至，随手画了两张小幅山水，甚满意，遂闹玩似地通过电脑将其推上网页。他只觉得画出了个性，到网上是随意溜达一圈，至多图个以画会友。没曾想到，求购者竟在网上纷至沓来，年轻人顿时受宠若惊，感觉很有点飘。

再一件事早已发生：美国戴尔公司在电脑上网销售前，其每天的营业额为100万美元，企业未得高速起飞。一日公司作出革命性决策：电脑上因特网去销售，最直接最快速地面对客户。"网上电脑"刹那间插翅飞奔，跑得一骑绝尘！每天营业额一下增至多少？500万美元——戴尔电脑公司真个一夜暴富！

以上两件事，前者为个人行为，后者为企业行为；前者系"无组织无意识凭兴趣轧闹猛"，后者系企业超强规模在网上创造财富神话的电子商务行动。目前，美国企业近70%的业务行为在网上完成，欧洲企业近50%业务行为在网上了断。英国首相布莱尔发出过如此警告：英国老板"要么上网，要么下台"。而中国乃至上海的多数企业知道如何跨入因特网门槛、乘上电子商务的呼啸快车吗？知者寥落。上海也有个统计数字：1000家企业中，上网企业仅3家。但现在有越来越多的人会很那么回事地警告你：很危险的，如果现在不把上网当成一次商机，那企业就将面临危机！上海人，开始有了"不上网我心惴然"的意识。

什么危机？赶不上互联网络经济趋的危机。今天，我们站在新世纪原点，回首曾经走过的路，那么深刻地感受中华民族的切肤痛。当十七、十八世纪蒸汽机诞生，工业革命如火如荼席卷欧洲大陆的时候，闭关自守的中华古国对这场生产力的革命性变化全然不知；当十九世纪电力发明，电气化和自动化浪潮又一次于欧美各国汹涌澎湃的时候，我们依然无动于衷。我们坐失了最紧要的历史机遇，我们承受了最屈辱的民族灾难。那么今天，信息化潮流到来，网络经济翩然而至，我们再与她失之交臂？失之交臂又意味什么？

网络经济的好处：是全天候运作经济，24小时运转，不受时间因素制约；是全球化经济，信息化网络把整个世界变成地球村，地理距离一下缩至无关紧要，使整个经济的全球化进程大大加快，世界各国经济的依存性空前加强；是中间层次作用减弱的"直接"经济，最提倡速度，最主张创新。

有人断言：信息化，是发展中国家追赶先进国家经济的猛药良方。可以这样说，在建设信息化道路上，我们与先进国家处同一起跑线，我们与他们一样使用快速奔腾的微机，我们与他们平等利用、撷取网络上庞大的信息源，我们与他们一起"交互创造"网络文化、网络经济。世界上真正意义的微机诞生就15年，互联网问世绵延至今不过十几载春秋。对你是新鲜，对人家一样鲜活，谁怕谁啊！

记得6年前，我在《解放日报》刚跑科技新闻，一日《文汇报》一记者神秘兮兮约我去参加个新闻发布会：首届上海家用电脑展览会。那时家用电脑还是个神秘兮兮的宝物。以后电脑风靡上海滩，每年盛夏举办的家用电脑展总使我们这些老记们累得上喘下喘，但又很有使命感和成就感：把计算机高新技术知识的"恩惠"向浦江两岸人民播撒。1995年，上海的家庭电脑普及率是多少？1%！转眼到1998年，成了10%。到2000年，20%打不住了。在经历了"打字（工作）电脑"、"游戏（玩）电脑"、"家教（教育）电脑"等等阶段后，有一天周围人几乎一起大彻大悟："电脑不上网，傻你的！"

看一下美国，1998年GDP为75520亿美元，GDP增长率2.8%，而因特网经济的增长率一枝独秀一马狂奔，为174.5%；从网络人口看，美国"网虫"1.2亿，为全世界网民的一半以上。美国的"信息高速公路"建设，给美国经济带来了近10年持续稳定的惊人增长。依稀记得10多年前日本人还洋洋自得，一副大富大款登高览小的模样，说美国佬你神气个啥，我们生产的钢铁、汽车、家电遮天蔽日，要把你们市场全封杀，我们创造的财富要买下你们的企业你们的房产最终买下你们的"国土"。10年后怎么了？以信息业为代表的美国高科技产业把日本传统产业完全打趴，风水硬是全转回去。真是惨不忍睹富贵转瞬的"十年河东，十年河西"。

要么跟上潮流，要么被潮流所淘汰。世界银行的专家提出个新概念：未来国家将不以"发达与不发达"来划分，而以"联网与不联网"来区别。一个国家不在数字世界存在，就可能最终在物理世界消失。

于是上海人惊醒：跟上信息化，趁还在同一条起跑线上，趁时代给我们的一个尚属平等的竞争机会。但这机会，你若抓不住，人家就会从你身边呼啸而去！

要"致富"，修网上路

在全国，上海最早提出建设信息港的概念，于1994年，开风气之先，立潮头之上。1996年，上海市委、市府正式作出战略决策：把上海建成现代化国际信息港，并即刻启动此工程。启动至今4年，取得了阶段性成果。

阶段性成果的宏观解释是：完成了上海信息港的基本框架建设。把这框架分解开，就是1个宽带信息网络，5项骨干网络工程，20个覆盖经济、市场、文化、司法和行政机关等等的信息应用系统。

我们将镜头拉近5个骨干过程中的一个——上海国际经贸EDI网（无纸贸易）建设，将此工程稍作放大、解剖，看看为什么要建设它。

EDI是什么东西？英文翻译是"电子数据交换"，就是采用电子方式取代纸张来做生意，将具有一定结构特征的标准化经济信息（如定单、发票、单证、资金转拨等），经过电子数据通信网，实现计算机到计算机的电子报文自动交换及处理，无需人工干预。它方便、快速、沟通信息及时，将过去需大量人力投入的纸面文件一扫而光，无纸贸易之美名便戴上它头顶。

EDI是个好东西，但EDI又绝对"霸道"。在全球贸易中，那些使用EDI管理的海关、港航、外经贸的国家及商家，说你如果不相同采用EDI，就不陪你玩——不做生意了，因为你没效率，因为你没拿到进入国际贸易市场的一张最重要通行证，就如你曾经不具备集装箱、条形码地拒你于进出口大门外一样。国门对你大开，国际大门看似也对你笑脸洞开，却没用，全是"虚开"，真正向你隆隆开启国际贸易大门的，是你自己必须具备的EDI！

建EDI容易？说一个简单事实：凡和国际经贸有关的系统与单位，都和建设EDI有密切关联，比如：市经委、市外经贸委、交通办、海关、邮电、银行、税务、保险、商检、卫检、动植物检……

整个的一个"国际经贸链"，环环相扣连接，其所有的环节都要最终实现计算机与计算机间的电子单证交换，市区相连，跨行业相通，不同系统间互接，国际国内畅达——好大一个系统工程！上海EDI建设全面开展在1996年，工作千头万绪，软件开发、系统集成、技术支撑、人员培训、跨地域服务……

现在该看清了，感觉到了，上海发展EDI，上海发展信息港，信息港阶段性成果中还有其他的种种内容，诸如信息交互网、社会保障网、社区服务网、金卡工程等等，大势所趋，势在必行，你不搞会失去生存权，你不"入网"网就对你封杀；当然也给自己发展逼的，发展就要遇上信息化这道"坎"，不过这道"坎"，其他一切发展免谈。过去有句话："要致富，就修路"。上海现在要修什么路？网上路。前些年我们有许多的"一号工程"：路、桥、高楼、地铁，有形的，雄伟壮观的，几乎都是还历史旧债；今年这信息港"一号工程"，无形的，无声息的，在地下、向高楼大厦内乃至居民小区里"默默潜行"，却是面向未来。

未来网上路，灿烂，却要争分夺秒。

加宽车道，打通瓶颈

那天在淮海西路申通大厦内的上海市国民经济和社会信息化领导小组办公室，范希平副主任为我们解释"一号工程"：撇开那些纠缠不清的技术工程用语，就几句大白话，城市网络化的信息基础设施，是为适应日益增长的网络应用，迫切需要一个高宽带、低资费的网络环境；网络上流动的血液就是信息流、资金流；而用户最终要获取快速便捷的信息，是通过连接千家万户的终端——电脑。在网→流→终端的路上，我们现在的交通很堵。堵车的原因是"车道"太窄，"进出口"的地方多有"瓶颈"。加宽车道，打通瓶颈，就是"一号工程"核心之核心。

你有"车堵"的感觉吗？如果你在家里拨号上网，欲从网上"取下"一张照片，你就必须有足够耐心。有人试过，"等待戈多"不如去洗几件衣服，洗完衣服回到电脑跟前，说不定那照片刚从电脑里吐出"犹抱琵琶半遮面"的一大半脸。

那时你觉得电脑是世界上最愚本的玩意儿。

试找原因：和因特网急遽上升的上网人数有关，和网上信息内容日益爆炸有关，和在网上传输的信息已不仅限于文字、更有图片图像甚至声音有关。有人称：因特网的用户大概每半年翻一番，网上的通信量大概每百天翻一番。目前，用户入因特网的主要途径是电话网，计算机的数据信号通过"modem"变换为模拟信号在电话线上传输。由于语音信号的频率很低，原本只用于通话的电话网的带宽很窄，将它用于传输因特网上的数据时速度较慢，特别是传输数据量较大的图片和文件更显速度太低，而对于要求速率较快的音乐和图像则完全无能为力。所以，传统电话线接入因特网的方式，不成为瓶颈才怪。

不单单中国、上海面临的难题，全世界如此。北欧小国瑞典，900万人口，不光乒乓球打得疯，使用电脑上网在世界上也算排头兵：60%人口用电脑，40%的人网上行。只不过在网上难潇洒——慢牛拖车。于是瑞典人用不亚于夺取乒乓冠军的劲头提出一句口号："建设宽带网，连通每一家"。他们雄心勃勃：每个家庭和企业都要和高速的宽带因特网相联，接入送出网络的宽带技术"几乎可以瞬时下载包括视频图像和声音在内的复杂的多媒体内容"。

中国人的乒乓球技高一筹，建网络"公路"，岂甘人后？

且看上海"一号工程"今年建成后的功能指标描述：

深埋地下的信息管线网络形成集约化，将过去各种管线重新改造及"优化组合"，再新铺一批新线路，信息管线网络因此将面貌一新，效益一新；

上海连接因特网的国际出口带宽达到1000兆以上，"公路"的宽度一下扩宽数倍，国际出口的瓶颈"一锅端去"；

城域主干网传输和交换能力分别达到2.5G和40G以上，其效果：城市与地区间的信息交通干道也一下宽阔了，通畅了；

居民家庭宽带接入的方式多元化了，除了高速上网外，市民可悠哉乐哉在网上同步点播电影电视节目；

窄带（传统电话线拨号上网）接入能力将超过6万线，达到100万用户能力；

本地交互网互联带宽达到100兆以上，上海本地的信息网络因此实现高速互联互通，网络资源进一步有效利用。

形成可供社会共享的超级计算机平台和环境，上海的科学家们，当他们研究生命科学、气象科学、地震预报、生态环境监测等等工作时，在需要处理海量的信息时，绝对不用担心"卡壳"……

可以说，"一号工程"成功之日，就是上海信息基础设施水平和综合服务能力步入世界先进行列之时。

网上快步走

2000年是龙年。过龙年春节前，《解放日报》各部记者编辑提前上报节日期间拟发的"新人新事物"稿件，竟然出现4个部门在一个题材上"撞车"的事——全冲着市民上网来：购物上网，吃饭定座上网，读书逛书城上网，农民科学种田养殖上网，学生聊天游戏更在网上游来荡去……整一个星期不算短的春节假期里，"网络上的故事"纷纷在报上出笼，且绝不是本报专利，其他媒体个个大投入大制作争相报道这"新闻卖点"，有的报纸还天天推一整版，给你一下感觉上海人全在上网，网络生活无处不在，龙年新春佳节绚烂多彩的节目全在网上荟萃。

以前有这么"恶炒"吗？起码没这等"疯狂"。现今报纸广播电视等传统媒体，彼此间虽然竞争得热火朝天，却心往一处使地追捧网络。网络是什么？今后你一旦离开网络，你的生活会不会就象没了阳光、空气、水？曾记否，在并不久远的80年代，上海的证券是如何交易的呢？手工操作。每天几十笔的买卖还能应付，上了百位数，券商不得不要挑灯加夜班。很难想象，如果没有电脑的加盟，没有网络的联通，如今遍布全国千百万股民，每天上百亿元进出、数百万笔交易，怎么可以在瞬间结算得一清二白？

网络革命真的在来，悄悄地，但脚步坚实，你听得到，也看得到。就前两年的事：上海几家大报纸采访编辑的革命性口号是：告别铅与火，告别笔与纸，步入电脑时代。现在又是什么时代？是拥抱网络的时代，是信息爆炸的时代，是网络经济逐渐取代传统经济的时代。2000年3月14日全球因特网大会在美国一大学召开，全球网络巨头聚会。会上有人通报：一周前，伦敦证券交易所两家老牌上市企业：英国联合食品有限公司和帝国烟草有限公司，被逐出《金融时报》指数的100种成分股行列，取而代之的均是两家新兴在线网络公司。这明明白白向世人昭示：网络经济与传统经济之间竞争正日益"残酷"，社会正在经历无法阻遏的变革，一些旧技术、旧职业将因此"消失"。

全球信息业的发展速度，"年"的概念正被抹去，因为，信息业一代新产品的推出，一般在2～3个月。

中国现在已变成网络世界最炽的"战场"，虽然因特网在中国仅3岁，但其旋风式的发展速度是任何事物都无可比拟的，预计到2005年，中国的上网人口将居世界第二，仅次于美国。网络企业家则已成为中国年轻人的新偶像。

每天都有因特网的新消息，新概念的导入，真的感到"太阳每天都是新的"。比如：因特网上的"个性化服务"，就是将"我提供什么，用户接受什么"的信息服务传统方式转变成"用户需要什么，我提供什么"的方式。2000年的电脑有一个重要的特点，那就是将与网络融为一体。其电脑将成为一个易用的网络门户，用户上网只需按个按钮，选择信息及网址就像听收音机选台一样简单。再一个概念："多媒体信息服务"，就是将数据、声音、图像"相联袂"的服务。随着internet技术的发展和宽带网络的建设，用电视上网、通过internet打电话（IP电话），坐在家里点播电视（VOD）等，多媒体信息服务的各种新事物"挡也挡不住地"必入你的生活。

世纪之交，全球的计算机、通信和网络技术日新月异，隆隆推进。上海的"一号工程"在向我们昭示全新的技术概念与发展理念：作为可以为语音、数据和视频等多业务的融合提供综合平台的技术是IP宽带技术；IP宽带技术和光纤传输技术的迅速发展，将使电信网、有线电视网和计算机网的"三网合一"的进程加快；"三网合一"则是当今乃至未来信息革命的一大趋势。

上海入因特网用户至今多少？目前不足百万。但你知道上海近一年入网数的增长率又是多少？186.89%！网上"伊妹儿"越江跨洋飞来飞去早不新奇，要扩张的地盘是电子商务、远程教育、远程医疗、虚拟现实等等宽带业务。带宽窄，人们就感到在因特网上"速度太慢，收费太贵"，此时，上网就不是享受，而是奢侈性消费，可望不可及，难受。

"一号工程"的实施，会使你的难受变享受。一如我们过去有电话，却总是"占线、占线"，终于那一天自然到来，使你感到生活那么美好：电话一拨通，占线成历史！

网络畅通网络美好的那天不会远。

1999年底，美国《科学》杂志主编鲁宾斯坦到北京清华大学讲课，题为《新媒体对我们这个星球和社会意味着什么》，现场配以电脑大屏幕。鲁宾斯坦用小小的鼠标点击到网上的虚拟博物馆，到上面"取画"；又点击到webmd站点（网络医生站点）就医；再点击到有关基因图谱的站点，查找有关"老年痴呆症"的基因信息……尽管跨越了千山万水，但它们完成的过程是一瞬间。鲁宾斯坦最后十分感慨地说：想当年他20多岁的时候，美国正在对越南发动战争。读大学的他经常参加反战游行。他问清华学子："当时谁是我的支持者呢？"大家都笑起来。是啊，是几亿中国人啊！但几十年前的他根本无法知道。直到1972年尼克松总统访华，才知道"全体中国人民曾经是我的坚强后盾"。而有了因特网的今天，还会发生上述这一信息闭塞的"故事"吗？不会啦！21世纪是信息社会，谁掌握了信息谁就掌握了发展的主动权，谁就有竞争优势。石器时代、铁器时代、蒸汽机时代、电脑时代构成了人类的历史和现在。

21世纪，人类将迈进电子网络时代，在这一崭新时代里，人是24小时在线的人，人是驾驭全球信息的人，人是无拘无束、自由创造的人。这个时代的人、这个时代的企业懂得：如何把信息变成知识，把知识变成决策，把决策变成利润。

有一支歌，专为建设上海信息港作：《金色的港湾》，尚未广而传唱，那词，抒情、明丽、豪放。从中摘录："今夜再也不会孤单，明晨也不会忧烦，这里是万家灯火的地球村，任我们徜徉的金色港湾，从此生活启动新理念，上天入地走平川……"

任尔畅想畅游东西南北中。

(2000年3月31日)

第三章·社会

安得申城俱欢颜

上海，上海，浩瀚的大海。

1250万市民，近200万流动人员。人口之巨，构成一座大海般的城市。

"民以食为天"。上海面临的第一个问题是对"吃"的需求，而且是海一样的需求。

据统计，除粮食以外，上海的"菜篮子"平均每天需求量为：蔬菜，3120吨；肉，685吨；蛋，37.6万公斤；鱼，53.2吨（农贸市场150吨）；奶，548吨；禽，17.3万只……

惊人的吞吐量，惊人的市场！

知否，知否？为了大上海市民的菜篮子日日都能充盈，这座城市的上上下下，要有多少人为之呕心沥血、为之含辛茹苦？！

1、最普通的商品最重大的命题

上海琳琅满目的万千商品中，菜篮子内装载的商品是最为普通的商品，其普通之处或许也就在于家家需要，人人不可须臾或缺。但普通并不等于简单，上海的蔬菜副食品产销有其独特的复杂性。

上海春秋较短，冬夏较长，每年1至2月，8至9月，4月下旬至5月上旬，一茬蔬菜落市，新的品种难以及时跟上，受气候制约，自然形成蔬菜生产上的"冬淡"、"夏淡"和一段时间的短暂缺口。据统计，1980年至1987年，每年平均缺菜二十八天，加之农业生产在很大程度上还是靠天吃饭，一旦在"淡季"前后遭遇灾害性天气，菜篮子便面临窘迫的危机。除此，其复杂性还有着更深层次的矛盾。长期以往，在蔬菜副食品的价格上存在严重的扭曲。为使市民吃到价廉物美的蔬菜副食品，历届政府都投入了巨额补贴；而在生产这一头，农用生产资料则突飞猛涨，形成蔬菜、副食品生产投入高，产出效益相对低的状况；加之，随着上海工业建设的发展，城市的外延在扩展，城市人口日益增加，连接千家万户的"菜篮子"便日益显得不堪负重。

问题早已出现。历届市政府领导早已将焦灼的眼光注视着"菜篮子"。当年陈国栋等同志一到上海，就鲜明地指出"菜篮子里看形势"，认为"菜篮子"事关人心的稳定、上海的稳定这一最重大命题，成立了以汪道涵同志为组长的市蔬菜工作领导小组，解决这个问题。

但问题在八十年代中后期伴着严重的自然灾害更突出更尖锐地到来。

2、两难选择中的坚定决策

历史提出了问题，但也为解决这一问题提供了契机。

1987年夏末，上海遭遇114年以来罕见的灾害天气：台风阵阵侵袭，暴雨夜夜倾泻。在郊区，蔬菜四次播种，四次烂秧"漂走"，这一年从外省市平调入市的生猪又骤然锐减……市场频频告急：缺菜！缺菜！

告急。应急。"高级采购员"兵分几路，亲赴外地调运货源：叶公琦去四川，曾庆红往江西，谢丽娟疾奔山东……

当时的市长江泽民夜夜难寐。下乡，一连四五天，马不停蹄：江桥乡，虹桥乡，长征乡……一路察看灾情，巡视菜区建设，一路引发出对"菜篮子"的深沉思考：由于农业设施的落后，使蔬菜受自然的制约太大；另一方面，随着兄弟省市经济发展和农村产业结构的调整，主要依靠外地调入平价的副食品也愈加困难。所以，提高城市本身的副食品自给力，解决蔬菜均衡上市的矛盾，已迫在眉睫！

"迫在眉睫"却又面临两难的境地。要提高自给率，要解决均衡上市的矛盾，必须建设一大批先进的生产基地，完善一整套服务配套体系，并要理顺产供销的管理与经销体制。这是一个庞大浩繁的系统工程，环环相扣相连；需要大量资金投入；且风险性大，副食品特别是蔬菜生产基本处于顺应自然的状态，当生产受挫时四处告急，产品丰富时，又从四处涌到上海，"多了多、少了少"的怪圈始终没有冲破。所以，对全国最大的城市自身搞蔬菜副食品基地，历来就有争论……

但，迫在眉睫的事实，又使两难的选择变得单一、明确和坚定。

1987年9月22日，一路视察到嘉定县长征乡的江泽民市长，在园艺场会议室提出了初步形成的关于"菜篮子"决策构想：蔬菜生产一定要扩大保护地面积，下决心搞设施园艺化，提高抗灾能力，从根本上解决均衡上市的矛盾。

蔬菜生产是如此，副食品生产也要向现代化发展。围绕这一构想，10月，上海迅即迈出了第一步实施计划：成立市副食品基金会，并决定在全市范围内筹措副食品生产发展基金。

11月，市委、市政府批准基金会的方案。同时，召开全市各大口领导同志会议,将此情况予以通报。上海的主要决策者如此表示:为了上海的稳定,为了解除市民的后顾之忧,市政府再"穷","当了家当"也要搞"菜篮子工程"!

上海"菜篮子工程"以如此大的决心如此快的速度奏响了序曲。

1988年春节前夕,朱镕基同志调任上海。到上海后的第一个春节即在郊县度过:初一访松江,初二赴崇明,初三折向宝山,此行主题明确,边考察边构想新一届政府如何通过抓"菜篮子"这个突破口,把全市各项工作带动起来。

1988年3月10日,一个由老同志裴先白率领的考察团北上取经,学习北京副食品基地适度规模的建设,学习天津副食品基地产销体制改革的经验。回沪后,结合上海的实际情况,经过几个月缜密的调查论证,一个三年内投资7—8亿、包括建立副食品基地、改革产销管理体制的"菜篮子工程"方案终于设计出来了。

上海"菜篮子工程"建设帷幕在1988年8月11日正式拉开。在这一天的全市副食品工作会议上,市委书记江泽民指出:"'菜篮子工程'的艰巨复杂程度,绝不亚于一项国家重点建设工程,全市各条战线,各行各业,都要为'菜篮子工程'尽心尽力,增光添彩。"

一个大规模实施"菜篮子工程"的战役,终于在上海打响了。

3、大地无言却有情

"菜篮子工程"的"前沿阵地"在郊县。

"菜篮子工程"的关键是在郊县建立一大批长期稳定、适度规模、并有一定科技水平的生产基地。然而,先进的生产基地需要高投入。

嘉定县长征乡乡党委书记张思荣匡算了一笔账:仅仅三年,他们乡、村、队三级和市里为"菜篮子"投入的资金就高达3500多万元。

1988年,市府要在长征乡建20万羽蛋鸡场。此工程列为当年市府9件实事之一,系"菜篮子工程"的"主战场",投资1500万元。长征乡地处城郊结合部,假如这笔资金投向工业仓储建设,每年至少有500万元收入。但长征人却爽快地说:为了上海市民的"菜篮子",即使吃亏赔本也要干!工程上马,市里贷款一时来不及拨下,乡领导毅然决定缓建乡办的经济项目,调出资金200万。整个工程抢时间,争速度,4月动工,10月竣工,11月就交出第一批鲜蛋,而在1989年,已产出228万公斤鲜蛋。

"长征"如此,郊区的其他县、乡亦如此,为了"菜篮子工程",在相悖的社会效益与经济效益面前,宁愿吃亏,也要努力奉献。

上海县虹桥乡，闻名遐迩的蔬菜副食品基地，全乡1000亩乳白色的塑料管棚幢幢相连，现代化的猪舍、蛋鸡场片片矗立，这个乡原来土地为18000亩，近年来因城市建设征地锐减到11900亩。然而，减地不减产。光是蔬菜产量，去年就创下7.8万吨的历史纪录，上市生猪，也在郊县各乡独占鳌头，超过10万头。

"有些菜农不想种菜。"乡农业公司经理徐永清坦率地说。菜农不想种菜，并非因为收入低。近年来，为了稳定农业劳动力，虹桥乡每年要从仓储收入与乡镇企业的利润中拿出600—700万元补贴菜农，使他们的收入高出乡、村企业职工的一倍。菜农不想种菜，是因为种菜太苦太苦：一年从头种到尾，复种多，茬口多，每天平均工作12小时。盛夏，无论在暖棚，还是在大田，气温要高达50摄氏度，头晕、昏厥……

今年春节初五，天降雪，上海奇冷，气温零下5—6摄氏度，市农委负责同志担心市内缺菜，一早驱车赶往市郊。此时市区车辆少，人更稀，但车到毗邻市区的上海县"七一"乡红明村，就见几十个菜农正在菜地里扒开积雪挑菜，手在寒风中冻得像一节节红萝卜，他不禁停车前问："你们什么时候出来的？"答："天蒙蒙亮就到田头啦。""你们太辛苦了！"对方浅浅而笑，"城里人要吃菜嘛，再苦也要出来。"

为了城里人吃上菜、吃好菜，农村的干部群众付出了多少辛苦、多少牺牲！

4、前有千般辛苦，后有万种努力

1989年8月23日，在市府召开了"区长抓菜篮子会议"，朱镕基市长特作如下批示："……政府的力量在于市民的拥护。菜场关系市民的切身利益，菜场办不好，市民不会拥护我们。这件事拜托各区区长同志们了。"

市长"拜托"区长，区长抓菜场。在1989年国庆节前，杨浦区副区长陈明刚把25个中心菜场、51个分菜场的530名卖肉营业员统统请来，向大家谈"菜篮子"的重要性，讲市领导的殷切要求，"大家想一想，政府拿出巨款建设'菜园子'，拨出大量的钱补贴市民的'菜篮子'，目的何在？在于让真正的实惠落到每个市民手中，这就离不开我们的'菜摊子'——'菜篮子工程'的终端……"

杨浦区抓菜场，抓得早，抓得实。区长挂帅，组成400多人的专业与社会监督检查队伍，对各种损害消费者利益的行径，一经查出，严肃处理。

静安区有关领导则对记者道："对抓'菜篮子'，我们的口号是：让市长放心，让市民高兴。增强菜场的主导作用要做到'三优'：优良环境，优质商品，优质服务。"

口号与要求，要化为区政府万般努力的工作：两年内投入600万元资金，使两个中心菜场由马路变为室内菜场，五个改造成商亭化；千方百计减免菜场税收，两年来使菜场得益近500万元。现在，全区已没有一个菜场亏损，三家菜场全天开放供应……两年前，菜场是居民意见最集中的聚焦点，而今年的春节前后，静安区政府的监督电话没一个关于菜场的。不久前专门召开的10个街道居民座谈会，对"菜篮子"的意见，也听不到了。

关于"菜篮子工程"的动人故事，既来自各区，还来自各行各业——

净菜上市，是在朱镕基市长春节前后赴农村调查的基础上，由市政府今年3月作出的决定，旨在使上海市民既吃到鲜菜又得到实惠，原来准备先在一家菜场试点，却得到8家菜场的积极响应，有关区和菜场的负责人认为，对此，尽管一无经验、二不知经营盈亏，但事关"菜篮子"，我们乐意探索。

净菜上市受到市民极大欢迎，并推动了整个菜场的销售额上升。福州路菜场净菜营业额已占蔬菜销售总额的45%；陕北菜场每天销售净菜50多公担，4月份菜场总营业额则比去年同期增长了15%左右。净菜销售看好，却在生产上提出了更高要求，困难不少，各生产部门知难而进，千方百计采取措施。宝山区彭浦乡和蔬菜批发站挂钩，让批发部门人员直接到菜田选菜并现场验收，减少中间环节，使净菜质量高，生产省工、省时、省费用……上海"菜篮子工程"就是这样迈开了又一扎实而又崭新的步伐。

至此，谁能不说，这一项宏大的社会工程，既牵动着各级领导的心，又集中了40万工程建设者的奋斗；既有上游工程的辛苦，又有终端工程的努力。

5、忧患意识和超前思想

上海"菜篮子工程"从蓝图规划到实施建设，一步一个脚印，一年一番崭新的面貌，现在已跨入第三个年头。蓦回首，我们已看到了她的辉煌业绩。

就基地建设及生产能力而言，上海郊区新建扩建了325个千头以上规模的猪场，新增肉猪40.59万头，猪肉的自给比重从25%上升至30%左右；新建扩建万羽以上规模的蛋鸡场78个，年新增产蛋能力2160万公斤，自给比重从70%增长到80%；菜田的基础设施大为改进，喷灌面积达15.78万亩，占实有菜田面积的98.6%，先进的管棚面积1.52万亩，占大田蔬菜面积的10%左右，已相当于日本八十年代初的水平，这一切，不仅保证了市场供应稳定，淡季不淡，实现了自给自足，还使上海郊区的农业现代化水平跃上了一个新台阶。

就工程"软件"建设而言，为理顺产销体制，从1989年3月1日起，原属财贸口的蔬菜、禽蛋两个公司正式划归农口，逐步做到"产销一条龙"。"软件"建设的另一方面是科技兴农，市农委、市科委设立了专项基金，鼓励科研人员、农民开发新品种、提高产出率，目前已初步积累了一些有效经验。

就市场供应及价格水平而言，上海的蔬菜副食品在全国各大城市中价格平稳；统计资料表明，上海的蔬菜相对全国七大城市，价格为最低，补贴率也最低。

就上海市民对"菜篮子""关心"程度而言，1986年为第一位，1988年退居第四位，到1989年至今，其"关心"还呈淡化趋势。

上海"菜篮子工程"的实绩有目共睹。

但，城市的决策者和领导者却保持着清醒冷静的头脑。他们认为要使全市群众的菜篮子从根本上得到实惠还有许多工作要做。

市政府许多领导向记者指出："上海'菜篮子工程'正面临一个关键性的转移，即从大规模的基地建设转向更深层的基地内外体系配套工作上来，这样才能提高工程的总体效益。"

"菜篮子工程"有待完善，一系列问题正摆在领导者和执行者面前，如工程内部各子项目尚未完全配套，副食品基地的效益未能充分发挥；与此同时，副食品基地的发展和生产经营者的管理意识、管理水平存在较大反差；另外，多层次的生产和流通的格局带来管理的复杂性，在两个市场、两种价格的情况下，少数人钻空子居间牟利……

工作在新的深度和广度上展开，上海"菜篮子工程"，只能在进行时态中来逐步完善。

有人说，上海的早晨是从拎菜篮子开始的。那么，完全可以相信，随着菜篮子工程建设的不断推进，千千万万的上海人将会以更加喜悦的心情，迎来每一个美好的黎明。

（1990年6月22日与宋超合作）

东进序曲

——写在鸦片战争150周年

上海很大，上海很小。

大上海久苦小格局，小上海有了大拓展：

——开放浦东，开发浦东。

一

这一天，上海在关注，中国在关注，世界同样也聚精会神。

浦东大道，一幢毫不起眼的二层小楼房。门前宽阔的马路此时显得太过窄小、狭隘，数千自发聚集的群众和一辆辆小车大车载来的宾客，在兴奋热烈中焦灼地等待。

黄浦江的那一边，海关大楼悠扬的四下钟声隐隐传来，上海市长朱镕基出现在大门口。我们的市长此时也难抑激动。一块牌子挂上了普通的白色粉墙：上海市浦东开发办公室。

经久不息的掌声、欢呼，群情激奋。

一个跨越世纪的梦。多少年、多少人的冀盼终于有了开始的这一天。

1990年5月3日。

历史常常惊人地相似，马克思说。

恰好是150年。从列强的坚船利炮从吴淞口打进来到今日之上海开发浦东，"把开放的旗子打出去"，恰好是150周年。

1832年，那艘臭名昭著的鸦片船"阿美士达"号，悄悄溜进长江，闯入吴淞口。昏庸的上海县、道两府在清政府昏庸的"闭关"国策下，对"夷船"的到来惊慌失措，先傲后倨，洋相百出。在他们每日担米送菜、愚蠢地试图阻止船人"购物通商"并日日"恳请"夷船离开上海时，夷船上的夷人们对大清帝国防卫的松弛和上海船来人往的繁荣了如指掌了。

18天后，"阿美士达"带着来时想要的一切离开了。东印度公司那位叫林赛的"主谋"，即向他的大英帝国上书：上海在新世界版图的重要性将随着时间日益显示。同时他称，只要五十名优秀的士兵便可拿下上海。

这些并非完全的谬言。

但是，这个隆鼻深目的英国人肯定没有想到，150余年后的上海会有面向大洋的浦东大开发。

同样可以肯定，英帝国首任上海领事巴富尔，在隆隆炮声中踏着清政府"闭关国策"的废墟进入上海，他也没料到这一天。

本来，被迫的开埠和主动的开放就不是一回事。这里不仅是150年的时间跨度，更有主权沦丧的悲痛和"中国人民站起来"的自豪。相似仅仅是相似。

当国门被火药炸开，上海开始了并不属于上海的"黄金时代"。

于是，被清政府鄙称为"一片泥滩，三数茅屋"的上海县城外，法、英、美三大租界扇状疯展，吸血摄精。于是，清政府不屑一顾"皆系市廛"的黄浦滩头，隆起了一座新城。到本世纪的三四十年代，黄浦江西岸的上海，已是亚洲最大的金融中心，贸易中心，全国最大的工商城市。

那会，后来咄咄逼人的香港，被称为"小上海"。

但是，这空前的繁荣与其说是上海的骄傲，不如说是上海殖民经济的屈辱和辛酸。

似乎不必提那块"华人与狗不得入内"的牌子；也不消说象征殖民者"丰功伟绩"的"八里桥"、"葛罗"等旧路名，还有"会审公堂"、"圣三一教堂"等等，"国中之国"的存在，必然伴随政治文化的侵略。

事实上，后来一直困扰上海的市政、工业布局等难题里，又何尝没有殖民经济时代留下的祸根？租界当局各自为政，各按所需建造工厂、码头、仓库、洋行，全无"规划布局"，随租界拓展的马路，都是东西走向没一条南北走向的像样马路；市中心建筑物密度超过城市合理密度的40%，道路弯曲狭窄，平均宽度仅7.75米，最宽的南京路最初也仅15米；高密度、超简陋的里弄住宅出现于19世纪50年代……

最为明显的例证，那便是黄浦江的两岸。上海的繁华从外滩向西，向北摊开，独独遗忘咫尺浦东，那是必然的。大洋上漂来的租界拥有者们，决不会担忧城市的发展是否合理。

掠夺型殖民经济在上海发展"繁荣"的同时，也给上海套上了"畸形"的沉重锁链。

1929年，试图与租界抗衡的国民政府"新上海计划"，没有解脱上海的"畸形"，反而被"畸形"打得落花流水；1945年日本投降，上海"天亮"的曙光也不可能"照亮"浦东。

当上海不在上海人民手里，上海便不会"健康"，浦东也只能是浦东。

黄浦江缓慢而沉重地流淌。她在告诉历史，也在告诉现代。

二

上海，素称"江海要津，东南都会"。她面向大海，旁靠黄金水道的长江。地理位置何其优越，无与伦比。

但是，一条小小的黄浦江，衣带之水阻隔了两个世界。一边是高楼幢幢车水马龙繁华似锦，一边是……

在世界版图上，如此奇特的城市现象同样无与伦比。

美国独立战争打响第一枪时，纽约原不过是个叫约克的小镇。约克镇同上海很相似，面向大西洋，背依联结五大湖的哈得逊河，中间还隔着一条黄浦江似的意斯特河。但约克镇变成了新约克，交通发达经济繁荣。

再看看波恩的莱茵河，巴黎的塞纳河，布达佩斯的多瑙河，伦敦的泰晤士河，哪个城市不是被衣带之水一分为二，但是没有隔绝。

独独上海。解放四十年了，难道上海对一江之遥的浦东黄金宝地视而不见？

上海一直注视着浦东。众所周知的原因，新中国的上海只是在等待。

黄浦江惊诧莫名地看着自己两岸的巨大反差，默默流入了90年代。

而西上海的繁荣，此时也似乎到了顶点。

雄居亚洲的几个"中心"早成了过去。就是上海在全国的经济地位也不断滑落。总产值"第一"已属江苏，外贸出口"桂冠"拱让广东。十几年前，占全国工业总产值五分之一而使无数上海人沾沾自喜的辉煌，如今只有在十四分之一的概念中保留一点骄傲。

可以随意举个例子。淮海路上有座叫天宝的银楼。该店去年的营业额为4000余万元，平均日营业额10多万，最高达60万。每日进出该店的"上帝"川流不息，以千以万计。说来不信，有如此效益的这家银楼，店堂面积仅18平方米，除去柜台所剩何几？所以他们不敢做广告，怕来的顾客太多；他们不敢拓展业务赚更多的钱，再也没有"面积"。

这不算什么。螺蛳壳里做道场，早已是上海的绝对真理。小小的上海市区1万余家工厂星罗棋布，数不清的商店密密麻麻。限于"面积"，又有多少工商界的壮士扼腕！

1901年，一位匈牙利商人将刚刚问世三年的汽车驶进上海，从而成为亚洲第一。当时这辆可贵的汽车引起的轰动和轰动之外的深意，可想而知。但在"时间就是金钱"成为至理名言的今天，代表某种速度和效率的汽车，在上海市中心只能以不到5公里的时速蜗行。白白扔进黄浦江的仅仅是金钱和时间？

上海人均道路面积不足2平方米，各种车辆多达600余万辆；

上海人均住房面积居世界性大城市之末，住房困难户是全国各大城市之首；

还有通讯、市政、基础设施……

十年改革开放，给予上海的挑战远胜于机会。

江浙乡镇工业的勃兴，珠江三角洲的崛起，经济特区的成功，全国经济的高速发展，上海这个全国的"老大"，岌岌可危，心有余而力不足。

大上海正备受自己日见其"小"的煎熬。难怪有人惊呼：上海怎么了？！

历史的荣耀和历史的失落，原来是一回事。

老上海已不堪重负。抉择是严酷的：重振雄风和继续失落。

上海已不能再等待。

上海是一座"海洋城"。上海面临的挑战就不仅来自养育她的中华大地。

当"睡着的雄狮"醒来，睁眼看世界，不得不"望洋而叹"。

且不说美国、西欧等"老牌"的经济大国。与上海，它们显然缺乏可比性。

香港、台湾、新加坡、韩国，与上海一样，同属太平洋的怀抱。近20余年，这四个经济区的经济增长速度高达10%，人均收入在5000美元以上。特别是新加坡、台湾，据经济学家预测，这两个地区的人均收入十年后将达1万美元以上，雄心勃勃，颇有与美国秋色平分之势。

是为亚洲"四小龙"。近十年又冒出了亚洲"四小虎"，泰国、印尼、马来西亚和菲律宾。

曾经只能附上海之牛尾的这些地区，如今"成龙成虎"，上海是一条虫吗？

当昔日的"小上海"香港等地龙腾虎跃，而上海却得不到一个"小香港"的雅称时，上海人的悲哀和奋起之心，是可以想象的。

上海不等了。

1989年4月的一个下午，上海市长朱镕基大声疾呼："起来，不愿上海衰落和萎缩的人们！"

显然，这国歌式充满铿锵的语句，决不仅是一市之长的决心。

上海选择了重振雄风。老上海需要一个新生点，一个生长地。

这就是浦东。改革、开放。浦东大开发。新上海的太阳，将升起于这块神奇的土地。

三

黄浦江不再沉默。

1980年，刚刚从噩梦中醒转的中国，在最南端的"穷乡僻壤"出现一个叫深圳的特区时，其姿态的惊人和影响的深远，久久震慑着世界。

十年后的4月18日，上海安亭——一个明代小镇扮演了当今中国时代的大角色。李鹏总理在新兴的汽车城向世界宣告：开发浦东，开放浦东。中国改革开放的历史，便以深圳告别八十年代，以上海浦东迎来了九十年代。

深圳、浦东，无疑是中国的开放从窗户到大门洞开。

350平方公里的浦东开发区，是香港的三分之一，14个沿海开放城市所有开发区总和的12倍，是1978年上海市区的两个半。

当这块处女地枝繁叶茂；当她与全国最大的城市老上海联为一体，浦东会仅仅是浦东吗？

我们的先哲说，知往著来。深圳特区的建立，不仅使深圳"旧貌换新颜"，更使它依托的广州、珠海乃至整个珠江三角洲的经济突飞猛进。在中国巨龙尾部末梢徘徊了几十年的广东，一跃而为全国最富的省份之一。

十九世纪初，中国的茶叶和桐油源源不断从广州通向太平洋时，上海不过是一个方圆5平方公里的小县城。然而五口通商，独发上海。这就是马克思说的："让出五个新口岸来开放，并没有造成五个新的商业中心，而是使贸易逐步由广州移到上海"。（《马恩全集》第12卷625页）。

那么，继深圳开放后的浦东开发呢？很难说这是历史的相似还是历史的必然。可以肯定的是，上海正处中国南北海岸交汇点，第一大河长江入海处。以大上海为依托的浦东，正东是太平洋，大洋通向世界。北上苏锡常，南下杭嘉湖，富甲天下。旁靠黄金水道的长江，在中国大陆之腹部，一路奔腾数千里，纵横恣肆十数个省份，两岸百万人口以上的大城市占据全国一半！

无可替代的优越地理环境，给予上海浦东开发是同样无可替代的历史性重任：浦东带动老上海，上海带动长江三角洲大平原，而长江将要带动的，是整个中国的经济飞跃。

不是有着在每个角落随处可闻的"阿拉上海人"声音吗？

不是已经有了深圳特区的成功经验吗？

从美国的西部大淘金到中国的阿尔泰；从鬼使神差的麦哲伦发现新大陆，到真正兴起的印度寻宝热，人类历史上任何一次的淘金觅宝，其价值都超过了黄金宝贝的本身。上海浦东没有金矿珠宝，上海浦东遍地皆"黄金"。

多少年了，一路沉重叹息到长江、入东海的黄浦江，终于展颜而笑。

四

当开放、开发浦东这个字眼出现在千万人的嘴角喉间，浦东便告别了她宁静恬谧的田野牧歌。

有时候，"诗情画意"标志的是落后、蛮荒。

一去不返了。浦东热形成了世界范围的"温室效应"。

振臂云集。这面开放的旗帜打出不过短短的十几天，涌向浦东的各国工商人士便达300余批，千余人，来电来函无数；外电外报连篇累牍；各国驻沪领事纷纷"动作"。……

1984年，上海浦东一家叫做3M的工厂开工了。尽管是"外国独资"的"全国第一"，但并没有引起人多大的注意。它的意义似乎到了今天才被重新评估：上海以全面开放的崭新形象，热诚地欢迎外国朋友、港、澳、台同胞，参与并开发浦东。

但是，不会再有上海开埠的屈辱和辛酸，不再会有老上海繁荣的畸形，因为浦东是上海人民的浦东。4月23日，浦东开发领导小组成立，组长黄菊副市长介绍了开发的设想和初步措施；4月30日，朱镕基市长等召开新闻发布会，宣布开发浦东的十大政策；5月3日，浦东开发规划设计院成立。从150年前的被"打进来"，到150年后的主动"打出去"，换了人间。

万商云集，百舸争流。上海雄居亚洲的荣耀将不再是历史。

上海人是该好好骄傲一下了。

两个月前，中国的卫星城西昌，将一颗美国的卫星送上了无垠太空。运载这颗卫星的长征火箭，我国高科技、高水平的标志，主要产自上海。不光是航天，上海的钢铁、石化、飞机、轿车等已步入了现代化的轨道。上海的合资、独资企业已达700余家，成功率是98%，独占全国鳌头！

那一年，新加坡那位政绩斐然的总理先生访问上海。总理先生眼馋得差点流下口水：上海有1000余所研究院所，47万科研人员；51所大学，12万在校生，2.5万大学教师。群英荟萃，除了日本，堪称亚洲第一，能不让人眼馋？

何况，还有300余万尽可以"优秀"冠称的产业工人；还有12000万的人心所向；还有中央和全国的支持……便是浦东开发成功的依托。我们当然知道工程巨大，艰巨异常，需要跨世纪的几十年努力，几代人的踏实奋斗，但是，正如我们市长所言："上海——只有在上海人民自己手中振兴。"

五

有人说，二十一世纪世界经济发展的中心，将是亚太地区。

也有人说，世界经济的重心仍在欧美。

不论此说那说，世界经济发展的区域化、集团化新格局已趋形成：美加自由贸易协定的签订，西欧共同体大市场的成熟，日本牵头与亚洲四小龙渐成集团，东盟五国抱成一团。

态势是严峻的。

在面临新挑战的时候，中国的上海明确了自己的历史方位：开放，在开放改革中奋起。

浦东大开发。

东进，东进。序曲如雷。

（1990年6月5日与范幼元合作）

遍地英雄下夕烟

——写在毛泽东百年诞辰之际

你也会有凝重的历史感，到了韶山，在万籁俱寂的夜晚。

你也会听到山呼海啸。整整一百年，风云际会，天地翻覆。

月光下，峰岭肃立，松柏如墨，毛泽东故居前，一泓秋水如镜。

默立留连夜半，择路归。过韶山旅游纪念品商场，商场两边数不清毛姓餐馆饭店，几处灯歇，几处却灿白如昼。旋被"毛伟餐馆"主人拉进堂内。我们言，不吃饭，想聊天。

"要得！不吃饭，也欢迎；来韶山看毛主席的人，我们都欢迎！"

店主毛远霞，递上名片：43岁，韶山冲人，当过兵。

热茶，瓜子，花生，还有主人自酿的酸甜米酒。西边墙上，一大幅毛泽东像，另有两幅上海繁华的风景照，一为外滩，一为展览中心。主人说：上海，远；上海，好；没去过。

赚了钱去上海，我们怂恿。店主的妻子说得情真："赚了钱先去北京，去看纪念堂里的毛主席；我们夫妻俩，还有两个男娃。说好了，明年。"

毛远霞长长地喷出一口烟，说："也真想去上海。不去玩，想赚钱。"

妻子怪嗔丈夫，"白日一个梦。"

丈夫则抬眼定格墙上那两张"上海风景"，憨憨地笑。

静夜中的韶山冲，满是纯朴满含憧憬的韶山人，令我们怦然心动。

据说，1959年6月25日，毛泽东回故乡，也在这样一个静夜，观韶峰隐隐，闻韶河潺潺，思绪万千，诗情泉涌，遂挥毫写下颂韶山、颂人民创造历史的《七律·到韶山》。转瞬，"故园"又过三十四年。今日韶山，正逢毛泽东百年诞辰之际。

伟人已逝，韶山日新。

日新月异的韶山，正崛起新一代韶山人——

一

韶山美，美在韶山冲。

韶山冲蜿蜒曲折，南北长约5公里，呈狭长山谷，水清清，树葱茏。

韶山冲的中心区域是韶山村。韶山村现任党支部书记是48岁的毛泽武，人长得短小精干，身着一套灰色西服。

知情者这样介绍毛泽武：近年来，带领全体村民艰苦创业，先后办起建筑队、饭店、旅游服务部、饮料厂、纪念表厂等9个村办企业，现在全村工业产值和利润为1978年的约80倍，年人均纯收入从原来的200多元剧升为1500多元……

听得毛泽武反不自在，"和自己比，过得去；和别人比，差远差远。"

谁谓"别人"？深圳啦，上海啦，沿海好多的地方啦。

韶山人承认自己"落后"？过去绝不是这样。过去的韶山人，除了自豪感，就是优越感——毛泽东的家乡嘛！81年搞联产承包责任制，分田到户，农业集体经济在韶山市名列前位的韶山村一片"想不通"，一个月内开了三次支部党员会，学红头文件一遍一遍就是换不过脑子，最后是在"错误的也执行"的无奈心态下分了农田分了农具分了耕牛。分田的迟缓还被上级领导戴上一顶"思想僵化"帽。尽管当时他们不服。

风风雨雨行一路，蓦然回首星转斗移。

81年至83年，韶山村农业经济上了一个台阶；84年至88年，工业在农业稳定发展的基础上迈开脚步；89年至今，工业和第三产业发展比重不断攀升，目前已占全村经济的近80%。毛泽武总结："这是跨了三大步。"而最早的一步，确实是"鸭子被逼着上了架"。

毛泽武现在在实践中悟出一条：抓住机遇就是市场经济。

今年一月，湖北黄冈地区一家三资企业内的负责人到韶山，向韶山市有关部门提出：想在韶山合资生产纪念毛泽东百年诞辰的挂表。毛泽武闻讯，道："好信息呀！"忙把湖北那搭子人恭敬请来。一谈甚投机，于是，他带班子几个人急赴湖北等地做市场调查。调查结果是：前景光明，年销售至少达3万至5万只。早一天投产多一分收获。毛泽武毫不怠慢，签协议，投资100万元，修造厂房460平方米，策划纪念挂表图案。一切紧锣密鼓。三个月后，一幢新楼拔地而起。今年5月，工厂正式投产。那厂名是：韶山冲钟表工艺厂。

这机遇抓得神速抓得准。挂表至今销售了多少只？5万只。毛泽武为我们掐指一算：今年可销售到10万只。单这纪念挂表的产值，村里就得500万。

毛泽武知足否？他说他去过江苏华西村，深圳南岭村，"嘿，咱没法和人家比！"问他下一步做什么？他脱口而出："到上海！"上海有家跨国公司，也想和韶山村合资搞项目，还邀请他到上海参加个"招商引资新闻发布会"……

到市场经济的海洋里去畅游，韶山人看到一片全新天地。

二

都说，58岁的彭福民是韶山市的"首富"。近5年来，他领导的韶山市第二工程公司年年产值均超千万元，1992年产值高达3500万元，利税203万元。公司建筑质量连续5年一次交验合格率100%。

生于韶山、长于韶山的彭福民，其经历独特而不平坦。

彭福民人生的第一次"辉煌"是在1957年，那年他22岁整。当时，担任韶山团组织负责人的彭福民作为湖南代表到北京参加全国团代会。那天，一位讲普通话的人寻到他，轻声道："首长想见你，请跟我来。"不容彭福民细思，便随那人乘车七转八拐到一处地方，踅进一间小客厅，然后默默坐等。不一会，一个伟岸的身躯步入厅来。彭福民弹簧般蹦起，又惊又喜叫出声："毛—主—席！"

被毛泽东单独接见，太荣幸。原来，当毛泽东得知参加团代会中有个韶山小老乡，顿生思乡情，特要工作人员将彭福民请来。毛泽东见到彭福民，用宽厚的大手拍着他的肩膀，道出浓浓的乡音："小老乡，今晚我作东，在喀里吃夜饭。"在餐桌上，毛泽东慈父般亲自为彭福民夹菜，还道出一句句语重心长的话。彭福民记得最清楚的那句是：世界归根到底是你们的……

一度，作为"最幸福的人"他被人人羡慕。然而，到了"文化大革命"，担任韶山建筑工程队队长的彭福民竟然反对跳"忠字舞"，于是，"最幸福的人"立贬为"走资派"。

1979年，彭福民终获"解放"。在"走资派"的艰难岁月里，他没浪费一分钟，苦读专业书本，终于拿到经济管理、企业管理、建筑专业三张大专文凭。他说他最苦的时候也记着毛泽东的那句话：世界归根到底是你们的。

这句话促使他总要做出点"超越常规"的举动。

79年走马上任韶山市第二工程公司总经理时，彭福民就亮开嗓门一遍遍道出奋斗目标：冲出韶山，走向省内外。可当时公司年产值仅10多万元，固定资产不足5000元，那口号岂不是个"空心大气球"？他还说，企业一定要依靠科技，勒紧了裤腰带也要搞智力投资。公司多少人对此一片怨气，"企业连工资也发不出，还搞啥智力投资？！要有钱，不如多发几个！"

彭福民我行我素。

　　结果，10多年来，公司智力投资近80万元，到湖南大学、北京科技大学、湘潭矿冶学院、中国农业函授大学深造毕业的大学生多达170余人。"勒紧裤腰带搞智力投资"结出丰硕的经济果实：1987年以来，公司多次被评为企业管理先进单位、质量管理先进单位、科技示范企业等。公司现辖9个分公司，35个施工队，建筑任务跨越两省五市。而彭福民本人，也荣膺全国优秀建筑企业家，省、市优秀企业家。

　　彭福民再度"辉煌"。再度辉煌的彭福民递上他别有韵味的名片：那高级工程师、总经理头衔的"背景"，是毛泽东故居的剪影……

三

　　未到韶山，早已闻知，韶山冲有片中外盛名的去处，——毛家饭店。饭店女老板是60开外的汤瑞仁，大名鼎鼎。

　　毛家饭店的位置在距毛泽东故居50米的谢家屋场，前眺毛泽东故居的清清池塘，放眼可观毛泽东故居后的翠竹青山，可谓"市口"极佳，生意一派红火。中外游人到韶山，必登店入堂，或品酌韶山冲味浓香辣的菜肴，或览毛泽东故居及四围灵秀风光。

　　一张巨幅照片，挂在店堂中央墙壁。这就是在全国家喻户晓的毛泽东回故乡的照片：毛泽东手指夹烟，慈笑端坐，和韶山几位"最幸福"的乡里乡亲拉呱家常；时间在1959年6月26日，地点即在当时辟作村里公家食堂的谢家屋场。当时28岁的汤瑞仁，站在照片的左首，望着毛主席，幸福得笑口难合；她的右手臂弯，抱着个五、六岁男娃……

　　男娃是汤瑞仁的儿子毛命军。

　　而今，37岁的毛命军洒脱地和我们见面握手。

　　问毛命军：毛主席那年回故乡，还和你"谈了话"，你可记得？

　　毛命军听了一展笑颜。"谈话"其实就这么两句——"你叫什么名字？"当时毛主席把他抱起来，问。"毛命军。"他答得认真。"毛命军——你也想当革命军人吧？你家里是光荣的军属户哩。你爸爸在外头保卫祖国，妈妈在家里生产劳动。"毛主席这样逗着他说。

　　毛命军以后真的当上了"革命军人"。参军那年他年仅16岁，参加过1979年自卫反击战，任某部尖刀排排长。战时负过伤，战后立下集体一等功。在部队他整整干了17年，17年中最令他自豪的是他组织了全军唯一全部由年轻战士组成的铜管乐队；这支乐队曾受到总政治部通令表彰。他官至广州军区军乐团团长，一人能熟练使用民乐、管乐、键盘等30多种乐器。这实在令许多人惊讶钦佩。

毛命军现在想做什么?

"到北京去,开个'毛家饭店'分店。"

好大胆。1984年毛命军的母亲汤瑞仁用1.7元做本卖起绿豆汤,有人说她资本主义冒芽,大胆。1987年她又在自己的土墙房子里开出韶山冲第一爿个体户饭店——毛家饭店,又有人指着鼻子说她:你在毛主席的故居前摆饭摊赚钱,对得起和你一起拍过照的毛主席吗?!说得她哭。哭完了继续干,一直做到中外客人把毛家饭店看成韶山改革开放的"景观"和象征。

再问毛命军:毛家饭店开到北京,啥个"动机"?

一语惊人:"让热爱毛主席的人吃上毛主席喜欢吃的菜!"接着又坦言,"也为了宣传我们毛家饭店。这么一来,毛家饭店走出韶山啦。"

37岁的毛命军带着母亲的心愿和自己的勇气,将要去北京。他说他要出去闯一闯,试一试。他希望他的饭店和他过去在部队组织成功的铜管乐队一样——高奏凯歌。在北京的和平街,面积约360平方米的毛家饭店将矗起醒目的标牌。饭店会有毛泽东喜欢吃的韶山茶,有毛泽东喜欢喝的家乡米酒,有毛泽东喜欢吃的酸辣的家乡菜。对了,饭店里客人饮的水,都是韶峰上的天然矿泉水,饭店烧菜服务的人员,都是毛命军带去的"正宗"韶山人……

四

韶山的夜很静,韶山的夜有时又不乏热闹,电影院放夜场电影,卡拉OK厅里时时传出《太阳最红、毛主席最亲》、《黄土高坡》等歌曲……

那晚我们步上韶山宾馆三楼"红杜鹃舞厅",在五彩闪烁的灯光中,男女舞伴随着时而欢快、时而柔慢的乐曲翩翩起舞。

34岁的张旭瑀就在这时出现在我们面前,端庄的脸带着微笑,递上茶水、点心。

我们想采访一个普普通通的韶山人。我们想她就是。

"我是韶山人。可我——原来不是。"她的口音,浓浓的"京腔"。

"你是北京人?"

"我还是上海人。不信?讲句上海话你们听听:阿拉到啥个地方去白相?"

奇了。她的叙述更奇。

她家在北京。北京首钢是她和双胞胎妹妹的出生地;她的外婆住在上海,两个长得一模一样的姐妹一起在上海外婆家住了11年。1976年,她和妹妹作为回乡知青,又一起到父亲的老家韶山。1979年,知青返城风盛刮,父母亲要姐妹俩回京,可这双胞胎姐妹一商量,竟然联袂表态:不回北京，就在这里"落户"了。当年她俩年龄19。

为什么？说不清为什么。就是这么一种感觉，韶山山美、水美、人纯朴。比上海好，比北京好。

张旭瑀1983年嫁了个韶山冲人：毛光明。当时毛光明家一贫如洗，母亲病重，毛光明下有三妹一弟。结婚时全用她的钱，她乐意。她图毛光明什么？图他人好，图他人聪明。"他什么都肯干，他什么都干得好呢。"她真心赞赏他。

在韶山宾馆，张旭瑀是故园一号楼和宾馆三号楼的领班主管。爱人毛光明也在宾馆工作。他放过电影，搞过制冷水电。91年宾馆改革搞承包，毛光明和另外三个人大胆承包经营起宾馆的一家饭店和商店，经营两年，每人分到几万元——发财啦！去年又承包宾馆的电影院和红杜鹃舞厅（这天晚上张旭瑀就是下班后为丈夫"打工"），经济效益也蛮不错。家里进口彩电、录像机、音响、全有；今年刚添了套6000元的家具，进口的热水器刚装上。对啦，丈夫这些天老和她嘀嘀咕咕"谈判"：要去买回一台摄像机……

到韶山，嫁了毛家的人，张旭瑀说她就成了个真正的韶山人。日子过得再孬，日子过得再好，她都以韶山人自豪。当然，这两年韶山的变化叫她又惊又喜。她说她最最激动的是看到那么多的人到韶山来。她清清楚楚记得去年的3月8日和5月1日，那两天来瞻仰韶山的人都有近15000人，整个韶山，从毛主席旧居到毛主席解放后归来居住过的滴水洞，沿途4公里，人如山，人如海。那两天，张旭瑀说，她都激动得掉了泪。

爱韶山，爱家乡。这是张旭瑀说的最后两句话。

写不完，不断创造新生活的韶山人。

1893年12月26日，一代伟人毛泽东诞生在钟灵毓秀的韶山冲，从此，在中国，韶山和毛泽东成为永远联系一起最响亮的名字。

三十四年前，毛泽东以诗颂扬养育他的韶山及韶山人：喜看稻菽千重浪，遍地英雄下夕烟。

新一代韶山人，正开始第二次"创业"和"长征"。

韶山自古出英雄。

韶山今日英雄多。

（1993年11月19日）

走马以色列

报纸，电视，广播，我们几乎天天都能耳闻目睹"以色列"：在打仗，在冲突，内部激烈的派别之争，超级大国穿梭外交的核心地带，战争与和平在其"悬崖"边角逐。总之，全世界瞩目，亿万人吊胆提心。

这就是以色列的全部？

除了被"炮火"遮蔽的以色列，还有没有它的"另一面"？我们几乎一无所知。终于有了一次难得的机会，走进以色列。

10月13日，我们中国科技记者代表团一行6人，乘以色列航空公司航班，经10小时15分钟长途飞行，于以色列时间凌晨3点，准时降落本一古里安国际机场。"谢隆（希伯来语：你好）！"迎接我们的是以色列的科技官员罗恩，一个30岁上下文质彬彬的年轻人，他的欢迎词是："你们来之前几小时，以色列下了雨季来临的第一场小雨。在干旱的以色列，雨比油还珍贵。所以，这是你们从中国带给我们最珍贵的礼物。"

走进以色列，是黎明前的秋夜，地中海的凉风习习侵肤，风驱云散，星月悬空。

一

绿树、鲜花、碧绿的大片草坪随处可见；各种果树、长势良好的庄稼触目而来；家家市民的窗户阳台，盆景花卉红绿黄紫盛开……

令人称奇。以色列，一个地中海东岸的"袖珍"小国，一半以上为沙漠，雨水甚少，全国百分之六十为干旱地区，百分之五十的国土降雨量少于150毫米，地表淡水严重匮乏，人年均用水仅为360立方米，按国际标准，属最贫水国家之一。但这个沙漠小国却为你呈现出丰富多彩的"色彩"：粮食，除几乎自给外，每年还出口价值10亿美元的新鲜食品；其种植出口的柑桔，名扬欧美市场；在西欧，以色列出口的繁多质优的花卉使世界第一花卉出口国荷兰也受到"挑战"；西欧市场上，每4个柚梨中，就有3个是从以色列进口的……

如何使"贫水"到"有水"？一言概之：开源节流。以色列共修建水渠300多公里，铺设输水管线4200多公里，将北方的水向南部的沙漠地区输送。用计算机控制的滴灌技术，一棵树一个"水龙头"，一垄地三只"淋喷头"，定时定量程控灌溉，滴水不外漏。以色列创造了世界奇迹，在一些沙漠地区，其棉花单产竟超过了土质肥沃的美国加州，花生单产更是美国的5倍。

以色列人很"谦卑"，知道我们从中国来，许多人如是说："中国，very very large（非常非常大），以色列，very very small（非常非常小）。"在希伯来大学农学院，前院长阿伯让·阿瑟教授更是边比划边风趣而言："从地图上看，中国可以把我们以色列一把揣进口袋里。"

但以色列人却又感到自豪，为他们农业和科技的非凡成就。

在著名的以色列农业研究院，以色列科学家的创新精神可窥一斑：为了培育出既抗病毒又高产的小麦品种，他们"上下求索"，踏勘了以色列全境，寻访到上千种野生小麦，这些野生小麦有的具有抗病毒性，却产量不高，有的产量高，则抗病毒差。于是，对其进行千百次筛选，再通过遗传工程使其"杂交"，改变各自的成分。经过无数次试验，终于研制成功高于原来小麦品质几倍的优质小麦，且这种小麦的生长期短，省工省时。再如对西瓜的研究，也有一股"语不惊人死不休"的精神。缘于苹果等高糖高酸水果的启发，有关研究人员突发奇想：要研究出一种高糖高酸的西瓜！于是，用野生的各种高酸的西瓜拿来研究，并和"家养"的高糖西瓜进行遗传杂交。经过反反复复的实验，这种怪味独特的高糖高酸西瓜"呱呱坠地"了。

在位于内盖夫地区的本－古里安大学，我们吃惊地睁大了眼睛，它是建立在原本一片沙漠之上！开放式的校园，一处处富丽堂皇的建筑呈沙漠的灰黄色，宽阔整洁且绘成各种图案的大广场，一处处绿色草坪起伏高低，各种绿树花卉生长得郁郁葱葱，校园里还有一条条人造"小溪"，清亮亮的溪水在脚下汩汩流淌……

1967年建立的本－古里安大学，一开始即以沙漠地区为重点的"战斗对象"，科技人员的目标是：要在沙漠里"聪明地定居"。比如，研制和安装太阳能集热板，以利用沙漠中充足的阳光；将果园和渔场结合成一体，以利用积聚在沙漠下蓄水层中丰富的水资源；用遗传工程改造植物，以便使其"在沙漠之国茁壮生长"。

而今的以色列，还缺不缺科技人员？据统计，今日以色列，每万名居民中，从事研究开发的科学家和工程师不少于135人，比例大大高于美、日、德等发达国家，高居世界之首。在农业技术、电脑软件、电信、医疗设备、生物技术、环境保护技术等高技术领域，以色列已在世界上确立了领先地位。500多万人口的以色列，仅工业产品的年出口额就达200亿美元。然而，以色列人不满足。至少，本—古里安大学的校长绝不满足。他说：以色列全国工程师的缺口是5000人，而现在，全国每年仅600个"工程师"毕业，所以，他们要"大干快上"。

一个追求高科技的民族，一个渴求人才大量"繁衍"的民族。

二

我们来到一家据称在特拉维夫"低档小街"上生意做得很红火的特色饭店，店门外一片暖色的霓虹灯灿烂夺目，不宽的街上停满顾客的小车，显示这饭店的"兴隆"。陪同的罗恩介绍，饭店，是一家从也门归来的犹太移民开的。

进入店门，环顾四壁，却实在有点令人"触目惊心"：在装潢考究的墙壁上，悬挂着一幅幅照片，照片既不是特拉维夫美丽的地中海沿岸风景，也不是浓墨重彩的高雅油画，更不是佳丽们的迷人画像，而是一幅幅生活极端贫苦的"底层人物"的实景照！那张十分素朴的年轻夫妇的结婚照，因年代久远而泛黄，那几代十几口人局促于陋室一隅，破败的床，开裂缺口的瓶瓶罐罐，历经风霜的老人形色黯然地枯坐床沿，骨瘦如柴的孩童瞪大着饥渴的双眼……

室内考究的装潢和"破败照片"的巨大反差向顾客昭示什么？事情如此简单：那照片，就是这家从也门归来的犹太移民"历史生活"的真实写照。不讳忌过去的"贫困"，反而把过去的"贫困"昭示于众，这需要勇气。

不仅昭示以往的"贫困"，还要昭示在他乡异地恩赐于他们的独特的生存手艺。于是，这家饭店，自然是"也门味"的。

先端上来的，是一小盆一小盆调拌成泥状的各种菜肴：西红柿，土豆，辣椒，酸菜，还有其他叫不出名的食物，紧接着端上桌来的是用小竹篮装的烤得热乎喷香的面饼，年轻的招待便来热心地教你：把泥状的各种菜肴按你自己之喜好混合调拌于空碟中，再将面饼一块块撕下，面饼就着混合调拌的菜肴即可使你大快朵颐。咬一口，清新香辣别有风味，再咬几口，也觉得味道甚是鲜美，甚至觉得世界上除令华人洋人倾倒的中国菜外，这"也门味"的以色列菜也属上品。

"也门味"的饭店菜肴，仅是从全世界各处归来的犹太移民带回来的诸多餐饮口味的一种。

以色列的菜肴，据说是全世界最"丰富多彩"的。这是因为，一个多世纪来，散居世界各地的犹太人大批归来。在此之前，他们在各所在国家已长期生存，并和各地的风俗习惯、生活方式"水乳交融"。他们回以色列后，自然保留一个个所在国的饮食口味，并欲将它们"发扬光大"，于是，一家家口味截然相异的饭店在以色列应运而生。

现在的以色列，犹太人主要来自世界何方？19世纪末20世纪初，一批批欧洲、南北美洲、南非及澳大利亚的犹太人后裔来此，构成了其建国前的主体社会力量（以色列建国于1948年）；此后，荷兰、意大利、保加利亚、希腊和中东、北非的犹太人后裔也纷纷"登陆"该地。最近的一次大规模移民即来自东欧与前苏联：70年代约有10万人移居，1989年至今，又有50万人成为以色列的新国民。

移民至以色列，自然不限于"菜肴的多样化"。新移民中，有许多受过高等教育的专业人才、著名的科学家和声誉卓著的艺术家，他们的技艺和才智，为以色列的经济、科学和文化生活"添砖加瓦"。

多样化的统一，高质量的"集约"。

三

这是一个傍晚，我们来到司机尼尔森居住在耶路撒冷的家中。尼尔森一家住一套质量不错的公寓房，有两间大客厅，三间大小不一的卧室及两个卫生间。

在以色列近一周，为我们开车的司机始终是37岁的尼尔森。尼尔森1米8的个头，相貌英俊，体格壮实。他的中文水平就是这两句：谢谢，不客气。翻来覆去地说，以表示对我们的友好。

到他家的前一天，我们在车上闲聊。尼尔森告知我们：他开车其实时间不长，过去他是在"基布兹"里采栽棉花的农民。什么是"基布兹"？"基布兹"是希伯来语，意思就是集体农庄。"基布兹"在以色列农村已经延续了许多年，主要以农业生产为主。而今有百分之二点四的以色列人生活在270个"基布兹"里。在那里，财产和生产资料属公有。"基布兹"成员在其中的各部门工作，而食堂里的日常劳务则是轮流分担，"基布兹"向其成员提供一切必需品：如房子、车子、家具等等。对了，除这外，"基布兹"还每月向每个成员发200美元的"零用钱"。有活大家干，有肉大家吃，有钱大家花。

我们说，哦，这已经够"小康"的啦。

尼尔森摇头。他说现在不少年轻的"基布兹"成员不安心啦，说在"基布兹"赚不了大钱，要到城市里闯荡一番。要有自己的房，要有自己的车。而他，就是不安心的一分子，走出了"基布兹"。

到城市里可是发了大财？

尼尔森笑答：哪里，哪里。他妻子是护士，他开车，一月拼命干，两人收入8000美元。

8000美元够多啦！

据我们了解，在以色列，一般工人的月收入，约在1400美元左右。在采访中，对一些科研人员的"随意调查"，月收入也在3000至4000美元。

尼尔森却说钱不够。买房要钱，买车要钱，养三个孩子要钱，医疗保险要钱，买来的两辆车保养要钱，还要交这税那税。耶路撒冷的生活费好高，压力太大。就说他1990年用19万美元买的这套约150平方米左右的公寓房，分期付款了近6年，还没付清。至今，他和妻子还没踏出国门旅游过呢。所以他妻子现在老是和他唠叨：要回"基布兹"。但他不可能回去，他要奋斗下去，所以他对妻子现在的态度有这样一句评价："问题总是出在女人身上。"

在尼尔森的家时间短暂，却得知这个以色列家庭，或许也代表许多的以色列家庭的生活：富裕而尚不稳定，美丽温馨还要伴随艰辛的奋斗。步出尼尔森的家，他说，等明年，或者再等一年，他就有能力换一套更好的房子，再几年，他要把钱赚到使妻子在家"休息"……

也是从"基布兹"出走的罗恩告知我们："基布兹"在以色列建国初期的定居、移民、农业等等方面都发挥了中心作用。"基布兹"近年来确实在走向衰落，据说，现在的"基布兹"也开始注重自身发展和强调个人成就，允许其越来越多的成员到外面工作，同时，"基布兹"也雇佣了大量的非"基布兹"成员来工作并付给他们薪酬。

尼尔森的变化，折射出以色列社会的"裂变"。

四

四周先是一片漆黑，人一下失去了方向感，下意识地伸出手要去抓握有依靠的东西，抓不到。便听声音凭直觉紧跟前一个人的脚步，摸索向前。忽然，上下左右亮起千万支小小的烛光，荧荧的烛光宛如夜空中数不尽的星星，向四周延伸，向无边无尽的宇宙延伸。耳边，开始响起异常沉重缓慢的说话声，那是在读一个个孩子的名字，一个个在二次大战中被法西斯屠杀的犹太儿童的姓名。一支小小的烛光，就是一个小小的生命……

无法诉说此时沉重与震惊的心情。这是我们在参观以色列大屠杀博物馆儿童纪念馆的耳闻目睹。纪念馆其实不大，无边无际的烛光的效果，是由馆内周遭的透明玻璃、玻璃内的一层层一支支蜡烛以及除烛光外就是黑暗所共同营造出来的。

没有墓碑，没有逝者的照片，但几乎每一个走出馆内的参观者，男女老幼，都泪眼莹莹。

二次大战，犹太人共600万人惨遭屠杀，其中，150万名儿童。以色列的大屠杀博物馆，还分图书馆、教学中心、研究中心、档案馆。仅图书馆，就有8万本专门撰写大屠杀的书籍，档案馆收集了8000万件档案。

犹太民族遭受涂炭的最黑暗之日，也是全世界人民大力救助该民族之时。现已查证到的，就有9300多个世界各地的非犹太人救助了无数个犹太人。为此，在大屠杀博物馆前有一条"利国正义人的道路"，路边，种着无数棵树，一棵树代表一个救助犹太人的"正义者"；树下，有一块小小的方形字碑，表示以色列人对他们的深深感激。在这里，我们很容易就找到了那位闻名于世叫"辛德勒"的树和字碑，树下碑旁，安放着几束美丽的鲜花。据说，辛德勒的树下，鲜花几乎每天不断。我们还看到了一艘只能乘坐三四人的小船，那小船，是丹麦的。就是这艘小船，在当时救出了600位犹太人安抵一个中立国。就是用这一艘艘小船，丹麦人救助了当时丹麦全境8000个犹太人中的7500个。

一个叫苏珊的以色列中年妇女对我们说，以色列人感谢中国，中国人民在当时也救助了无数个犹太人。她知道上海，上海在两次大战期间，使两万多犹太难民在此"安身立命"。苏珊说，以色列人民深受法西斯的痛，深受战争的痛，以色列人民不要战争，要和平。

五

在希伯来大学农学院，我们走进以色列知名教授阿瑞尔·阿特曼的实验室，迎接我们的竟是一位中国姑娘，操着一口流利纯正的京腔。她是来自北京林业大学的中国留学生王望霞，33岁。

他乡见老乡，一片惊喜：中国在以色列有留学生？！

王望霞对我们说，她到以色列来留学，已经是第二次了。第一次是在1993年底，参加中国、德国和以色列三方合作的一项农业分子生物学的科研项目，此次是来攻读博士。丈夫也已结伴而来，在以色列教授太极拳，许多以色列人真信，拜他为师。

其实，在以色列，中国留学生真是不少。魏茨曼科学研究所，特拉维夫大学，海法大学，本－古里安大学，到处都有。学生来自中国的全国各地。

在这里学习生活，别有一番"滋味"。来自北京遗传研究所27岁的张健说,他在魏茨曼研究所搞小麦基因转化的研究已有两年,导师说他"初有成果",很满意。他现在一个月1000多美元奖学金,爱人也在他一个系,奖学金拿得和他相等。他们住学院的公寓房,便宜,花一半的钱,还可以积一半钱。前一阵,妻子生下了孩子,整个实验室从"老板"到同事给他们"扶贫帮困",买了200美元婴儿用的物品,使他们在国外感受到了"温暖"。从南京来的33岁的叶斌,却对以色列的高消费高物价留下"深刻印象":"这里的猪肉,是国内的8倍;豆腐,是我们中国的30倍!一个月的房租,要550美元。"

在以色列读书,安全不?都说,一开始有心理压力,家里也三天两天听风听雨就问。以后习惯了。几年都没点事。毕竟处在"世界政治风暴的中心",然而中国留学生们"两耳不闻窗外事,一心只读圣贤书"。这里是安全的,至少在大学和科研所,有那么点"世外桃源"。

在以色列的中国留学生有多少?有人对我们说,400到500名,有人说,哪里止,起码700。

在以色列,还有我们原本不知的另一群中国人:劳工。在以色列,遇到的劳工有来自江苏的,有来自河南的,几乎都干建筑。他们对我们说,在以色列赚钱,难。两位河南劳工到此一年零两个月,一共只得4万元人民币,而这一年的时间里干的活,远远超过国内的强度。在他们工作期间,许多"难以承受"的劳工曾一一被打发回家。

又一个听起来难以置信的数字:中国近年来在此的劳工,有5000左右。

六

走进走出以色列,匆匆。

10月17日,以色列时间晚上10点45分,我们要乘飞机离开以色列回国。在本—古里安国际机场,登机前乘上一辆机场大巴。一对70多岁的以色列夫妇在我们之后上车。那老夫笑眯眯瞪眼望我,忽然吐出一句汉语:"你好吗?"惊喜。老人随后说,他是出生在中国的哈尔滨,读中学在天津,在上海待过两年。1946年才回以色列。几十年啦,想中国啊!这不,他现在带着他的老妻,去看看据说"变化很大很大的故乡"。

记得来以色列登机前的那晚,在首都机场候机室,遇一位退休的以色列电子工程师,他说他十几天里到了两次中国。第一次是随旅游团到中国,走了许多地方,令他惊喜万分。可就在参观北京天坛时,下了雨,看天坛看得模糊。他遗憾,并"立志"此生一定要第二次到中国看天坛。之后他去了韩国。旅游团回国时,他却毅然脱离"大部队",再次到北京,终于，看到了"阳光灿烂的天坛"，了却此生一大心愿。

　　陪同我们的罗恩说，许多以色列人，都对中国向往，都要到中国去。"中国，21世纪会成为世界上最最重要的国家。都说，到中国去任职，发展前途大，回来会获晋升的。"

　　都笑起来。

　　飞机飞离以色列，由西向东，仅三个多小时，天地就亮堂起来。

（1996年11月2日）

天　职

　　74岁的郑能钗走投无路了：妻子李香妹前两年患卵巢癌，开刀手术，流水般花钱，光凭两位老人800来元的退休金和子女的有限接济，实在是杯水车薪。及至今日，医院又告之：李香妹需化疗，否则前功尽弃。医疗保险只解决3000元，其余3400元要自己支付。老人所在单位困难多多，再无余力襄助。上天入地寻钱？！李香妹绝望：不化疗了，不烦家人了，不烦国家了！总不能眼睁睁等死呀，邻居看不下去，说："去找咱区里的'救助中心'试试"。郑能钗老人将信将疑地来到卢湾区市民求助中心。接待的同志耐心地听完老人的一肚子苦经，和蔼地宽慰道：过几天你来听回音。此后的5天里，"求助中心"的工作人员不知打了多少个电话，先后和7家单位和部门联系，一遍遍动情诉说：救死扶伤，革命的人道主义，何况人家是为国家的纺织工业做了一辈子贡献的老工人老功臣啊！感动了一个个"上帝"。5天后，郑能钗一早再到求助中心，工作人员喜笑颜开地告诉老人：下星期一，你们居委会的党支部书记亲自陪你老伴去住院，无偿捐助的钱到位啦！老人闻言，简直不敢相信自己的耳朵，回过神来号啕大哭，哭着要跪……

　　此处是何方"神圣"，竟有这般的法道？！其实，这样的故事，在卢湾区委、区政府办的市民求助中心，"流水似平常"。

　　位于上海瑞金二路410弄内的卢湾区市民求助中心，是卢湾区政府以450万元全额投资建设的"爱民工程"，它在上海首创了这样一种政府为民服务的崭新形式，即：由政府搭台、以民政牵头、请社会共同来唱戏；它一年365天全天候面向全区百姓，24小时昼夜接受市民咨询求助，"有求必应，有问必答，急事急办，不踢皮球"。运作仅一年半的"中心"，应急处理了近两万个求助电话，无数位求助者满意而归。中心的电脑网中存储了全区23000个帮困对象，其家庭结构，其困难状况，工作人员了然于胸。徐匡迪市长到此视察后，连连称赞："好！"

一

听说记者要来采访，女工王兰芬特意请了假，匆匆赶来"求助中心"。面对我们的王兰芬，脸上洋溢着夏日阳光般的灿烂。但半年多前的王兰芬全然一副颓丧，她被不幸生活所击垮，疲惫，憔悴，绝望，黄梅雨天般地流泪不止。

命运对她不公：作为"老三届"，她曾在安徽淮北"战天斗地"十年，回沪后结婚、生女。一度，生活的旅程虽有颠簸，总体尚属平稳运行。但7年前，生活给了她沉重一击：丈夫突罹患恶疾去世。雪上加霜，当年满45岁之时，她所在企业的"结构调整、减员增效"使她成为一个"待退休"者。生活的小舟驶入"险恶水域"。

发了疯地去寻找工作，为了这个难以支撑的家，为了尚未"出道"的女儿。女儿在一职校读书，一年光学费就2000元，书杂费近千元，待退休女工不堪重负。那次女儿学校组织春游，需100元，翻箱倒箧，哪有这100元的"额外支出"？那就不春游了。但老师同学坚决不允，说好好的集体少了个人就是万宝全书缺只角，绝对不作兴。于是老师同学募捐，几分钟"解决问题"。孰料倔强自尊的女儿不领情，不去。老师找到她，请她这个母亲做"思想工作"。回家，她和女儿谈，一谈，母亲的泪，女儿的泪，止不住，流一处。

寻了半年工作，只寻到过一次，是在一家丝织厂做清洁工。但做了没几日，人家要解决本厂职工的就业，自己碗里的粥也匀不过来，只能辞去她。被辞的王兰芬对女儿说过这样的话："妈不要你了，妈养不活你！"

卢湾区市民求助中心所属职业援助中心的张善珍，一位普通工作人员，听完不幸者的诉说，并未多言语，抓起电话就和区各部门单位联系。上午联系未见效，张善珍对王兰芬简单说一句："勿要急，下午侬再来。"下午来，会有什么好结果？王兰芬不抱多少幻想：半年托尽了人跑断了腿不见踪影的工作，中心大半天就"了断"？下午到中心，张善珍竟对她说："快去卢湾区体委，人家要相侬面！"撒腿奔体委，一番"面试"，对方甚满意，通过！

事情却未到此"了断"。

王兰芬尚有一心病：女儿的"遗属费"。遗属费由去世丈夫的单位上海焦化厂出，每月90元。可这笔钱有截止期：女儿16岁整。"无情"的截止期眼看到来，王兰芬好急：她和女儿的生活，少不了这"过日脚"的90元！自己和丈夫单位谈，怕人家回票一打没商量；想请求助中心出面相商，又觉着人家不烦你这"分外事"才怪。终于有一天克制不住在张善珍面前漏了风。张善珍听罢又只说一句："阿拉去争取。"争取的结果，焦化厂有关领导爽爽气气：延长。不但延长，还从90元增加到140元。

帮人帮到底，救人要救活。如今的王兰芬，用她自己话说：党和政府救了她，使她今天开开心心，身体健康。最重要的，是对生活有了信心。"人胖了，重了10斤！"说到此，王兰芬笑出声。

求助中心对求助者的态度：绝对不允许"踢皮球"。中心自有强大后盾：区政府、区各个职能部门、街道居委会、覆盖全区的服务机构等等，合力形成治愈社会疑难杂症的"天罗地网"。于是你便能理解，王兰芬再就业之事何以"速战速决"。

但"速战速决"决非得来全不费工夫。有个叫刘文祥的居民，40岁，父亲死，母瘫床，夫妻又双双因企业破产下岗。刘文祥那天到中心，情绪激烈，嗓门冲天：老婆带孩子跑回娘家，要离婚。社会让我没饭吃，无路走，我怎么办？！怎么办？中心默默地一家家为他联系，为他跑，跑了6家，被回绝6家。但跑的过程，却也是刘文祥逐渐"消气"的过程，他理解政府和中心的苦心苦意了，"别再为我跑了，我太不好意思！"不好意思也再为他联系为他跑。最终，使刘文祥当上了驾驶员，得了份他"倍加珍惜"的工作，"家庭危机"，随之迎刃而解。

一市民给"中心"写来一信，信中道：小小百姓摇着小船，在风中、浪中要去彼岸……百姓需要"当自己无力无能去解决困难"时的那份力量。谢谢你们在"市场经济是无情地"某时刻，让人间有不散的筵席……

二

永年路的农贸市场，居中有个卖蛋摊位，头顶撑起两把圆形晴雨伞。摊前那几个字端正遒劲：鸡蛋，全市最低价，3.00元。6月29日的下午，盛夏到临前的梅雨时节，天下着稠密密的长脚雨，买卖该是清淡，可来买蛋者络绎不绝，是否那"全市最低价"起了作用？

卖蛋者叫吴忠明，个中等，一脸胡子拉碴，边卖蛋，边亮大嗓门对我们侃自己的生意心得："的的确确全市最低价，不信侬兜市场去！另外，决不搭不卖一只坏蛋给人家。坏蛋自己处理自己吃。为啥？第一当然是薄利多销，还有就是我要讨个口碑，回报社会，回报社会对我的关心，回报求助中心把我当成可以对社会有用的人。钞票多赚少赚不要紧，做个靠劳动吃饭的正派人最要紧。"

过去的吴忠明自然"不正派"，不正派到顶：坐牢七进七出，37岁年龄，其中21年在大墙里"吃官司"。为啥？惯窃，劣性难改，令所有人憎恶，包括他的亲人，对他付出了全部苦心后全然失了信心，及至最后和他"关系拗断"，推拒于门外。前几次出大墙，有过改去前非做个社会新人的念头，想感动家人却已良机丧尽。结果自然是：更加自暴自弃，恶性循环。这次出大墙回上海，吴忠明把这一日脚记得煞煞清："到今年6月29号，14个月零一天。"14个月零一天前的那天，他去找哥哥，要在哥哥那里报户口落脚，哥哥不允；到姐姐处，姐姐不仅不倒一口茶，反而"如临大敌"，要打110"报警"。

心痛，心碎。怪谁！？这次吴忠明出来下定决心要做"好人"的。从安徽劳改农场到上海，不乘车不坐船，一路走，走三天三夜，其中，正规的饭只吃一顿，奢侈的饮料是两根棒冰。口袋里的钱：35元。提在手中塑料袋里的全部"家当"：两件旧衬衫，一双皮鞋，另加一份释放证明。上海是他的家，上海又无他的家，如一片无根的漂萍。便四处游荡，露宿街巷。那晚他遇到了巡警，巡警指给他一条路："求助中心"大概会救侬。

对这一特殊的求助者，怎么救助？既然吴忠明现在是"自由人"，就要依法给他自由人的权利：一次次和打浦街道、警署联系，按政策报上了内册户口；街道办事处想方设法匀出一间房，让他有个栖身地；一周时间里，办妥了帮困卡和待业证，并使其拿到了救济款；他所在的居委会负责人自掏腰包接济他，让他去做"小生意"；请来律师，免费为他打官司……一个原本被社会彻底抛弃的人，成为被大家真诚帮困的对象，对吴忠明，那感觉，"翻天覆地"！于是，他不再"作天作地"，于是，他打消了"找阿哥去搏命"的念头，于是他发誓：自新自强，做个好人。

好人自然不好做。一开始做水产生意，日里夜里泡在市场里，生意刚做出点眉目，一个月里就被人偷去两辆黄鱼车，情绪又一下降到"冰点"。求助中心的韩妙英阿姨则乘机开导：现在你被人偷，想想过去你偷人家，滋味是一模一样的！开导的同时不忘救助他，中心的人集体捐助：棉花胎、垫被、被套、羊毛衫、长裤、衬衫……捐助的"百宝物"，装满一辆黄鱼车，在寒潮来临前去"送温暖"；春节到，求助中心补助钱物的花名册里，没有少去吴忠明。

回头的浪子止不住一次次涕泪滂沱！

浪子要回报，回报的"事件"还不少：春节一个月，做生意一口气赚进3000元，便拿出点钱，捐给居委会，捐给求助中心；半年时间里，捉牢三个小偷，用他的话说：自己不再做偷偷摸摸见不得阳光的事，也不容别人危害社会偷偷摸摸做；社会买福利彩票，他第一个到所在的居委会买一套，笑嘻嘻说：不中奖，奉献自己一点爱心，真的额骨头碰天花板，中奖，就买套房子"安居乐业"。他送给中心一面锦旗，八个字：人间有情，失足救星。

"失足救星"实在不好做的！苦口婆心跑断腿，费神费心常碰壁。40岁的靳长岭，有19年的改造历史，先给他介绍个牛奶公司，公司要他填履历表，履历表上的19年社会工作经历自然是"空白"，人家起疑，便刨根究底。底牌亮出，对方二话不说，拒绝。"中心"再请劳动市场指点到一家企业，靳长岭依旧老老实实道出过去"斑斑劣迹"，人事部一人尚属"开明"，认为此是未来员工诚实的表现，遂想录用，孰料一转身去向领导请示，回来两手一摊，做无奈状。干脆，求助中心负责人朱如安亲自出马陪他去一家餐饮公司，那总经理既不看僧面也不看佛面，又给了他们一张"回程票"。最后，几乎不抱希望地到一家"送酒快递"的运输公司，经理竟爽气答应，不过有条件：有人开担保证书，还要拿出押金。这担保和押金，自然由求助中心"挺身而出"。这一切，使靳长岭"感动得要死"。

所以你便能理解被"失足救星"救助的失足者们一句发自肺腑的话：爹亲娘亲不如求助中心亲。

三

"喂，我是903，我们马上要到你的新家了！"

我们的采访车从高架路急驰下来，进入长宁区北新泾地区。我们去造访过去是卢湾区现在是长宁区的居民：林为嘉。车上，市民求助中心执行部的蒋颖颖对我们说，求助中心24小时全天候服务的求助热线电话号码：64719999。中心每人又有一个代号码，都以热线电话最末尾数的9字打头。她的号码：903。长时间来，林为嘉一家人不知她的名与姓，只知"903"。

人到中年的林为嘉在门口迎候"903"——蒋颖颖。进他一室半新居，他对瘫卧在床上的母亲说："姆妈，看谁来了？是903。"

瘫卧的老母亲陡然睁亮昏睡的眼睛，自己要挣扎而起，蒋颖颖疾步上前，轻轻相扶。那老母的嘴里，分明在激动地喃喃："903（！）"

林为嘉的家和"903"，因一个求助电话，便演绎出了一段动人心魄的故事来。

去年3月10日，在中心值班的蒋颖颖接到林为嘉电话，述说他全然无望的生活和心境：和他一起居住的父母亲全瘫痪在床；家中所居的顺昌路亭子间仅9.6平方米；他四处为父母请"价廉物美"的保姆，结果碰壁连连；因长时间日夜照顾父母，他的血压急剧上升至"危险区域"……他说他和他的家人一次次想"走极端"。正在绝望时,有位热心的邻居帮他拨了这个求助电话。所以林为嘉说明:他纯粹是在好心邻居的"胁迫"下才和"903"通话的,因为,对生活,他早"不抱一丝丝幻想"。

林为嘉没想到中心马上有人会上他的家,他极为局促难堪的家:两张床及一张桌子一放,已无回旋之地;烧饭时,电饭煲只能置于床上,有好几次烧坏了被褥;痰盂、便盆、饭碗"和平共处"于咫尺,空气浑浊异味扑鼻;44岁的林为嘉晚上睡觉的处所,是蜷缩在母亲小床的脚后跟!

林为嘉也没想到903"雷厉风行"地做成了他长时间难做成的事:请了个工钱不高却任劳任怨的保姆照顾双亲;请来两位医生,为老父老母诊断治病;一次次跑他在江桥的单位和父亲在金桥的单位,竟然得到"天上掉下馅饼"的奇事:两家效益不佳的企业承诺,携手共同解决林家特困的住房。两位瘫在病床的老人于有生之年住上新房的"美梦",近在眼门前了!

但就在林家看见生活美妙前景的时候,事情又彻底来了个"大逆转":林为嘉的父亲恶疾迸发,弃世而去;林为嘉本人,则因为父亲办丧事,操劳过度,血压飙升,导致脑出血。真正应了一句话:屋漏偏逢连夜雨。

另一个残酷的现实随这一厄运的到来而至:父亲死,少去一个人户口的林家住房面积就不再属"特困";也因此,父亲单位卸去了为故去职工分房的责任与义务。

重新回归绝望。

"903"不绝望,依然一次次跑江桥,跑金桥,倾诉再倾诉,说服再说服,直说得单位领导动容动情……

今年2月底的一天,是个平平常常的日子,但那一天少了连日的阴冷而明显有春的暖意。在这一天,林为嘉拿到了单位分给他的新公房,身体正在康复的林为嘉边流泪,边"乐疯了"地对他姐姐说:"你快打电话给903!快去告诉903!"他是不晓得,"903"已先他而知,并已把这一喜讯在全中心"传播",整个中心,过节似地一片欢腾。

5月底,林家乔迁,那天天阴,林为嘉心里却是晴空朗朗无纤云。"903"蒋颖颖去相送,把林为嘉的母亲一步一步搀扶下楼,像个亲生女。林母对蒋颖颖流泪说:"你903,是好人。"林为嘉感激,感激的方式是:将他人相送且如获至宝的一张IC乘车卡转送"903"。"903"一笑而拒收。

在北新泾新居,我们欣赏那新居新气象:一套姐姐送来的半新家具;过去30厘米的电视机旁边加了台64厘米"新宇宙王"彩电;12平方米的天井里花团锦簇,已经种上了四季海棠、石榴、兰花、仙人球。林为嘉说:

对国家、对社会,我感激再感激!又笑道:对现在的生活,除一件事不满意,其他样样称心。

"哪件事不满意?"

"离开给了我新生的卢湾区!"

在"求助中心",在卢湾区里,"百姓有难我相助"的热心人,又何止一个"903"啊!

四

那天傍晚,我们和卢湾区民政局副局长兼市民求助中心主任徐大威一起,走进崇德路一幢老式石库门里钱女士的家,我们在13平方米低矮、拥挤、湿热的陋室中见到了钱女士的儿子:比乐中学高中学生钟鸣。钟鸣是个脑瘫患者,这可怕的疾病虽不影响智力,却使他四肢如棉花般无力。四肢瘫痪的钟鸣微笑地迎接我们,屋子留给他学习的空间小而又小:一张小圆桌,一只木椅。他就在这小小空间向我们展示一个生命强者对命运的挑战:今年,获得上海市第二届胡楚南奖学金杰出学生奖;获上海市民族奖学金;他和其他小作者与市领导、联合国官员一起参加签名售书活动;在和正常学生的激烈竞争中,他的期末考语文成绩年级第三,化学成绩年级第一;他用左手画的三幅水粉画在香港全部获奖,金、银、铜各一枚……

但我们那天在钟鸣家感受到的气氛并不全部是高兴和轻松,讲过了钟鸣自强不息取得巨大成绩后,钱女士眼圈红红地讲述了家中急需马上解决的一个"生活难题":钟鸣在即刻到来的炎热夏季中的洗澡问题。家里的条件无法为儿子天天洗澡,往年洗澡的地方现在有了"困难",那么,钟鸣今年到哪里洗澡?

徐大威副局长就和钱女士耐心地、详细地讨论这个"洗澡问题",研讨如何获得最佳的解决办法,并进一步作出了令钱女士放心称心的许诺。最后钱女士相送我们时终于脸上露出和她儿子一样的笑容。

徐大威副局长第一次走进钟鸣的家,是去年的春节。

春节应和"欢度"紧密相连,但2月8日的正月初二,中心收到"待退休"的钱女士来电:她和脑瘫的儿子在贫病交加中等待在外求职的丈夫归来,人未归,却等来丈夫在外煤气中毒的"晴天霹雳的消息",她现在真正无助无望……那个晚上,徐大威去了,在整个世界几乎都被爆竹声淹没的氛围中走进钟鸣家,他的心灵被震颤:冰冷的家,小圆桌上仅有的过年菜肴是:一碗咸菜,一盆酱瓜。

相助,又是"中心"发动"全社会"。钱女士的单位,为她报销了她和儿子的医药费；钱女士的丈夫，被医院抢救回来；区残联，为钟鸣购置了助行器，使钟鸣终于能够"独立行走"；钟鸣学校，为他创造最好最有利于他学习的条件；英国的罗伯特等两位外国友人，得知钟鸣是在如此困难环境下奋斗不息成材的事，甚为敬佩，并决定，每月赞助100美元，直至钟鸣大学毕业。

钱女士终于破涕为笑。

全社会的相助，才会使社会的求助者"山重水复疑无路，柳暗花明又一村"。

······

市民求助中心，已经和社会"紧密相连"，且用一种"十分现代"的方式：她有先进的电脑信息管理技术和电脑联网的咨询求助系统；中心电脑机房的计算机通讯平台属于一流；中心的三个24小时指挥操作台，通过热线电话和光纤电缆连接全区市民家庭，并通过专线与全区的街道社区服务中心联网，通过拨号方式与有关的部、委、办、局和部门"一脉相连"······

求助中心正在走进"千家万户"。中心为市民"操办"的事情五花八门多彩纷呈。比如，有人打来电话询问：死去的甲鱼能否进食？专家权威对次作出了满意答复；比如，千余只马蜂突然出现在弄堂里时，市民自然想到把求助电话打向"中心"，又是中心出面请来消防队，终于将蜂群"摆平"；再比如，一位已近八旬的老太，三年前在镇江认购的"凭证式国库券"到期，自己则无力亲自前往领取，"急得团团转"，她和她周围的人便一起想到求助中心，"中心"自然不辜负老太期望，通过他们的努力，很快就使这笔钱款完璧归赵······

一年半时间，中心接受近两万个求助电话，还有无数的上门求助者。卢湾区市民求助中心的工作人员披肝沥胆、鞠躬尽瘁，数以万计的"疑难杂症"通过他们的手之后——解决率达到98%，满意率达到了100%！这是一个奇迹。卢湾区区委书记李良园如是说：建立市民求助中心，为的是进一步完善社会保障系统，为的是进一步提高居民社会生活质量。区长张学兵告诉我们："中心"是沟通政府与市民的一座桥梁，老百姓所思、所急、所难，正是政府工作的出发点和落脚点。区民政局局长许扣宝这样表示：百姓有求我们助，作为政府职能部门义不容辞。

是啊，人民利益高于天。为百姓解愁，替国家分忧，这是公仆们义不容辞的天职。

（1998年7月9日）

恍如隔世二十年

并没有刻意安排，也不必现场点拨，日前老朋友聚到一起，漫谈改革开放20年，话头收也收不住。

20年很近，因为我们的感受是如此的深、这般的切，往事历历，记忆犹新。

20年很远，因为这变化实在太多，这反差实在太大，再回首，恍如隔世了。

> 梅子涵：作家，上海师范大学教授
> 卢新华：《伤痕》作者，旅美华人
> 张伟群：上海市委党校副研究馆员
> 方晶刚：复旦大学教务处副处长
> 徐莱莱：上海市卢湾区幼教中心会计
> 刘立新：宾馆总经理
> 夏镇平：上海大学讲师

梅子涵：今天我们又坐在一起，我看多数穿着西装嘛。还记得吗，20年前，这可是冒天下之大不韪。那年我结婚，事先"气壮如牛"：结婚那天我一定穿套西装上场子，如果食言，甘罚白酒一斤！为此我悄悄请裁缝依样画葫芦做了两套西装。但随着结婚的日脚越来越近，心里开始恐慌：西装那天穿出来，周围的人民群众围观你，不要把你看成"怪物"一个？就像今天男人穿裙子。个人事小，婚姻乃大，越想心里越慌，原来坚强的心理战线一道道被攻破。最后到结婚前一天，再也坐不住了，心急慌忙去商店买了套中山装。尽管没有被罚酒，感觉弄得一塌糊涂。

刘立新：对了，我想起来，大概是1982年，我在青干班学习，有位教员穿着西装来上课，真是有点触目惊心。看得出，那位教员是硬着头皮顶着，神情严峻，肌肉绷紧，很有一副"我不下油锅谁下油锅"的凛然之气。我们用样板戏里的唱词同他打趣："胜利的取得，往往在最后的努力之中！"

梅子涵：一提到我的结婚，话头就收不住。用现在的眼光来看，简直是"黑色幽默"。大家知道，那时候结婚，全上海新房里的家具，是"一只模子里压出来"的，我总想着能否与众不同。天遂人意，一位极有路子的朋友告诉我，南京路上的上海家具店有套出口转内销欧式家具，如想要买，落手要快。我赶过去一看，漂亮得让人晕眩。于是不管三七二十一，心一横，买了。家具到家，我住的整幢楼发生骚动，门槛一下要被踏破，邻居扶老携幼全来参观，极度兴奋的我立刻陷于恐慌，忙将其全部用床单罩住，就怕被别人"摸坏"了。

吃喜酒那天，要接新娘子从娘家出来，当然要辆出租车。大家还记得吗，那时候定出租车大不易，大街上没有一辆可供扬招的士，事先预定家里又没有电话，只好老老实实跑到北京东路出租车总站去填表格。人家极守信誉，出租车准时抵达，我搀着打扮一新的新娘出来，一眼看到那辆出租车，差点当场昏过去！那是辆灰色的上海牌老爷车，这倒也罢了，要命的是，前面的车门显然被重创过，留下了一个巨大的瘪塘！大煞风景。气也无用，上海当时就独此一家出租车公司，不租此车没车租！

结婚还有个节目：拍结婚照。那时没有彩照这一说，就连南京路上首屈一指的王开照相馆也全部是黑白照一统天下。照片拍好，师傅就问你：要彩色的吗？当然要彩色。彩色就是在你的照片上手工涂色。当时没觉得什么，后来跟真正的彩照一比，惨不忍睹了，那脸面上，红一团白一块，绝对是"黄土高坡"的感觉。

夏镇平：大概十年之后，彩照全面登陆上海滩，不少已经结婚的夫妇，为了弥补时代的缺憾，当时重拍结婚照成风。可惜10年过去了，新娘已成了"徐娘"。

卢新华：听说国内有这样一段顺口溜："七十年代什么也没吃，八十年代不知吃什么，九十年代什么也不想吃"。如此"断代"未必精准，但老百姓基本认同。记得1978年的暑假，我的复旦大学一位同班同学回大连，探亲总要聊表心意，于是他买了上百根的油条，不远千里捧回家。那时候的北方，油条也是稀罕物。20年后回想，恍如隔世了。我想，这20年中国社会巨变，不仅体现在物质的供给，同时精神层面也展现出前所未有的祥和与宽容。几天前我从美国到上海，一出机场就被记者死死地盯煞。我当然明白，记者用心不在我，而在《伤痕》发表20年。这篇出自当年我这个大学一年级新生的8000字小说，何以会一夜间轰动全国？我想，一方面是特定时期社会大背景的应和，另一方面文革是对艺术创作的禁锢达到了登峰造极，一经突破便是石破天惊。那时候的作品，写现实必须是"到处莺歌燕舞"；写人物必须是英雄抖擞高大全；一切的作品都严丝密缝地将"爱情"拒之门外。《伤痕》写文革悲剧，写青春爱情，写真实中的"这一个"，这在1978年的夏天惊世骇俗。

那是4月9日的凌晨，我在一间阁楼里写完《伤痕》最后一行，止不住泪流满面。罗曼·罗兰说过："只有出自内心才能进入内心。"从这个意义上说，一篇《伤痕》在当时能引起强烈的社会共鸣，恐怕不是偶然的。

《伤痕》从完稿到发表约有4个月，其间绝大多数师生给予了充分肯定，个别同学和老师表现漠然，甚至批评，他们认为《伤痕》不足主要是违背了"典型环境中的典型人物"的创作"天条"，要我多学习有关"语录"。当时我苦闷极了。5月11日，《实践是检验真理的唯一标准》发表，我在这天的笔记中写道："我捧着这份报纸静静地躺在铺上久久地读着，实在舍不得放下……"。这篇笔记与《伤痕》原稿写在同一本硬面簿上，我珍藏至今。

这次回国，记者盯着我就当年《伤痕》写作、发表的一切细节刨根问底。我找出了那本硬面簿，淡忘的记忆重新浮起，不少的"细节"越发有趣。《伤痕》发表是在78年8月，距十一届三中全会召开还有4个月，中国政治大趋势尚未明朗，此时《伤痕》登报问世，从编辑到总编直至宣传部领导，是冒着风险，下了决心，勇气可佩。应该说，《伤痕》不是我一个人的作品，而是群体的成果。也许是为了保护作者，也许是为了顺利出闸，我还是遵嘱几易其稿，有些是文字的充实，有些则不然了。比如，我原稿的开头第一句："除夕的夜里，车窗外墨一般漆黑"，发表时改成"车窗外什么也看不见"。为什么要改，是担心"墨一般漆黑"有含沙射影的嫌疑。接下来，我原稿上写，车厢里有对新婚夫妇"一路上，他们极兴奋地侃侃而谈"。发表时改成了："一路上，他们极兴奋地谈工作和学习，谈一年来抓纲治国的大好形势"。当年编辑用心良苦，20年后再回首，忍俊不禁。好在这一页历史已经翻过去了。

我是1986年赴美留学，早就获得了绿卡，但每年至少回国两趟，不为别的，就是牵系。这次回来，除了私事外，是为我一部即将发表的长篇小说《细节》来开研讨会。我并不奢望《细节》会有《伤痕》那样的轰动，但《细节》与《伤痕》所张扬的精神一脉相承，那就是对生命现象的关注和同情。提到《细节》我想起一个"细节"，86年我离沪赴美时，站在文汇报六层楼顶上，北望申城市中心，满目尽是斑驳破败的各式房顶，一览众山小。去年回上海，跑到新民晚报20层，连国际饭店都看不到了，大厦蜂起，山外青山楼外楼。

夏镇平：有些事现在想想太不可思议了。那时候，一到夜里，外滩江堤上挤满了成百上千对谈朋友的年轻人，一个搂一个，一对挨一对，挤得那么紧，密度那么高，简直针插不下水泼不进，就像是"咬汛期"的大鱼群。为啥？家里房子太小，口袋皮夹太薄，休闲场所太少。讲到这里，我又想起一件事情，就在70年代的上海，几乎没有任何休闲场所。那次我在南京东路外滩，看到一大群人在围观外国人。我们从小学到中学到参加工作，一直被告诫"不要围观外国人"，但人总有好奇心，国门关闭．外国人太罕见，就像看到外星人。那天恶热，那三个胖乎乎碧眼隆鼻的外国水手，大汗满脸坐在马路上街沿。因为围观的人越来越多影响了交通，民警出面来管，可是对方伊伊哇哇谁也听不懂。后来，从人群中挤进来一位"臭老九"模样的过路人，与水手简单地对话后喀喀地告诉民警，他们是德国水手，想找一家酒吧或者咖啡厅，但走了三个小时了，已经累得精疲力尽。他们想问，究竟在上海的哪里，能喝上一杯啤酒？民警无可奈何摇头。

张伟群："文革"中一直找不到书看，后来莫名其妙出了几本苏联小说，《你到底要什么》、《多雪的冬天》，却规定只有县团级以上头头才能阅读。大概是1978年春天，全套16本中外文学名著在文革后首次投放社会，那场面热闹呀，全民排队买书，其观之盛，古今中外绝无仅有。不管想不想看都去买，奇货可居。这边在抢购，那里又开始交易，一套《红楼梦》4本调《复活》外加一张"侨汇券"，互通有无。后来上海出了一本杂志《文化与生活》，讲发型，讲服装，讲烹调，老百姓瞪大了眼睛，咦——怎么会有介好看的杂志，一抢而光，最后只好计划供应，买杂志也要凭票子！

方晶刚：刚刚改革开放，首都机场那幅壁画《泼水节》中出现个半裸傣家女，是是非非，居然搞得舆论鼎沸。又放了一部电影《生活的颤音》，男女主角有个象征性的亲吻镜头，嘴唇都没有挨上么，已经讨伐四起了。"一日之暖"不可能化解"三尺冰冻"，我们一步步走过来了，再猛回过头去，看那时候的这类争论，真叫人哭笑不得。

徐莱莱：刚才张先生讲，买杂志也要凭票子，有了票子好坏是个保障，那年我为了买一块难得一见的进口手表，就因为只有信息没有票子，只好在淮海钟表店门口排了三天三夜队！是表店朋友告诉我这个绝密信息，几天后有30只英纳格手表上柜，快点到门口去排队。现在听起来像傻子一样，当时真的傻乎乎站到门口去了，也不知到要排几天队，日日夜夜站在那里，心里还盘算，店里开后门会放掉几只？我排在几号希望有多少？消息很快传开来，后面的队伍像长蛇阵一样，都知道只有30只，但还是抱着一丝侥幸干挺着。因为我排在第5位，如愿以偿，而且可以挑选男表或者女表。我是女同志，理应买女表，可是考虑到男表开面大显眼，比女表吃香，毫不犹豫挑了男表。那时我在办公室做会计，两条手臂伏在桌上记账，露出一只"英纳格"，听到同事们啊呦啊呦的惊叹，心里勿要太惬意。现在今非昔比了，各种手表铺天盖地，我今朝手上这只表，自己也搞不清是啥牌子，三钿不值两钿的电子表，现在啥人会有心思在手表上翻花头？那只"英纳格"还在家里，但塞到啥地方去了勿晓得。

方晶刚：有了票证是保障，但拿得到吗，都能拿到还要票证做啥？那时候，我在厂里学徒，厂里每季度按计划分发几张票子，可以去买自行车，或者缝纫机，或者一块国产手表。我算过一笔账，厂里有1000多个职工，按每季度分发5张票计，这样子排队登记，要想买全"三大件"，我要排到200岁！改革开放了，还不到20年，"老三件"早就无人问津，彩电、冰箱、空调机已经登堂入室。

夏镇平：不过，"新三件"登堂入室也是有个过程。记得那时候30厘米（12寸）"孔雀牌"黑白电视机刚问世，我一位远房阿姨，得到张购买一台"孔雀牌"的票子，老人家欢天喜地。到哪里去买呢？打听下来傻眼了，持票人需上厂家所在地苏州去认购。老夫妻腿脚不便，但作废了票子太作孽，两位老人一咬牙，乘上火车到苏州，吭哧吭哧把电视机搬回上海，如获至宝。

梅子涵：不瞒你们说，我买第一台冰箱那天，全家人激动得一夜没有睡觉。那是1984年吧，我们家买进一台530元的单门冰箱。那天吃完晚饭后，母亲将冰箱里制冰的格子盛满了水，放入冷冻室里。整整一个晚上啊，全家人就守着这冰箱，等待奇迹的到来：水结成冰。一直到凌晨4点，我小心翼翼地打开冰箱，一看，血直往脑门上冲，我对直愣愣盯牢我的母亲气急败坏地说："姆妈，冰格子里的水还是水，没变成冰！"原本满心喜悦满含期望的老母惊恐、气愤，差点厥过去！

方晶刚：我倒是对当年的"鞋情"特别清楚，因为我母亲在皮鞋店里当营业员。记得托母亲买皮鞋的长年来"人满为患"，为他人买皮鞋买出了为人民服务的大文章。耳濡目染，所以我对皮鞋的价格和方式记得煞清：喜喜底牛皮鞋19.6元；青年式皮鞋18元整；模压底荷兰式皮鞋13元；磨光猪皮鞋7.65元，社会上简称765。那时市面上皮鞋的品种本来就少，但无论什么商标，价格都是统一的。最常见的就是塑料平底松紧鞋，3.95元一双。千百万人对鞋的选择就这几种样式，单调得就像样板戏。

买鞋也不是随便要买就买，需凭一种专用券和日用品卡买。因为鞋子的紧俏，在鞋店工作的母亲分外吃香，还成为"专用券大户"，熟人、朋友、亲戚提前将他们的专用券"开后门"交过来，在母亲处存放，往往存起来一厚叠。有了专用券，不一定有鞋。母亲回家，就要记账，根据送专用券人的先后登记在册，依谁要哪种鞋分门别类。帮谁买了鞋，用笔勾去，算成全人家一件好事。但这种好事有时需要购买者自己去加以"完善"。好几次，有人上门对母亲说：买来的鞋不是自己要的尺寸号码。母亲便会告诉他们：鞋的尺寸号码不对不要紧，只要你买到了鞋，尺寸有问题，等商店有货时，就有去调换的权利。那年头，要买双称心的皮鞋，往往让你牵挂两三月。

张伟群：过去有句话，看菜吃饭，有啥吃啥。20年前为吃而"五花八门"。首先家里五颜六色吃的票证一大把，有豆制品票、肉票、油票、粮票、还有一季度发一次的香烟票。有人不抽烟，香烟票换鸡蛋。老婆做月子，家人生病，收入匮乏，香烟票换来的鸡蛋便成为最好的"滋补"。

想要吃好，要花费你的精力，甚至作一番"拼搏努力"。记得有一次，我从菜场内部得到可靠消息：第二天早上有马鲛鱼卖，我下决心去买，因为母亲马上要过生日，马鲛鱼便宜，肉质厚，味道鲜，可做成爆鱼。当时没有活青鱼，只好以马鲛鱼代之，想来不错。第二天凌晨才3点多，我就直奔菜场，想必自己能拔头筹，哪里晓得买鱼的摊头早已人头挤挤，还有用砖头、破篮头排队的人，心里一片惊慌。之后马鲛鱼运到，只有平平的两筐，心下直叫苦。到开秤时，见前面的人买的多，我们这些后来者如火山喷发一样大叫："一人买两斤，一人买两斤！"那叫喊我至今声犹在耳。

刘立新：那时候，上海人对菜肴的评判标准就是看油水足不足。那一年圣诞节，我在宾馆工作，处理过一件就餐顾客的投诉事件，投诉的"对象"是一盆汤，名曰"吊鲜汤"，说那汤价格贵，却"清汤光水"油水全无。调查结果，那"吊鲜汤"是宾馆里特聘的香港厨师，从名贵的海鲜食品炖煮出来的，贵就贵在其"无油"！现在不对了，如果油大了，顾客就会抱怨：油腻呱嗒怎么吃？！

张伟群：79年国门刚刚开启，谁家要飞来一位海外亲友，那个光彩啊，照亮一条弄堂！老房子邻居陶家姆妈有个女儿，48年随叔叔去了美国，陶家姆妈生怕政治影响，几十年来对美国有个女儿秘而不宣。开放了，母亲敢认女儿了，女儿敢来找娘了，陶家从天上掉下一个大女儿。因为我姆妈与陶家关系好，我奉命去为陶家女儿义务服务，为她购书替她带路，那时好像能与海外华侨搭点界，在别人眼中也是一种荣幸。临走时，她送给我三张"侨汇券"和两卷科达彩色胶卷。等照片拍出来，问题大了，全上海没有一家照相店有彩扩设备，只有硬着头皮将胶卷寄到美国去，解铃还须系铃人。现在反过来了，彩扩满世界，要想冲印黑白胶卷，倒是千难万难。

梅子涵：那时候"侨汇券"吃香，能买到市面上没有的进口商品、国产名牌。走进华侨商店的大门，不由自主会收腹挺胸，感觉马上不一样。小青年会千方百计去弄张"侨汇券"，插进皮夹子，摸进摸出"扎台型"。成年人的"侨汇券"总是仔细保藏，以备急需，老张你那三张"侨汇券"后来派了啥用场？

张伟群：说起来话长，当时我准备结婚买家具. 所谓五大件36只脚。"历史的经验告诉我们"，家具配套要一次到位。我同事先我结婚，户口簿、结婚证一应俱全，但家具供不应求，一直等到要进洞房了，才盼到一只五斗橱，睡床只有两块床头片，三角铁床档缺货，满世界去买床档没结果，后来晓得全上海只有一家铁木厂生产床档，高度计划，一根都不可能外流。所以我要防患未然，经过反复权衡，最后将三张"侨汇券"到华侨商店里买了两瓶古井贡酒，送到家具店里去以"保障供给"。

方晶刚：讲到家具我想起来了，那时候如不买家具可以凭证到木材商店买0.3立方米木头，不过往往缺货，来了木头再通知你，至于材种、质量听天由命，不满意可以不买，但是木头配额过期作废。再有就是每家凭户口簿可购买2元钱的木材，以供家庭小修小补。2元钱的木材派啥用场？小青年动脑筋，买进来自己做音响，外面蒙上一块沙发布，再镶上一块"红灯牌"商标，开起来嘭嘭嘭震天响，不图音质图时髦。

张伟群：我来讲一种场景，大家一定勿会忘记的。弄堂新村里，三更半夜经常听到送电报的人突然高喊："几号几室某某人电报！带好图章下来！"不熄的摩托车突突突，嘶叫声直上九天云霄。现在听不到了，已经绝迹。为啥，几乎家家人家都装上了电话，电报再快也不如电话一拨就通。如果还像20年那样，那么今天我们的碰头通知，大概要用一礼拜。

刘立新：我们可以算是过来人了，但这里没有60岁以上的老人，这20年他们感受会比我们更深切。我父亲时常给我"敲木鱼"，做人不可以忘本。没有邓小平，知青不可能返沪，你们不可能上学读书，更没有今朝太平好日子。老人悄悄买来一张邓小平像，端端正正挂在自己的卧室墙上。中国的老百姓不会忘记这个天翻地覆的20年。因为，家家都有一本账，人人心里一杆秤。

（1998年11月12日与熊能合作）

聋孩子的世界真精彩

"我有一个好妈妈，更有一个好老师。我爱妈妈，我更爱老师。"

————一位聋孩子的话

学生篇

"三月，向我们走来；三月，是希望的季节。走过三月的我们，将迎来火红的五月，迎来收获的十月……"谁在声情并茂地"朗诵"？是一群生活在"无声世界"里的聋孩子！

闵行区启音学校三楼八年级教室，正在开主题班会，9个男女聋孩子整齐地站成一排，耳戴助听器，身穿整洁的绿色校服，挺胸，昂头；一字字，一句句，清晰，响亮；脸上，满含幸福的向往……

铁树开花，聋孩子开口说了话！

1998年7月，启音学校老师带一批学生到首都，到中国聋儿康复中心参加演出。那天，中心礼堂坐满全国聋儿康复的专家、老师以及北京等地聋孩子的家长代表。手风琴独奏：蓝色的多瑙河。旋律时而委婉抒情，时而欢快流畅，赢来阵阵掌声；诗朗诵：爱的奉献。全场气氛进入高潮，人人含泪倾听，倾听聋孩子对老师的深深感激："妈妈告诉我，老师是最好的医生，老师是最好的妈妈……一切都得感谢您，亲爱的老师——亲爱的妈妈！"

一些聋儿教育专家、教师、家长不相信，他们走到后台"调查"。当确认刚才在台上表演的孩子，真是"重度（90分贝以上）聋孩子"时，他们说：我们太感动，太震动了！演出结束后，"启音"的老师被来自北京、深圳等地的聋儿家长围住，他们流着泪说：收下我们的聋孩子吧……

"舞台"上的聋孩子能说善演会唱，而走下"舞台"的聋孩子又能在学习、生活上向我们展示什么？

聋孩子自如地互通电话交谈，有人说是"天方夜谭"，可对启音强化口语部的孩子来说，早已是"家常便饭"。搞活动需要和同学联系，看足球比赛想和同学交流"球经"，拎起电话，打就是。教数学的严正芽老师甚至可以通过电话为聋孩子讲解习题。

语言能力的发展，也使聋孩子们的思维能力得到了惊人的提高。强化口语部的学生历年参加区普通学校同步教材同年级统考，合格率100%，优秀率70%以上。高年级的学生们用六年的时间，基本上完成了普通小学六年的学习任务，第七年完成了当前聋校九年的学业。

翻开六年级学生王凯的作文，文笔流畅，词汇丰富，字里行间，展开想象的翅膀："多动人的音乐喷泉呀！喷泉随着优美的音乐声时高时低，像一朵绽开的花，春风吹来，如烟、如雾、如尘"……一些普通学校的教师不由得惊叹："这些聋孩子作文中的描写和所表达的思想内涵，一点不比同龄的正常孩子差，有的还更好！"

在学校、在家庭、在社会，聋孩子在老师多年呕心沥血的培养下，发挥出"巨大潜能"，证明了"十聋确实九不哑"。

八年级学生谢振浩向妈妈提出了独自去超市买东西的请求。妈妈惊喜："你行吗？""放心吧，老师上课教过好几遍了。"孩子一出门，妈妈就悄悄跟在后面，看着儿子走进超市。只见振浩对照着清单，在货架前一样样选购。唔，盐没找到，他鼓起勇气，走到超市营业员跟前开口问："阿姨，盐在哪？"营业员听懂了，手指着放盐的货架……孩子奔出超市，把买来的食品高举过头："妈妈，我讲话时，没人盯着我看，没人笑话我了！"妈妈听了，眼睛顿时湿润了：我的孩子，真的不比别人差！

"不比别人差"的聋孩子，正在"大胆地往前走"，面对外面的"精彩世界"。

家长篇

颜维瑾在三年级期末考试中，总成绩竟考了全班第二名！颜维瑾的妈妈姚丽玲说起这件事，感激的热泪止不住扑簌簌地流……

考试前的一段日子，厄运突然降临女儿身上：被查出患甲状腺瘤；医生还说：这瘤是恶性还是良性，手术后才能见分晓。全家人"急煞"！手术前一天，恰是小维瑾10岁生日。姚丽玲怎么也没想到，这天上午，小维瑾的老师朱凤华、成旭星来了，小维瑾班上的8位学生来了，还有几位学生家长也被老师一起请来了；他们"喜气洋洋"，拎着一只大蛋糕，在手术前的最后时刻，为女儿过生日来了！

"一生中，这天是我最感动的日子。"姚丽玲说。

那天，在医院的小花园里，老师让班上的孩子们排成一队，挨个对小维瑾说一句祝福的话，送上一件小礼物，寄托无限的友情。生日蛋糕插上了10支五彩小蜡烛。老师们起了个头，孩子们和他们的家长跟着唱起了《祝你生日快乐》。一群聋孩子，为一个即将面临生死考验的小伙伴，唱一支生日祝福歌。姚丽玲看见，这段日子脸上难见笑容的女儿，眼睛里充满了兴奋和激动。姚丽玲说："那天我流了许多泪，不仅是为女儿担心，更多的是感激！"

女儿动手术，结果是：良性！一家人高兴，小维瑾的同学高兴，学校的老师更高兴。小维瑾在康复，康复起来的她天天想回学校，天天把读书课本压在枕头下。学生的心事不说老师也知道。朱老师、成老师经常一下班就往医院跑，给小维瑾"开小灶"补习功课。姚丽玲一次次说："老师，你们这样，我们太过意不去！"两个老师淡淡一笑："孩子要读书，有出息。我们累点，情愿。"

对小维瑾来之不易的"第二名"，姚丽玲这样说：我为自己的女儿感到骄傲，但我更庆幸女儿是"启音"学生。

让聋孩子家长最为感动的是："启音"的老师，个个都把聋孩子视为"完全的正常人"，当作和正常孩子一样有灿烂前途的孩子来呵护培养。聋孩子进校后，才有了一个个"出乎意料的变化"，才有了一个个"惊人之举"。

多少个日日夜夜，江国兴只有一个梦想：听孩子真真切切叫自己一声"爸爸"。可儿子江真超6岁进"启音"前，名副其实的"哑巴"一个。然而现在，儿子早已在叫"爸爸"的基础上"大踏步前进"了。经过老师的精心培养，其出色程度远远超过父亲当初的"梦想"：家里要购物，脚头最勤的是儿子；买书买报，付款找钱总是儿子抢着"承包"；亲戚朋友到家里来，儿子绝不再"躲闪逃避"，而是大大方方上前招呼客人，有礼貌地和他们交谈。儿子是足球迷，叔叔是厂里的足球队队长，他一见叔叔来，就拉着叔叔"神侃"，什么最高级的是申思的内旋球，最喜欢看的是范志毅的"扛肩胛"……

说起儿子的一次"奢侈"，宣杏梅竟是一脸的自豪。那天，儿子和另一个同学留在学校学雷锋做好事，干完活觉得累，校车早已开走。怎么办？两个孩子一合计，干脆"拼"辆出租车回家。扬手一招，车来了。人上车，便和司机交流。"你们到哪儿？""天钥桥路、南丹路口。"车子一路行驶，转眼快到南丹路，两个孩子异口同声喊起来："就这儿右转弯。""笔直开也一样的。"司机说。"不对，天钥桥路是单行道，笔直开要绕路的。"两个孩子纠正道。呵，挺精的两个小家伙，司机只得听从"指挥"。孩子回到家，向妈妈"如实汇报"，妈妈嘴上批评："小小年纪，叫出租车回家，浪费。"心里却是喜滋滋的：小家伙，能耐真的不小！

那一天，家长们应邀到学校观看聋孩子"汇报"表演：唱歌，旋律欢畅，字字清晰；诗"朗诵"，有声有色，句句深情。"妈妈告诉我，老师是最好的医生，老师是最好的妈妈……"听得人人热泪盈眶。聋孩子还会说相声，题目是：自欺欺人；由一个个成语串联成篇，一口气说来，妙语迭出，滴水不漏，台下笑声不断，惊叹声声！

对教会聋孩子知识和本领的老师们，家长们总想"涌泉相报"，但怎么个报答法？逢年过节送点小礼物，或在老师给予孩子"特别关爱"后塞个"小红包"，这些都只是"意思意思"。但"启音"的老师绝对"颗粒不收"。他们只收一样东西：学生的贺年卡；而且向家长们明确提出：不要买的贺年卡，就要你们孩子"手工制作"。一位家长急了，说："总该让我们回报回报吧？否则我们心不安！"经人"指点"，这位家长欣然买来一张世界动物分布图，一张全国河流分布图，挂在教室里。老师和学生一起鼓掌，感谢这位家长的"丰厚回报"。

有件事，陆静华现在说起来仍万分感动：那次，她儿子的腿骨折了，但儿子爱学校、爱老师，吵着要上学！陆静华不免犯难：到学校，会给学校、老师添多大麻烦。"把孩子送来，我们会照顾他的。"学校和老师给了家长宽心的许诺。那天早上，当陆静华送孩子到校时，老师们已等在校门口了。教室在五楼。母亲要自己背，但身材瘦小的朱凤华老师却说："孩子到学校，就归我们管。"遂抢着把学生背在身上。一步一步、一层一层往上走；汗水，从老师的额头渗出；泪水，从母亲的眼中奔涌而出！

陆静华说："对'启音'的老师，哪能用一个'谢'字表达得了！"

教师篇

教聋孩子说话，老师自己却成了"哑巴"，你相信吗？

一段时间，陈瑛老师觉得嗓子特别难受，睡觉时声带撕裂般痛。医院诊断：话说得太多，导致声带闭合不齐，要噤声。可班上的学生刚学会比较正确地发音，如不巩固，前功尽弃。陈老师硬是白天坚持上课，下班后到医院治疗。家人要和她说话，她便摇头摆手："现在我是哑巴！"。

陈瑛老师怎么给聋孩子上课呢？从早上七点半进校到下午四点下班，8个多小时里，她足足有7个小时是扯着嗓门说话的，说话时间是普通学校教师的三、四倍；教一个最简单的音——"妈"，需要上百遍；拼音"zh、ch、sh"，普通孩子学起来也饶舌，要让聋孩子念准确，少说也得教上几百遍；下课也不得闲，要参与到学生们的玩耍中去，细听那些"咿咿呀呀"声，不时纠正他们的发音……

特殊的学生，特殊的教育；每个聋孩子，就要投入一份"一言难尽"的心血。就说穆胤祥这个学生，进校连5个字的句子也不会讲，教他说话，他听不懂，还发脾气：钻台子，躲到厕所里去。连孩子的妈妈都说：竖子不可教，算了！老师们就是不甘心，教，教得"苦透"。终于"厚积薄发"，两年后的春游，穆胤祥突然开口，问其他学校一个学生："大哥哥，你叫什么名字？"就这几个字，却让老师们听了"高兴得跳起来"——孩子会和别人交流了！以后，穆胤祥便"一发不可收"。一次对老师说："昨天晚上妈妈没回来，我在隔壁外婆家。"表达时没一点"拖泥带水"。之后，他的作文也得了奖……

学生的每一个微小进步，都有老师在背后给予热情的鼓励。一天晚上，数学老师严正芽家电话铃响了。一听，是学生打来的。借助于助听器，那个学生说："昨天数学考试最后一道题，我好像解错了，想问老师。"老师说："说说你的解题步骤。"解题思路、过程、答案，一步一步，该学生一一清晰道来。"没错，完全正确。"一次对话，既学知识，又练语言，学生在电话那头欢呼："谢谢老师！"

在"启音"，走向成功的敬业，实在是十分艰辛的付出。

说起刚到强化口语部任教那段日子，两行无声的泪水便会从徐长寅老师的脸颊滑落。

风烛残年的公婆接连病倒住院，而班里的学生刚学会发音。该顾哪头呢？徐老师咬咬牙，两副重担一起挑：每天5点不到，几颗稀疏的星星还挂在天际，她已起床，忙家务，忙着为医院里的老人送饭；第一声上课铃响时，她已站在讲台上；下午放学，把最后一个学生送到家长手中，才匆匆回家料理家务；夜晚，又上公婆住的医院，忙碌着陪夜……连着一个多月，一直到老人临终，她没请一天假，学生的课，一节都没拉下！

去年，学校为教师体检，徐长寅被查出患了肿瘤，要开刀。但她想到学校强化口语部实验班历时7年的研究课题即将揭题，要接受全国特教专家的测试，而自己就教这个班的语文——放不下心啊！"不马上开刀，就有生命危险！"医生发出警告。在医生和校长"强迫"下，徐老师只得住院动手术。开刀应该休息三个月，但徐老师仅休息了两个月，又笑容可掬地出现在孩子们面前。

是什么在支撑着徐老师？回答很简单："我爱学生。"

但我们想，面对如此"艰辛的付出和奉献"，能否始终"无怨无悔"？29岁的年轻教师成旭星，学校的业务尖子，几乎什么都教：自编律动课，语训课，数学课，自编多媒体教学软件。前些时候，因为对聋孩子教育的"过分投入"，她连"谈恋爱也没有时间"，为什么？成旭星回答：一，喜欢这些"特别的孩子"；二，教这些"特别的孩子"，有成就感，因为，付出越多，得到越多。

"爱学生"的心血浇灌出丰硕成果。1998年5月，由全国聋儿教育、听力语言康复知名专家组成的评估组，对启音学校强化口语部第一届经过7年训练的学生进行考试。教室里，专家们坐成一列，实验班学生一个个接受测试，一个个"过堂"。

测试结果：对话能力，全部A级；应用题解答能力，全部A级；阅读能力，总体优良；三分之二以上学生写作能力，A级。在测试报告上，专家们的结论是：这些学生思维能力比同龄聋生发展快，完全有回归主流社会的能力。

"启音"的聋儿教育名传遐迩。香港著名的真铎启音学校校长包瑞美率香港大学听力专家来听课时，惊讶地发现这里的教师上课语速不必减慢，口型不必夸张，师生居然对答如流。这位校长激动得直流泪：聋孩子们的精彩世界里，融进老师多少投入，多少艰辛，多少爱心……

前不久，来自日本和台湾省的一些企业家观看了聋孩子们的演出，他们翘起大拇指赞叹：学生伟大！老师伟大！学校伟大！并表示：你们学校强化口语部的毕业生，我们要。

离开"启音"前，学校安排我们看"5分钟节目"。第一个节目：聋孩子的舞蹈《编花篮》，10多个聋孩子，着一色的粉红民族舞蹈服装，活泼优美的舞姿，传递出浓郁的乡土生活气息。第二个节目：10多位20岁左右的"启音"女教师表演舞蹈《好日子》，一色的绿绸衣，起舞翩翩，青春奔放……

从事了几十年聋教育的启音学校校长沈巧珠由衷地说道："我们的聋儿教育，是一片爱心来，两袖清风去。在我们为聋孩子奉献的教师队伍里，70%是年轻人，他们是聋儿教育灿烂的未来。"

爱心永在，聋儿教育事业，永远灿烂！

（1999年4月12日～14日与庄玉兴、徐敏合作）

共和国永不忘记

——记为第一颗原子弹爆炸作贡献的上海科学家

共和国永不忘记：1964年10月16日，神州西北部上空升腾起一片巨大的蘑菇云，中国爆炸了第一颗原子弹！

全国人民挺直腰板齐声欢呼。

有志气的中国人，充满智慧的中国科学家，以不屈的民族精神，用自力更生的非凡勇气，奏响了震撼世界的煌煌乐章。

上海为第一颗原子弹爆炸作贡献的人，很多。为第一颗原子弹"倾力一搏"的上海科学家今安在？我们找寻到其中几位，与他们共追忆，分享当年"天降大任"的无比自豪……

千辛万苦：研制浓缩铀厂机器运转的"血液"

为浓缩铀厂机器运转的"血液"是氟油。

在中科院上海有机化学所，当时研制氟油的代号：111——1960年11月1日正式接任务的日期。

此前：1960年9月的一天，随黄鸣龙教授研究甾体药物的28岁副研究员王志勤，在黄耀曾副所长办公室和二机部五局的郭毓敏处长见了面。黄耀曾和郭毓敏要求在严格保密的情况下完成一项化验任务。王志勤闭门一周，用一系列化学经典分析方法，再借助当时所里唯一的红外光谱仪，几番印证，最终化验出全氟碳化合物。二机部即要求有机所承担这一产品的研制任务。不几日，黄副所长和他一起上北京。到北京见的是中国科学院党组书记、负责搞"两弹一星"的张劲夫和二机部五局局长许。许局长把底交透：造原子弹，最重要的是提炼浓缩铀。但浓缩铀厂的机器要运转，需靠氟油；氟油是机器运转的"血液"。如果不能及时提供合格的氟油，正在运转的机器就得停止运转，损失不可估量。我们打破封锁，不让别人"卡脖子"，一切只能靠自己。

代号111的另一层意思：有机所第一号任务，一切从头做起，从无到有。

实验室在老大楼六楼，闲人不得入，神秘兮兮，连黄鸣龙老师和朝夕相处的同事们都不能奉告，王志勤对于当时的纪律约束和人情礼貌不能两全，至今仍深感遗憾和歉意。除所党委书记边伯明、研究室主任黄维垣，其他人均"模糊"。对同事缄口，对家人更守口如瓶，王志勤妻子周凤仪是搞农药研究的，也被王志勤的"所作所为"彻底蒙在鼓里。

自然，当时在有机所，人人知道六楼那间几十平方米屋子内的事绝对"重头"。要加工零件一路绿灯，采购物品绝对保证，修理设备一个电话立马来人……在实验室苦干的人：5个不过30岁的科技人员，加十几个见习员、复员军人。从氟化氢中提炼氟，24小时电解槽不歇，人员三班倒，节假日全无。伺候这电解槽，是冒"吸毒"危险的，那氟气一冲，戴的眼镜玻璃就发毛。于是就戴上防毒面具干。一开始使用材料不当，电解槽总要修，三天两头要打开，有毒气体扑鼻而来。真如战士"冲锋陷阵"，但没一人怯阵。

难题"永无止境"。一会氟烧穿实验设备，一会没有氟气产生，氟化方法改了无数次，终于得到了产品，可颜色不对，原来是氢超标。总算在一年后得到似乎合格的"氟油"，来不及高兴，二机部又提出更多的技术指标要求，其中10多项指标不能有丝毫差异。

35年前的一天周恩来：告诉大家一个好消息　大家不要跳……（上接第1版）面对更高要求，他们一面研制氟油中的添加剂，一面将全国各地产的石油全拿来一一做实验。最终发现，某油田的石油能炼制出符合技术指标的氟油。同时也完成了添加剂的研制。在这项研究中，有机所实验厂的顾之恺工程师在扩大生产时改进了设备，厂长杨庆年抓紧车间建设，终于在1962年开始向适用单位正式批量提供合格产品。

创新真幸福。中科院、二机部领导在原子弹爆炸后，握紧上海有机所副所长黄耀曾的手说："有机所帮大忙啦，我国原子弹比原计划提前一年爆炸。"

胜利完成这一重大任务，却没举行任何庆祝仪式。项目结束不久，部分复员军人将离开研究所，有的同志去参加其他工作。相处几年的同志围坐一圈，清茶一杯，回忆，漫谈，握别，互道一声珍重——仅此而已！

千方百计：造出提炼浓缩铀的"心脏"

提炼浓缩铀的"心脏"是指原子弹铀分离膜。

原子弹的原料是铀235，但铀矿石中能作为原子弹原料的铀235只含千分之几，所以要提炼浓缩这"千分之几"。怎么浓缩？可以利用气体扩散法来分离生产浓缩铀。

当时的"老大哥"即将撤人，还撂下话：这"社会主义阵营安全的心脏（铀分离膜）"你们造不出，原子弹工厂就是堆废铜烂铁。

铀分离膜研制最终定在中科院上海冶金所。1960年夏，冶金所党委书记万钧携邹世昌、金大康到北京中科院原子能所，二机部副部长兼原子能所所长钱三强言简意赅："有人已经扬言：在他们走后，中国的核工业将成为一堆废铜烂铁，更不用说造原子弹了。这其中的关键技术是我们不会制造用来生产浓缩铀－235的分离元件。现在，党和国家决定把研制分离膜元件的任务交给你们完成。"

这研制项目有个代号：真空阀门。为"真空阀门"，从1961年起，由原来各地的分散研制转为全国一盘棋，有关精英汇集上海，上海市科委全力襄助。除中科院上海冶金所，还有北京原子能所、沈阳金属研究所、复旦大学，50多人，说好一个月内齐聚冶金所，到时一个不拉。那是国家困难时期，吃住皆差，常见菜叫"飞机菜"，就是花菜外的叶，粗、老、涩。负责项目的吴自良至今对外地来的专家们"内疚"，粗菜淡饭，肉腥难沾，却从没听谁说半句怨言，照样没日没夜猛干。这是什么精神？这种精神中国科学家独有。

进真空阀门研究室的人，职务几乎都"层层降低"，如吴自良副所长，便是该研究室主任，原是别的研究室主任，在此降为"大组长"；谁都不讲究这"名分"，不当主任当组长，不做主角就当好配角。实验室在所里最老的红楼：杏佛楼，进楼进室要在保密室登记。说清楚了：进这研究室的门，任何"名利"与你一概"别离"，绝对保密，绝对不得以自己的名字发表任何文字。自然百分之百服从，同时，神圣的使命感，油然升腾在每个人内心深处！

科研要分兵把口，真空阀门分原材料、工艺、测试三个大组。金大康负责分离膜用粉末，邹世昌抓工艺，复旦的李郁芬管后处理及测试。难关千重。分离膜材料到底是什么？2年多时间里，三个大组科技人员夜以继日，各种新老方法和工艺条件轮番上阵，岂知那些原料粉末做成元件样品后，最主要的分离性能总差关键的"一点点"，做不到这"一点点"，就达不到分离工厂的要求，真是急煞人！1963年初，终于在试用最后一个方法时，制成一种原料粉末，做成的元件分离性能，一下攻克了那个"一点点"，达到了要求指标！乐得党委书记万钧悟出一句"名言"："科技难题像张纸，抓到关键，一捅就穿。"

接着捅"第二层纸"：把粉涂到膜上，照样碰壁无数。为了让粉有黏度，动足脑筋用各种偏方、"土方"。那不是一般的调制搅拌，一次调制起码一整天，调制失败，工夫全部东流。就这个难题，用去一年多"昏天黑地"的攻关才告捷。调制成功时，欢声笑语一片……

北京那边心焦，钱三强两次到沪开会，中科院副院长裴丽生亲来督阵，不止一次说："原子弹工厂的机器张大嘴在等你们。"二机部月月来人，十二道金牌声声急。此事还牵动国家最高领导人的心。1963年春节，周恩来总理与邓颖超同志到上海，听取冶金所的"真空阀门研究"工作汇报，便是一档"重点节目"。到1963年末，冶金所满怀喜悦报告北京："心脏"被攻克了！且做成的"真空阀门"造价仅为"黄金价"的1%！张劲夫、钱三强等获知，如此评价："这么快解决了原子弹爆炸关键性难题，震惊，开心！"

千言万语：用计算机数据表达"心声"

1958年10月27日，根据上海市委决定，成立上海计算技术研究所（后更名为华东计算技术研究所），从事计算机技术的研究。1959年12月，研制出103电子计算机。1960年春节后，上海市领导在闵行召开科技赶超大会：制造"赶超世界"的大型计算机。会上有人提出：造10万次/秒的计算机，甚至说要100万次/秒，在场的"计算机专家"几乎要跳起来：天方夜谭，电子管计算机做不到10万次/秒！再说，上海当时由华东计算所研制的最快的计算机速度是每秒运算30次。唔，再三推敲，10万次/秒的计算机不行，就5万次/秒。敲定了，不许"还价"。

与会的"计算机专家"有谁？华东计算机研究所的何育辽、虞浦帆、杜叶祥、陈经东等。2年前，他们分别从复旦大学、上海有线电厂、船舶所、中科院材料所调入华东计算所，和所内其他同志一起，研制出上海第一台电子计算机：每秒运算30次，占地50平方米。当时由于用磁鼓作存储器，速度很慢。如果改用磁芯，可以提高到2000次/秒。而今要一步登天到每秒运行5万次，翻多少番？！

定了就干，华东计算所全力以赴，开始了设计和制造这台机器的工作。那机型叫J501，沪1型之意。苦干巧干两年后，真搞出模样来了。装配完一看，上万个电子管，占地200平方米，十足的庞然大物。可一调试，故障频频：不是线路干扰，就是电路操作时间冲突。不断调试，不断"进步"，那5万次/秒计算，总算一步步"到位"。

就在这时，国家二机部来人了，用这台刚刚"热出炉"的5万次/秒的计算机闷头算、算、算。算什么人家绝口不说，只知道是"顶要紧的事"。每天就见那"噗噗噗"快速输出的纸大叠大叠，然后装上专车往北京送。

可要知道，这计算机的平均稳定时间就10来个小时，白天算，晚上必须抢修保养，否则第二天就无法接着"算"，前功尽弃。那一次，计算机出故障，把机房里所有人都急得像热锅上的蚂蚁，围着这庞然大物，手持橡皮榔头东敲西打，东查西找，整整查了7天7夜。最后查出什么？几十万个焊点中查到一个虚焊！一声"找到啦"的喊叫声，引来整个机房一片雀跃。"大海捞针"，太不容易啊！以后为防止虚焊现象，所长郭书文下令索性把几十万个节点再"结结实实"焊了一遍，通过质量整改实现了机器的性能稳定。

不知昼夜星辰寒暑春秋，调机人员干在机房，倒头一睡也是机房，干得痴迷，干得"疯狂"。

二机部那些闷头算的同志最后满意而归。

之后是1964年10月，国家给5万次/秒计算机鉴定，主考是中科院副院长吴有训，还有苏步青教授。J501机顺利通过鉴定。吴有训在会上这样说："告诉你们个好消息，前几天的原子弹爆炸，你们的J501机是有功劳的——解决了原子弹数据计算大问题。"

恍然大悟！

"搞定"5万次/秒计算机的创业人，千言万语激动的"心声"，全由计算原子弹的数据表达了。

往事如烟，激情犹在。

今天，接受我们采访的科学家——吴自良、邹世昌院士、王志勤、金大康、虞浦帆、陈经东研究员……都说：只要一想起几十年前参与研制我国第一颗原子弹爆炸的工作，心情总难平静；有幸成为我国第一颗原子弹研制队伍中的一员，一辈子无上荣光！

天降大任，何其幸哉！

(1999年7月19日与汪敏华合作)

第四章 · **生 活**

六月，翻越加查雪山

六月，江南夏。在西藏，则是冬寒始退，春草初露。那日，我们在西藏海拔3500米的泽当镇听说藏东南林芝地区海拔更低，风光旖旎，有西藏江南之誉。但从泽当镇到林芝，必经一座海拔近5000米的高山——加查山。

当地人言，山下（泽当镇）雨，山上（加查山）雪，雨雪难过加查山。为我们开辆丰田越野车的是藏族人丹增，40来岁。他先打起退堂鼓。原因是他那辆车老坏，老熄火。他说如果车一旦抛锚在高海拔的加查山上，加上雪，那绝对是灾难。前一日，泽当镇一位年近60的藏族干部还告知：恶劣的天气，加查山留下过许多车翻人亡的惨痛事故。他在此10余年，加查山就给了他4次翻车撞成重伤的纪录。有一次，他的车在雪天跌入山谷，死了好几人，他是从死人身上爬出来而后生。

反复犹豫权衡，我们最后决定：闯加查山。我们勇气的来源其实十分的单纯：一旦过加查山，就能见到闻名世界壮美无比的雅鲁藏布江，那是无法抵御的诱惑。到西藏，已行到雅鲁藏布江的门槛外，即使那"门槛"再高，我们也应该跨过去。今日不过，后悔就是一辈子。后悔的，还有我们的胆怯。最终，我们说服了"上有老，下有小"的丹增。一路寡言的丹增既被说服，便壮怀激烈地油门一踩，小车便轰然启程，破雨雾前行。车一行，我们的神经便似满弓一般绷紧。毕竟我们是人，人在险境中要求平安。我们虔诚祈祷，祈祷生命能战胜自然。

从泽当镇到加查山脚，100公里左右的路，车好了开，坏了修，停停走走。到山脚，四个小时已过，时值中午。

车开始爬山的那一刻，雨竟然停歇。山路弯弯，有的弯道很窄很险。车一路行至半山腰，顺利。此时山路开始有薄薄的积雪。不过，没有下雪。我们庆幸：老天不负我们的祈祷。"哇，太阳！"真的出了太阳，光芒四射的太阳光，遍洒一处又一处的积雪上，发出刺目的反光。心情陡然随之放松，愉快。丹增说，我们已经到了4500米的海拔高度了。放眼四周群山，一片银装素裹，一片片云，雪白雪白的云，在群峰四周或浓或淡地涌来挤去。但那太阳的出现，仅是一瞬，云雾将它的光芒顷刻扫去。打开车窗一点缝，寒气和云雾呼地扑进车厢，刺骨的冷。

我们要下车。要去拍那云，拍那山。丹增竟恼怒地冲我们吼："这里不能停车，爬山时停车，一旦车再发动不起来，那可不是开玩笑的！"遗憾，一生的遗憾。

然而，丹增的话音甫落，老天似有感应，狂风陡然四起，乌云四面合来，即刻大雪纷飞。丹增咬牙，脸绷紧，嘴里一会儿叽哩咕噜说藏语，一会自言自语说不标准的汉话。别的话我们没听清，有一句话我们听清了："车别坏了！车别坏了！"

车走得不能再慢，速度，每小时10公里以下。越往山顶走，路上的积雪越厚，车吃力地"吭哧吭哧"干吼，车轮辗过积雪"吱吱咯咯"响。何来什么壮丽的雪景？在我们的前面，没有一辆车，在我们身后，也没有一辆车。雪和乌云，此时更露狰狞，搅得周遭黄昏暮色般暗，连对面几座山的形状也全然隐去不见。丹增打开大灯，打开车前的刮雨器，车如一醉汉，颠簸摇晃着向山顶一点点冲刺。

紧张，真的紧张：这就是人和自然的拼死搏斗？

加查山，我们的小车终于爬上了海拔近5000米高的加查山顶。

山顶没路，山顶只有雪，尺把盈厚的雪，还有漫天飘舞的浓浓白雪。加查山顶银装素裹，加查山四周的大小山峰也是银装素装。车突然停住——车坏了？！但听丹增长长舒出口气："好啦，你们要拍照，下车。"

拍照，拍什么照？四周一片灰蒙蒙，一片雪茫茫，能见度极低。不过，我们还是跳下了车，去感受这冰天雪地里的特殊感。嘘——好冷好冷！风直往衣领里灌，雪直往脸上身上扑。眼睛一时难以睁开。刚才在山下，温度是零上十几度，而在加查山顶，是零下好几度。

"看，那是什么？"同行者有人在叫。

在山顶的右边，在一大片白雪的背衬下，出现了几个大黑影，站在石崖上。

"是野牦牛。"丹增在我们背后说。

这就是西藏赫赫有名的野牦牛！牦牛，西藏人称其为"高原之宝"。我们看着野牦牛，野牦牛也静静地盯着我们，彼此相距20多米。它们全身褐黑，身上长着又厚又密的体毛。它们待的地方不是森林，而是全年无夏的高寒山区。别看它们长得又黑又野，却从不主动攻击人，它们吃的是草。

我们慢慢朝牦牛走去，眼看就要走近，那牦牛却一个个急转过身，一跳一跳，遁走了。我要去追，才追了不到10步，跑不动了，缺氧，大口大口喘气。

下山了。上山难，下山易，车子没跑多少时候，就到了雪线以下。回头望，奇怪，刚才我们四周还满目是雪，满山是雪，满路是雪，此刻，雪一点没有了！仰望加查山顶，只有模模糊糊一片白。

此刻，我忘形地一拍正在开车的丹增的后背："丹增万岁！"丹增则点燃一支烟，一踩油门，一路潇洒，直扑那前方的雅鲁藏布江……

（1995年2月11日）

难忘孔繁森*

昨天，含泪读完长篇通讯《领导干部的楷模——孔繁森》。作为"上海的朋友"，我难忘孔繁森！

那是1991年6月的一天上午，天气晴朗，西藏贡嘎机场，我们几位采访完西藏和平解放40周年盛大活动的上海记者，正准备登上回程的飞机。忽然，一辆轿车疾驶而来，戛然停在机旁，下车的就是当时的拉萨市副市长孔繁森。他一边朗声大笑，一边用夹带着浓重山东口音的普通话说："终于赶上了，上海的记者朋友，咱可没有失信！"

此前孔繁森和我们约定，他要亲自为我们送行，并在登机前为我们献上西藏最洁白的哈达。在登机前的最后一刻，他赶到了。洁白而长长的哈达，经孔繁森的双手一一挂上了我们的颈脖。"上海的朋友，不要忘了西藏！"这是我们在西藏听到他的最后一句话，是孔繁森充满深情说的。

认识孔繁森，已是他两度进藏的第四个年头。他热情，平易近人，爽直、诙谐，乐于助人。第一次采访他是在布达拉宫脚下的西藏展览馆。他一开口就说西藏和上海"有缘分"，因为在西藏的市场上，75%以上是上海货，拉萨人对上海货特别相信。他还特地向我们透露：西藏人最喜欢吃上海的糖果。他说："你们回上海，就给你们生产糖果的工厂传个信息，西藏人，尤其是西藏的孩子，最喜欢吃奶糖、硬糖，请上海多生产一些糖，我们西藏统统买下来！"

记得那是个星期天，我们几位在拉萨的上海记者报道已告一段落，正无所事事。此信息不知怎的被孔繁森知道了，他打来电话说，这是他"失职"。随即马上派车来，请我们到他家"包山东饺子吃"。按我们先前想，市长住处不属堂皇，也总是不错。不料那住所几乎与百姓的民宅无二，而且布置得十分简朴。我在屋中唯一看到"奢华"的物品就是一架相机（牌号已忘）。他吃饭的桌上、床上、书橱内全是一叠叠一张张照片，拍的几乎都是西藏的风景、人物、寺庙，水平绝不低。他对我说，他有个

---

* 孔繁森：援藏干部，当年被誉为"新时代的焦裕禄""新中国成立以来最感动中国人物"。

"美好的梦想"：回到内地后举办个"我的第二个家——西藏摄影展"。

　　谈到山东老家，谈到老母、妻子、子女，孔繁森不时也"儿女情长"，"欠他们太多啦。"问他什么时候才能回到亲人身边，他说："总有一天吧。"

　　难忘他对记者说过的这句话："西藏尽管很艰苦，但西藏的天是蓝的，云是白的，西藏人民的感情是最纯真的！"

（1995年4月8日）

她在西双版纳

那日到西双版纳边境小镇打洛是正午。二月下旬的天，小镇上的气温则过了30度。天晴，少云，热风袭身。停车饭毕后，在傍公路边的镇上款行。

此前我得知，六十年代末七十年代初，版纳曾麇集过5万名上海知青，和这里的山水日夜厮守，甜酸苦辣遍尝。以后知青大返城，绝大多数人回沪，少部分擢升至昆明和版纳首府景洪市等。那版纳还有没有上海知青？知情者说有，但已绝少，看你有无运气邂逅。

跨几步路就见分晓：朱红木板店门朝路敞开，饭店不小，70～80平方米，七、八张漆成墨绿的圆桌，围桌一色的舒适藤椅。人多，嘈杂，客人吃饮正酣。入门即问，"这饭店真是上海人开的？"便有个俏丽的傣家姑娘曼应和笑："是咧，上海人，谁敢冒充阿拉呀；就是我们老板，在厨房。"

厨房在店堂后，锅碗勺盆油炸煎炒烟气腾腾，云南特有的香辣扑鼻。经人指点的"上海老板"是一穿蓝点白底薄毛衣的中年妇女，正对炒菜的端菜的店员不停地用当地话下指令。见我，反应极快地改成道地的上海腔："上海来的，吃啥？"我说勿吃啥，我是"过路记者"，想找侬随便谈。她说格么侬坐，先吃茶。

她店前店后穿梭地忙，我啜着茶坐在藤椅上等。我想起在昆明的一次访谈。访谈对象是现在云南已有知名度的儿童文学作家沈石溪。他也曾是西双版纳的上海知青，他形容当地美丽的傣家姑娘如花如蝶如开屏的孔雀，一度极想招赘进竹楼当上门姑爷，终因体力不济工分挣不多，而遭人拒绝。他为此痛苦过，他说当时邻近一个山寨有位姓陆的上海女知青，和他做一样的活儿：民办教师。她后来嫁给了一个当地人。他羡慕过她。我忽地生出一怪诞的联想，那姓陆的女知青是否就是眼前的这位"上海老板"？

10多分钟后，"上海老板"终于坐定在我面前，微喘着气。坐下第一句话是："谈啥？呒啥谈的。"她语速很快地说她今年45岁，上海66届初中生。她姓陈（遗憾，不姓陆），叫陈卫，已在此地25年，就这样。她突然缄口。

完了？25年，从几千里外的上海到此25年，就这么几句话了得？她的眼角、嘴角出现过多的密纹唱片般的皱纹，尽管她的耳上垂挂着一对漂亮别致的珍珠耳环，但她显得憔悴，比实际年龄见老。

我启发她，循循善诱：哪怕只谈一件事，一个感人的故事。她依然缄口不说，我就说，说我前几天认识了一位女士，叫包亚平，现任昆明高新技术产业开发区的处长，69年从上海到离此不远的勐海县橄榄坝。她开始也不肯说在版纳的过去，后来被挤牙膏似地挤出一小段：那是72年，她参加当地水利建设，修水库，人干得渴望生病，因为生病可得到在床上睡几天的"享受"。但真的生病了，却得的伤寒，高烧半月不退，没药吃，头发大把大把脱落，病危。之后，在上海邮局工作的母亲闻讯"开后门"七兜八转打来个长途。她握着电话足有5分钟，一字没说，只哭。最后母亲说你想吃什么？她说我生病难过时太想吃一个苹果。母亲在电话里连说作孽作孽，我马上买了寄来！寄来的苹果半月后才到，全烂了……

听到此，陈卫眼圈红了几红，说，上海知青过去的苦，一样的，尤其是女人。

一样的女人，一样的故事，一样的苦，所以，陈卫再强调：呒啥谈的。

这时，我跟前立着个抽烟的汉子，个不高，偏瘦，敞着灰色的外衣。陈卫站起，脸上竟有了灿然的笑。她介绍："我男人，陈天飞。"陈天飞有些随意地朝我点点头，对我说你从上海来呀上海是陈卫的家乡我去过的好几次。他是当地人，汉人，正说着，一个高头大马的年轻人从公路上嗵嗵嗵嗵阔步走来，陈卫的笑更显得年轻许多，"是我儿子，21岁。"21岁的儿子在母亲亲切慈意的目光中走近又离去，一阵旋风般。

我问陈卫：想回家吗？上海。

她敛起笑，说不想。又补充：回去做什么？她说这里现在不错的。两年前她在此开饭店，还属开风气之先，很少有同行和她竞争，去年一年净赚3万元，今年四周新开饭店云起。好在那边（指缅甸边境）也搞了旅游贸易开发区，从这里（版纳边境）去那边玩的人多起来，她这饭店市口又可以，生意才没有清淡。

我说起，上海前段时候放过一部电视连续剧《孽债》，讲版纳的上海知青回城的故事。你看过吗？她漠然，说勿晓得。我才觉得自己这话题的无趣。她没回城回沪，她25年都在此山此水，25年的耕耘苦作与情感维系都在此。

饭店门外，忽然起了一阵"闹猛"，缘于适才还匍匐爬行在地一只家养的穿山甲失踪了。陈卫好急，撇下我到店内外四处叫寻。恰此时，我们的车唤我等开拔。待车开，终于望见她出店门，脸挂欣慰的笑。她脚边是那只寻回的淘气的穿山甲。在她身后，是那朱红木板店门；店后，是那阳光下的小镇和小镇上许多穿五颜六色服装的傣家女；小镇尽头，是连绵起伏翠绿的山……

（1995年5月18日）

"藏嫂"的风采

6个女性，6位"藏嫂"。

"藏嫂"的亲人在西藏，在平均海拔4000米的日喀则地区。5月17日，6位"藏嫂"的丈夫飞离春意盎然的上海，一身豪气进藏。倏忽四月，春逝秋至，6位"藏嫂"，你们经历了几多风风雨雨？

一

乔根兄的脸色苍白。乔根兄刚刚动完手术出院：子宫肌瘤开刀，身体瘦而虚弱，她的丈夫张兆田，44岁，现任日喀则地区亚东县县长。

5月17日，乔根兄吃了三粒止痛药去送张兆田（此前疼痛已折磨了她半个多月）。分手时，乔根兄始终没让眼泪掉下来，还对一位记者道："我支持丈夫去西藏；那边苦，艰苦的环境能锻炼人。"然而当她送别亲人回家，自己却再也不能支持，发烧卧床不起。之后去医院检查，医生大惊道："你怎么会坚持这么久？！要开刀！"

这是她第三次动手术。开刀决不能让在西藏的丈夫知道。怕他担心，怕他担心了在工作上分心。丈夫第一次打电话到家，她正疼痛虚弱得无法应答，遂叫10多岁的儿子代说："妈妈买菜去了。"第二次再教儿子答："妈妈睡着了。"第三次来电话她正在医院，却叮嘱儿子这般答："妈妈出去玩了。"第四次电话来，张兆田在西藏发急了，他了解她，年长日久的相识相知心相印，在生活中双方总"互相地默默奉献"。他肯定她"出事了"！好在她此时无需再隐瞒。那是开完刀的第五天，她已能支撑着说几句话：手术已经好了，区里、街道、同事、邻居，都伸出了热情之手，一起帮她渡过了难关……

不久前，和丈夫在一起工作的4位"上海老乡"出差回沪看望她，一进门便恭恭敬敬给她献上一条雪白的哈达，齐声道："祝藏嫂身体健康。"送丈夫离沪时不落泪的她，此时一任热泪流淌！

二

丁惠萍送走了自己的丈夫——33岁的徐麟。徐麟去藏前是嘉定区委副书记，进藏后任日喀则地委副书记。徐麟刚走一星期，6岁的儿子突生腮腺炎，连续三天高烧不退，丁惠萍日夜相陪。待儿子病刚好，自己也病倒了。

丁惠萍说得坦率：徐麟父亲早逝，75岁的母亲也体弱多病，孩子幼小……为自己为家庭，徐麟你都不能去！可徐麟还是走了。他对她说，自古忠孝两难全。西藏，我去定了；家里和母亲，要你挑重担了——真难为你了！

说起这些，丁惠萍眼圈一次次地红。

做女人难，做"藏嫂"更难。丁惠萍拭去眼泪，挺起柔弱的肩膀，挑起徐麟走后全部的担子。丈夫到了西藏就成了西藏人，来信时不断向她"索要"东西，要的最多的就是衣服，将它们送给当地人。她就一叠一摞地帮他寄，光衬衫就寄了20多件。

当她又得知丈夫把钱捐了藏族同胞，囊中羞涩时，马上凑了钱汇去。她这样对丈夫说："即使我在上海困难，也要你在西藏工作好，身体好！"

一句话自然而然从心中涌起：军功章上有我的一半，也有你的一半。

"藏嫂"的这一半，沉甸甸。

三

雷云，定日县委书记许一新的妻子；张燕敏，江孜县县委副书记金惠秋的妻子；丁丽华，日喀则地委卫生学校副校长王磐石的妻子；钱萍，拉孜县县委办公室副主任赵永和的妻子……她们的丈夫都在遥远的西藏，西藏已经成为她们永远讲不完道不尽的话题。

离别难，相思苦。雷云说，她和许一新夫妻感情弥笃。那日送许一新，说好不落泪，但车子一启动，许一新戴上了墨镜"掩饰"，雷云用手紧紧捂住了嘴。两个多月里，两地鸿雁来往密密，她写去11封，丈夫写来13封，13封信她全部编了号。

钱萍在接受采访时带着7足岁的儿子。儿子正患着支气管哮喘，刚刚到医院接受完治疗。37岁的钱萍又乐观又开朗：好男儿志在四方。丈夫一旦三年后恋着西藏不回来，干脆我也到西藏和他再干三年。张燕敏10岁的女儿前几天捐400元给"希望工程"，有人问你捐到什么地方？女儿大声说："捐给我爸爸那里的西藏孩子！"然后又在信封上端端正正写上：愿西藏的小朋友都能上学。张燕敏好自豪，女儿是受了她爸爸的影响，爱上了西藏。丁丽华呢？丁丽华3岁的儿子月月生病，但她更牵挂的是丈夫王磐石，"听说他在西藏两个月里瘦了10公斤。当然，瘦点不要紧，只要他在那里工作好，生活好，我就放心。"

　　6个女性，6位"藏嫂"，她们和上海所有的"藏嫂"一样，牵挂着她们的丈夫，思念丈夫的事业。她们善良、无私、坚韧。丈夫的西藏，西藏的丈夫，已成为她们永远的"情结"。雷云说，和许一新分手前，她和他曾共唱一曲《祝好人一生平安》。

　　藏嫂，祝你们平安，一生平安。

（1995年9月12日）

最后的闪光

宝钢医院外科大楼二楼207室病房，一间极素朴的干部病房，阳光静静地洒满空空的212病床——上海市科技功臣、市科技精英曾乐*永远地"走"了！

曾乐的主治医生姚宝娣哽咽着说："到现在我也不相信曾乐已经离开我们了！"普外科主任张胜华说："5日，曾乐'走'的那一天，我整夜未眠，就在生命的最后时刻，他还想着事业、事业……"跟随曾乐15年的宝钢公司曾乐实验室女实验员石小平人未语，泪尽流。

病逝前的一个月，是曾乐在事业上的最后冲刺。今年1月4日下午，曾乐"无可奈何"来到宝钢医院检查：严重的肝腹水、黄疸；一吃就吐、就泻。医生大惊道：为啥这么晚才来？！爱人王婉芸告知：白天曾乐还在工作。曾乐则答："到医院，我还怎么工作？"

抢救治疗3天，全市一流专家会诊，曾乐病情一度好转。谁知身体一好转，他就想到工作，想到有个技术难题的"三期工程阻燃管焊接问题"要解决，他要在医院开技术攻关会！在他一再坚持下，1月15日那天，上午市里医疗专家会诊，下午给曾乐15分钟时间开会，宝钢公司领导和医生护士在一旁"严格监督"。结果，会还是超过5分钟。那晚，医院副院长朱志安去病房看望曾乐，见他头仰在沙发上，大口喘气。他说他累。

进医院，医院严禁曾乐看书，因为看书对肝病患者不利。但他依然"违禁"，携来一摞中外焊接书籍阅读。曾乐实验室年轻的工程师魏尔枝来看望他，不禁大吃一惊，因为曾乐竟在病重时，为一家企业大厦工程的钢结构焊接，写了7条技术上的指导意见。小魏含泪恳求他：等你病好了再干吧！曾乐回答："时间很紧，事情很急嘛！"

曾乐感觉略好，便开始"忙"：打电话。劝也劝不住。走出病房去接打一个个电话，遥控指挥工作。为减轻他进出病房的"劳累度"，医院破例同意给他一只手机，先决条件是：只许接电话，不许往外打电话，结果

---

*曾乐：国际著名焊接专家，原宝钢集团副总工程师。朱镕基赞"曾乐是知识分子与工人结合的典范"。

是：打出打进皆忙。

曾乐所在的病房，空调功率较小，院领导指令换一个大的，但他坚决不允。要给大理石地坪铺地毯，曾乐说，你们今天铺好，明天我就拿出去。给他一个特别护理，依然不要，赶人家走。要把他转到条件更好的市级医院，曾乐更是不从，他很诚挚地对院领导说："我是个很普通、很平凡的人。"1月29日，曾乐还把爱人王婉芸叫到床前，要她把家里的计算机、打字机拾掇好，他要回家工作。岂料两天以后的2月1日，他的病情恶化了……

"焊神"曾乐走了，永远地走了。

曾乐为事业奋斗到生命最后一息的精神将永远留在人间。

（1996年2月8日）

做一回"天山上的来客"

我们在天山间行走，驾一辆丰田越野。车如一叶扁舟，横贯新疆中部的天山如起伏不定的大海，舟在大海中颠簸，上下穿行于天山的波峰浪谷。

从乌鲁木齐出发，先向西行700多公里，到伊犁哈萨克自治州首府伊宁。宿一夜，折往东南，到牛、羊、马成群的无边的那拉提大草原，入优美的巴音布鲁克自然保护区。之后转向西南，翻越天山，由此从北疆入南疆，面对风光绮丽的天山大峡谷。又一路向东向北，经库车县市，扫描轮台古城，赶至库尔勒附近的博斯腾湖，在密密的芦苇荡中看落日熔金。出湖，一路马不停蹄，在饱览无边的沙漠无边的戈壁后，直扑43摄氏度高温的吐鲁番，那里的火焰山彤红，葡萄沟的葡萄在烈日熏炙下熟了……

来客匆匆，6天时间，在天山南北折腾近3000公里。美景多回味，系于天山情。

有感于"天山情"，是因为走进了天山深处。天山深处的路，弯曲盘旋，路面窄仄不平，悬崖巨石于顶，湍流在脚下轰鸣。那天下午车过那拉提草原，便觉寒气步步袭来，缘于海拔的慢慢升高。给我们开车的维吾尔族老汉——60岁的"迈师傅"突然一句话："还没到？油要没了。"心里咯噔。莫说车没油，一入深山，移动电话的信号全无，手机上一句"网络不通"将你和文明世界阻隔。来自喧嚣的城市，原本想躲避城市的喧嚣，而一旦和城市绝缘，便感到我们这拨人已被城市文明惯坏：在原始状态下的生存能力和勇气与泄气的皮球无异。

天山深处，维吾尔族少女醉人的舞蹈

终于在天黑前到达深山处一"度假村"。"度假村"木门对面，高峰耸立，云锁峰顶。村内游人所居一为简陋的红砖青瓦平房，一为睡通铺的毡房，还有是圆木敲打成的小木屋。"度假村"背枕一清澈溪水，蜿蜒奔涌不止。一座圆木桥架于溪上。过桥有山路，绵延向上，又是一座绿意葱葱的高山，松柏挺立，青草平崭崭从下而上铺排开去。

就在这群山环抱的"度假村"，从一个灰色、顶上摇曳一面小红旗的毡房里，走出一个维吾尔族少女，肤色白净，天然清丽，落落大方，说："我叫娜迪热。"那时天开始转黑，山雨渐渐沥沥。娜迪热请我们进屋吃喷香的手抓羊肉，烤羊肉串，大盘鸡。19岁的她在餐桌上和我们讲"爸爸的故事"。爸爸是谁？就是此"度假村"老板。他和另两个合伙人从乌鲁木齐到这里投资建村。爸爸从今年春天起近半年没回家，她和妈妈、8岁的弟弟是第一次到"山里"来。见到了爸爸，她说，爸爸很辛苦，黑了，老了。娜迪热说这些话时眼里有泪。她爸爸在另一桌喝酒，是有些黑、老，还戴一顶黑色的呢帽，嘿嘿说笑。娜迪热说她已大专毕业，现在还没工作，正读"专升本"。当然，原本她特别爱跳舞，想当演员，但爸爸反对。娜迪热说起儿时的记忆：爸爸常不在家，妈妈有时也不在家，好在爸爸妈妈基本上会轮流在家。偶尔他们都不在家时，那就是把她（后来加上弟弟）一起带到外面"做生意"，最远一次阖家到了俄罗斯。说到此，娜迪热肤色红润的妈妈走到桌前，轻晃着头，"娜迪热，记错了，我们到俄罗斯不是做生意，是旅游。"

之后请娜迪热跳舞，她手一摊："没有音乐，不跳的。"有人灵机一动，说："把我们的车开到毡房前，放车里的音响磁带。"主意绝妙。车开来，车门打开，车里的音响一开，娜迪热直摇手："音乐不对。"是不对，放的是"微山湖上静悄悄"。大家笑而无奈，木拉迪却变戏法似地从口袋里拿出盘磁带："放这个。"音乐再起，这回是正宗的维吾尔族民歌欢快的旋律，娜迪热在蒙古包里随之翩跹……

顿时，我们没了与世隔绝的感觉。这沉沉的夜晚，外面是风、雨、寒冷，但在温暖的毡房里，亮着一支"度假村"自己发电的大灯泡，加上音乐、娜迪热醉人的舞蹈，给了天山深处的我们那么深刻的欢乐和感动！

行走天山，铭记的一条真理

我们的车，继续在天山深处的旅程：以3000米山顶为界，北疆是漫天雪飘，穿越两公里的山顶隧道到南疆，片雪全无，却遇急骤冷雨，山路塌方，车困顶峰；从高山终于突围而下，美景处处，山色斑斓，几处瀑水四溢，忽见静池湛蓝；进入黄沙漠漠之地，落日在地平线安卧，越野车行驶在永无尽头的路上；终于望见了树，高高的白杨，先是一株株，之后密集成排，驻守道路两旁，同时终于发现手机由"网络不通"变为"网络连接"，心底涌出惊喜：又来到一处沙漠绿洲——人聚集生存的绿洲、人聚集生存的城市，尽管绿洲和城市的规模有大有小。

那天，在天山的路上，历几百里博大寂寞的美景，使我不得不慨叹自然的无比丰饶壮观，脱口相问：“人怎么会在这样的世界无所畏惧一往无前？”

　　回答我的，是一路上金口难开的司机“迈师傅”：“就因为天山上流下来的雪水、雨水、溪水嘛，水养育了草原，养育了牛羊，更养育了天山南北的人。人有了水，怕谁啊！”

　　人依山择水而居、而生存、而发展，这是我在天山深处铭记下的一条真理。

（2002年9月20日）

素朴的自尊

惊闻张森的离世是在他走的半年后。享年74岁的张森，原是上海文艺出版社副编审。我一介后辈，小张森近20岁。瞬间浮现我脑中的，大多是他的中年，似几片晃不起亮色的碎镜，但也能感知他的勃发性情。

我们那个时代 （上世纪70年代末80年代初）的青年，迷恋文字可以振兴国家，写作自然是一大事业。一开始他在我眼前就是高大的睿智的但很豪放的。我最初读大学时的几篇小说问世就是在他不断否定之后产下的婴儿。但他每次的否定总伴随对我无限耐心的教诲。那一情景总反复出现：伴着夜色，我惴惴地敲张森家的门，张森的笑脸和暖暖的手将我迎入；接着在黄黄的台灯下，小心地将钢笔抄写的小说呈出，张森便点起一支烟，一页页哗啦啦翻阅。先是大段的肯定和颜的鼓励满意的点头，然后是婉转的批评恳切的指正细致的点拨，辅以铅笔钢笔的删划加添。烟雾缭绕的屋子，张森沙哑的湖南洞口人的嗓音，起伏的笑声，那是一种温馨一把扶掖一心垂范。

静而思之，他那辈的弄墨者，大多是为人做嫁衣者，很不顾于物质，很不顾于别人的回报。外面的世界在剧变，他们是静静的参与者冷静的观察者高超的编纂者，但他们往往不是最终的利益者。上世纪80年代中后段，我就闻知他主编的《皖南事变》一书引起社会轰动，他还是一脸素朴的原态。也听说他主编的4部长篇小说是茅盾奖的候选，不过最终没拿奖——憧憬过，也遗憾过，但又淡定。他也写小说，发表很少。他说："没有时间创作。"从他口中经常说出中国当代一个个著名作家的名字——他的很挚爱的作者，满是自豪。生活有什么变化吗？中国许多的知识分子，应该都是这样吧：极平静地面对素朴的物质生活。张森许多年住着不足80平方米的老工房居室，一住至今。只要生活不是太坏，感恩就是，当然偶尔有些心绪不平的波澜。

事业上运筹帷幄，但生活中应该都是常人，吃喝拉撒，家长里短，儿孙前程，瞻前顾后，张森当然逃不脱。多年前吧，久未联络的张森突来一个电话，非要请我吃饭。我诚惶诚恐，学生在下当请。其实那次吃饭，除了叙旧，还为了他家里一档杂事要我帮点微小的忙。那事，在我应该是举手之劳——再君子之交淡如水，我这点回报太点滴了。那饭，他为与我谁来埋单争个面红耳赤，直让我惭愧难当。也在那时，我知道张森的心脏有了问题。那天久久地握手离别，张森还说了许多拜托的话，让我唏嘘。

一个人应该总会有困难，一个人总有有求于人的地方，尤其在人渐渐老去的日子。但是，一直到我半年后知悉张森的远离，他的家人在回答我"为什么有事情的时候不来找我"这个问题，听闻是张森之前如此的切嘱："我们已经很好啦。有什么事自己解决，千万不要去找人。你们就给我这个还有一点知识的人最后的自尊吧！"

笔至此，不禁潸然：为张森这样的知识分子的自尊；为我等疚悔、只知在物质世界忙碌而淡忘感恩。

张森，感谢您的明净，有许多的人会记住您，去时时对照生命的轨迹。

（2010年7月25日）

印象郑宪
（作者小传）

□ 盛晓虹

40多年前，当我赴黑龙江林场的时候，一个名叫郑宪的人，当上中国最庞大的工业与经济中心上海的一线产业工人已4月有余了。也是巧，我的邻居、同学加好友和他同时进厂，而且分在一个车间一个工段一个班；而他的同学、好友，特别是一个叫俞永新的同学、住在他家楼下的邻居，也和我分在林场一个工队。正是一月，天寒地冻，大山白雪。夜晚无聊得很，山风呼啸，昏暗的烛光下，工队的通铺大炕，斜七竖八躺着我们，说一些梦家的念想、过往的鸟事，练模子（身体）、拉场子（打群架）敲三角铁，比如认识谁谁谁，哪个人路道粗等等。忽然，从一个父辈是我地下党的班长陈保尔嘴里吐出"阿宪"两个字，竟然好些人认识。于是述说，有说和他小学同学，有说他打过学校乒乓队、左撇子，1米80，模子也蛮结棍。当然，从陈保尔的嘴里，阿宪显然是个有为青年，喜欢读书，看过第三帝国，朱可夫回忆录，以天下为己任。这点，俞永新同学当佐证。事隔这么多年，很清晰，不知何故，俞同学打开箱子，拿出一个塑料壳子的笔记本，扉页上，赫然写着几个硬扎的郑体字："征途上勇往直前，与永新好友共勉！郑宪"。那晚，大家观摩，又聊起字好字坏，看得出，说"阿宪"熟络没拿到本的，有些怅然。

这个时候，当上一线产业工人的"阿宪"们到底在做什么呢？好在，我的好友邻居罗芒同学与我保持密切的书信往来，谈上海听到的天下大事，有为者的胸襟抱负、无为的为买到一双五香豆皮鞋而沾沾自喜。罗告诉分在同厂几个同学的近况，说飞机需要轴承，拖拉机坦克需要轴承，在这个国计民生举足轻重的3千号人的专业大厂——闵行滚动轴承厂里，王宪清这个昔日红卫兵连长，在精工车间平平，一个分在木工间的我中学同学、外号孙悟空的抵不住资产阶级腐朽人生观，搓"拉三"被闵行民兵指挥部捉进去了。而他罗芒，和我们要打听的"阿宪"同分在锻工车间，每日老老实实穿戴上发下的翻毛皮鞋、帆布工装帆布手套帆布帽子，用于抵御铸件锻打四溅的通红的钢渣。被钢渣溅得星点斑斑的衣物作证，他们抗住了繁重的劳作。他们骄傲，在嘶嘶作响的汽锤伺动里，叉钳操控通红的轴承钢圈锻件已宛如熟手，快速自如；他们自豪，任汗如雨下，在锻打通红的锻件同时，也在锻打着自己的灵魂。在过往罗的书信字里行间，时至今日依然清晰：劳作了一天，他们依然爬上他们锻工车间的顶棚，远处的田野阡陌，依次的闵行重型机械厂、汽轮机厂等国家重型企业厂际轮廓，都将沉默或消失进暮色。唯有他们，固执躺倒，四仰八叉，等待星空。他们，迷恋文字可以振兴国家，渴望行走，幻化马克西姆.高尔基，远足人间，顿河，第聂伯河，哥萨克，察里津。作为苏俄文学的忠实读者，叶尔绍夫兄弟，柯察金已深植"阿宪"之心。事实上，在共和国建国初的十来年里，《复活》、《安娜.卡列尼娜》，来自社会主义阵营的文学作品全面压倒西方。在多年后的今天，我们应该依稀记得读到那些纸页发黄、用牛皮纸封面封底书籍时的愉悦，尽管常常残头破脑，掉页。

在这座几千人全中国赫赫有名的轴承制造厂中，以一线产业工人、锻工的身份，郑宪整整做了八年。在这八年里，他的肩膀变宽，心胸变宽，知晓大公无私的工人阶级，也是由师傅和徒弟组成的，他们皆有血有肉、口味咸淡，有着家庭或家族以及地域的深深烙印。在这八年里，通红的锻件在他眼里变得柔软富有灵性，和周边的工人一样，他努力读懂读透他们，用笔触勾勒刻录他们，复原他们。这个期间，他的诗作变成铅印的书本，也在我们北地的山林里，被不再年少的保尔们吟咏过。也是在此期间，他和厂里一批志同道合的思索者们行走野宿南方的丘陵及山地，思辨方向、村落，道路水沟，了解当地的植被和生活。

多年后，他在九江一个名叫中华贤母园的大型励志纪念馆附近告诉我：30多年前，他搭乘一解放卡车，溯江而上，以一个星期的颠簸，坑洼行进入赣。大约是在这个时候，他以高大和爽朗的笑声，以及入赣后肤色的黝黑，头发略有蜷曲茨冈人之形象，头一次在罗同学家中与我等见面。见面的，还有三本硬抄本，他的新作，饱含对人的思索，人性与命运的扭结、沧廖。归结主人公的命运，这三本手抄本实属令共和国反思的伤痕文学。很奇怪，机遇就是要在特定的场合与时间才能生效，郑氏伤痕文学尽管早，但压了箱生不逢时，也只能永驻心底，存留于1977-1979我们那个时代文青们的记忆。

也就是在那之后不久，知识就是力量日益人心。一直致力以自制天文望远镜希冀求证求解康德星云说的我罗同学，不厌其烦地向郑宣讲知识的伟大，大学的进步。风云潮涌，犹如大革命的前夜。在郑的记忆里，恍如一夜之间："最熟悉的好友们都不见了，工厂宿舍里空落落的"。他们哪去了？求学。感谢大学，给了他更高的起点，通向更广阔的天地。应该说，无有小平时代，无有那个大学，也就没有日后郑宪能以先行者的身份，在汉口路309号欢迎我等的到来。

那是一个初冬的午后，时间是1984年。在解放日报274与288号之间天井食堂吞咽了三两米饭一份砂锅大排后，郑宪率我从小门而出。去向是马路斜对面的申报大楼。前行的目的是熟悉那里的环境，顺带让我理发，说是以新的面貌，迎接新的旅途。事实上，在那个老申报大楼里，蛰伏许多过往的人与事，如春桥、长江、逸群，而更早，是史量才们的气息。而在现实的场景中，那年这楼里包含解放日报印厂一部分，职工集体宿舍，发行，广告，支部生活编辑部等等。待走到二楼支部生活对门一局促小间，郑熟络对一国型脸、发黑着白大衣年轻者讲：小周，朋友农村部新来的。小周头微微一仰，刀剪咔嚓。发毕，见时间还早，他领我参观他办公的地方。其时，他以上佳的成绩被解放日报支部生活编辑部录用已一年有余。在支部生活这个熔炉和大家庭里，他谦恭好学，加之脾性好，尽己所能，很快地成为年轻的业务骨干，广受同仁之热爱。直到今天，薛春年，陈世梁等许多老同志遇见，都会问一声：郑宪现在还好吧。当年，这些大他十好几岁的党刊中坚，热爱工作，热爱生活，常见午休之时，吆喝一声：郑宪，桥牌。而往往这时，亲眼所见，郑迅速从他办公室的藤躺椅上爬起，不再假寐。

现在算来，在309二楼那间支部生活小办公室里，郑待了5年。在那5年的日子里，从底层到高层，从农村到城区，只要有需求，郑都不遗余力行走，为党的方针政策更深植人心，为新时期实践者亲历者鼓与呼。为吸引更多读者，郑构想在支部生活上开设微型小说，而且非讽刺小说不登。社会主义航船在前进，改革大好年代，他到底要讽刺谁？建国至今，全国还没一家党刊这么做过。这破天荒的异想，议论纷纷，最后在吴经灿、王绪生等老一辈的支持下，得以编辑部的通过，并委以他负责。也就在那间小办公室里，经常地，我成了中午的常客，只要在报社，必与他天南海北，聊文青动向，聊哪个做素材。那个时候，和他一个办公室的王绪生老师，如同我们父母辈年龄的一个我党老地下工作者，打两下毛线，开始在我们的好问中为我们讲述那些她知晓的人与事。思想生活，关爱关心，从她厚镜片的眼里，透出慈祥与安宁。她陪着我们，挤郊县车，为的是不让历史随人沉失。她领着我们，走进乡间故往，寻迹革命的不易。断断续续有一两个月，采访的主人公其情其亲历竟如沙家浜剧情有过之而无不及，城市乡村，日伪顽与我交错、男女情感情爱信念纠葛，革命可以这样雄壮，也可以那样凄美，郑宪后来以月黑风高、毛豆地伏击一声枪响拉开地下工作年代序幕，将这段鲜为人知的秘闻以小说的手法披露发表于沪上全国闻名的文学杂志，也算是存志、慰藉那些为民族自由解放不屈奋斗的先辈们。

郑发表那篇小说，时间大致是1987年。1987，无论是对解放日报还是对郑宪个人来说，那都是一个值得凝望的历史年份。那一年，解放日报成为全国首家省级党报从每日四版改为八版，其里的故事、伟大的革命意义可阅《解放日报50年大事记》。而在这报业革命的潮流中，郑宪，也将在一年后从支部生活编辑部应征调往解放日报，去开始他十数年的报章拼搏，去开始面对一个更广阔的平台。新的起点新的出发，他以一篇《上海每年"吃掉"4万亩耕地》的一版头条稿开始他的溪流汇入洪流、进入解放日报农村部4年工作生活的生涯。应该说，郑在那个充满阳刚朝气勃勃的大集体中，很快便和同志们打成一片。在去郊县的采访中，他能在直爽好客的农村朋友前，端起酒杯为国强档酒，尽管他自己也只有三两的量，喝过了头疼。稍后的印象，是一个名叫王伟的后来者，以6点零5分的形象，斜头耳边，絮叨，尾随相约明天的去向。很奇怪，随着年龄的增长，他茨冈状略微蜷曲的发平直了，脸型不用化妆，也有毛泽东去安源时的风采神韵。支书阿民权同志常笑呵呵地叫他：青年毛泽东，最近跑些啥。那个时候，从市区去郊县，公路交通条件还不是那么好，全中国大陆地区还没有一条高速公路。经常的，坐通往郊县的长途车下去采访，往往是一大早出去，天黑透始归。如兄长般关爱，那时部门的带头人超兄勉励他发挥特长，更扎实地沉入生活。在农村部的那些年里，田埂地头，大棚村落，超兄多次领着他感受改革潮涌，倾听农民呼声。记忆中那年初夏，和超兄下去摸情况，正是6月郊县"双抢"抢收抢种时，金山干巷一批新拖拉机却病卧田头，急农民所急，想农民所想，连夜找人解决问题，又顺藤摸瓜找到厂里寻症结所在，以产品质量为抓手助推国企改革。直到今天，郑仍深思、举一反三超兄当时所说的那些话：一个好记者应该有自己的文品和人品，与百姓同呼吸，与国家共命运，关键时刻勇于拿起自己的笔。

不可否认，郑在解放日报农村部工作的那4年，也正是国家和民众面临如何坚定发展的关键时期。在这样的一段时间河流里，对郑来讲，文艺素养、自身修为、还有家庭，都是不可或缺的。现在想来，郑离开支部生活奉调解放日报农村部大致的时间为1988年的年末。这个时候，1987年解放日报扩版新设的专稿特稿版刚刚度过了它的周岁，这时它已名声在外：

都知道这个以报告文学、长篇大特写的版面，具体是由一个叫熊能的理论评论部记者操持。熊能，上海市人，吉林珲春插队，后考入复旦哲学系，毕业后分社科院哲学所，1984年再考入得解放。这家伙胡子拉茬，做事认真，做人认真，为人真诚。人们记忆犹新的是，1987年的大兴安岭火灾，从5月6日起，至6月2日才扑灭。大火第二天，他揣上一斤牛肉干、一斤巧克力及两斤压缩饼干上路，靠着这些食物，也靠着昔日插队勇搭便车之经验，他搭拖拉机或军车，不断延伸与突进转战一个个火场，整整一个月，及时发回来自大兴安岭现场报道，牵动了多少上海人的心。直到今天，一提老熊，人家都知道他笔下的"大胡子师长"和大特写"第二种硫酸"。事实上，解放日报特稿专稿、这个1987年末在熊手中诞生的版面，不久就成了解放日报的品牌，在全国业界十分有感召力和影响力。而此时的郑，致力于摸熟农村人与事，以及分心于龙华精神病医院的采访调查报告，为报社的连载小说专栏创作撰写中篇连载小说《并非疯狂的世界》，以求探索精神病人内心及医护人员治疗此病所付出的艰难和前行。之后，又像一只风筝，被报社放出去做全国煤炭、上海煤炭紧张的采访和调查；又收回来、再放出去，做棉花产区及棉纺企业的调查和报告。所以，郑在1988年初对专稿特稿的操试浅尝即止。记得那是郑与熊的第一次合作，大概是想浦东陆家嘴有风声要雄起了，赶着做一篇沪上金融或银行改革吧，结果对方不配合，无材料可图，只能以悻悻收手、迅速撤出上钢三厂附近的写作点告终。不过，自1989年后起，特别是当自己的坐标待定后，如火山迸发，郑的采访激情和创作欲望一发不可收拾，且保持十数年不衰，今天我们本书看到的许多报告文学大特写篇章，就是出自这一时期的产物。

火山迸发前总是沉寂的。不能否认，1987至1988，正是国门大开时。有多少青年，抱着张望世界、改变自己的冀望，走向海外。那年的初冬，淮海路日领事馆人头涌动，两旁的行道树上都爬上了观望的人。是巴拉巴拉东渡去日本，还是乘桴渡海去澳洲？1987，我和郑熟悉的桥梁陈保尔从世界经济导报离职远洋了，更早一些时候，我和郑熟悉的罗同学从大学教师的岗上出国留学了，他们都是去的美国，而且都在西海岸的洛杉矶。陈保尔说，这里洛基山脉绵延，有比东北林场更高大的红杉。他们的妻子一两年后也去伴读了，陈保尔们怂恿我们会师加州，说自力更生找份工读书生存不是个问题，鸡蛋5美分一个。应该说，这种怂恿给我们带来很大的冲击。那个时候和日后的三四年里，在报社与我们相近年龄的同事，大多都有去国外一窥的念头。就连搞上专稿特稿成瘾的熊，也想去外面闯荡一番，美国、澳洲签证难办，他们谋划如何进入冈比亚或埃塞俄比亚，然后以曲线的形式从非洲潜行地中海对岸，然后直插英法："这样签证进入欧美也容易。"

但结果都一一作罢了。作罢的起因也很突然，记得那时是冬季，时间应该是上个世纪90年代初吧。那日去交大新上院考过托福，与郑出来相视一笑："一条板凳被抛弃了，向里挖门蚂蚁愤怒"，那是一个叫姚鸿恩的男人搞的托福GRE4000单词速记法里两个单词经典名记。有关姚鸿恩的成就和伟绩我曾在解放日报的朝花上做过小记。作为大学图书情报学的老师，姚探索英语单词形象记忆法，经实践称两个月就能迅速背熟所有的托福GRE单词。我和郑去了，还有现在去了外单位高就的原支部生活记者何志刚，我们当时就妄图以半年的光景速记扫平托福单词，一举过关。但我们也很纠结，我们深爱我们的以往选择，十分珍惜为解放日报做活，我们想去闯世界，但父母在不远游根深蒂固，学文的，能去学什么干什么？在解放日报龙华西路职工宿舍楼的郑家，多少次，争分夺秒，一边嚼着以富强卷面为基材的郑记葱油拌面，一边嘴里含混不清互考互背，又纠结不是母语我们去了能干什么。现在，考试结束了，我们该干什么呢？"我在这里祈祷，我在这里迷惘，"记忆中那日从交大出来，我们首先想的是犒劳一下自己，弄他妈的一顿酒。记得最清楚的，是在菜场买了差不多5斤水发鱿鱼，然后在葱爆它们的时候，突然就扪心自问：出去了，我们干什么？用英文写小说？记得，郑当时已有了加拿大和英国两所学校媒体专业的意向函，他在煤气灶台边望着锅铲刺啦刺啦爆炒鱿鱼，那里正一片葱香，沉寂片刻：去他娘的外国媒体专业吧。

心无旁骛。也就是这一年，吃罢鱿鱼，我们不再困惑。我搞我的报章连载小说编辑，郑继续他的农村工作，什么城市菜篮子课题啦，郊县的文化体制改革啦。之后不久，大约是初夏，郑被派去做西藏和平解放40周年采访。高原沉静碧蓝的天空无有尘埃，明亮他的眼睛洗涤他的心灵。以6千余字《布达拉宫》压轴，郑完满地完成了他的西行。这个时候他并不知道，回沪后，他会在不久的将来被挖走，去面对又一个新的领域。

是1992年，郑被调往解放日报科教部工作，原因大概是原来跑科技采访的记者要调往报社驻京办工作。郑将接替他负责市科委所属各部门，及全市科技条线的采访报道。郑以一篇小型报道《上海评出10大咨询工程师》投石问路，继而市、区点面结合，只要事关科技，迅速蚕食周边。科技人员下海，山东做286计算机的浪潮来沪，现在想来，恍如隔世。浪潮286，应该说在我国个人电脑史上是个里程碑式的产物，这台配置黑白显示器的电脑，开机硬盘读数运行咯吱作响，一台万元以上，功能比四通打字机略强。那个时候，郑有些兴奋地告诉我，浪潮要做287了，除了文字录入，可以输入游戏，咱们写作，搞一台吧。那个时候，小平已在8年前就说过：学计算机要从娃娃抓起。为了孩子，也为了自己，我们寻觅有关家用电脑的信息。郑带我去南京西路的长江计算机厂，带我去见王德成，一个下海搞计算机软件输入法的能人，当他把一套灌有自主开发的中文拼音智能输入法的A盘摆在面前时，我的眼都直了。这个时候，郑显然骑自行车是不行了，太累，太慢。他一天差不多要有两处采访，从东到西，或者从南到北，往往上午在人民广场科委，下午说不定就要跑光机所、跑技术交易市场，科技成果都在那交易呢，这是科委这年发展的一个重头戏，发展的重头还有现代通讯产业、微电子、计算机软件、生物技术、新型材料等等。形势在发展，时代在前进，从闵行滚动轴承厂至今，20多年，郑上班下班一直是永久28、凤凰26寸自行车，骑行落伍也该要换了？那日，郑威风凛凛，跨在一辆蓝灰相间36cc的嘉陵助力车上，以炫耀的姿态，2倍于自行车的速度，嗖地一下蹿出老远："理论上它可以调速到49cc，一小时跑出60迈。"这时我悲哀地想到，速度不一，不是一股道上跑的车啊，今后，我俩不太可能一起骑行了：别了，普希金铜像，别了，且行且张望。以往，自1984年末起，只要两人都在单位，下班就约定时间一起骑车往回走。一路走，一路聊，天南海北陪着，顺汉口路，穿人民广场，过威海路、长乐路、汾阳路，至普希金铜像处左右分手，各自归家。俱往矣，呜呼。虽然，尽管在以后，他也让我弄上了一辆新大洲，体验到了速度带来的快感与刺激，但这种49cc马力的伪摩托，跑出45迈的速度之后，不多久至多半年后就老坏，不是火花塞出问题，就是压缩包毛病，有气无力，每天弄它出门，就担心半道上不给脸。真是欲速而不达，得之愈多，失之愈痛。而此时的郑，依然威风凛凛风尘仆仆，开着那辆十分争气的嘉陵助力车，穿行于我们城市中一切与科技有关的场所，为科学的伟大，科学的扫盲，投入他的坦率与热忱。

郑骑着这辆嘉陵，一直穿行进2000年，这时他的大小科技稿件有冠名权的，我查了查，大概有七八百篇。也真为他高兴，将近8年认真而又认真的跑科技，在那年的11月，他被评为上海市范长江新闻奖，这可是上海新闻界记者的最高荣誉啊。而这时，他的嘉陵已经老迈，他的家已搬到遥远，从宋园路附近又要向西郊动物园方向挺进。而当这辆嘉陵终于彻底爬不动之时，郑已经在科教部主任的位上，指挥若定，策划和部署部门所属记者采写对全市科教文卫条线的新闻报道，及有价值的宣传。

却一直搞不懂，郑在科教部位上做得好好的，为何要放弃稳定的工作、名声与共和国正处的位子，去另起炉灶呢？是天生的不安分，还是早有预谋，就像是当年冷不丁搞出辆伪摩托，以2倍速的姿态，再一次超越我等这些骑行者。分别的日子至今仍十分清晰，仿佛就是昨天，2003年初春节前后。春节前，和我们朝夕相处近20年的超兄将离我们另就，以后就不可能天天楼里见面了。紧接着，第二个打击，在我俩同处的汉口路16楼大开间办公室，时间大概是小年夜的下午，窗外残阳，郑用略显沉重的口吻告知："过了年，我就去新的地方，延华高科。我悄悄走，春节小长假后，不来，显得自然，有什么信，你先帮我收着。"郑真正是破釜沉舟了，干部位子工资奖金，坛坛罐罐全都舍弃，一毛不带辞职而去。也许，他要做一个先行者和实践者，去寻找、去面对尚不明朗的困难与挑战。科技发展日新月异，传播信息的网站已不可逆转顽强发展，智能楼宇、分众楼宇电梯新闻广告苗头显现。这是大变革的前夜？在与电视的竞争中，传统的报业老大地位已经被撼动，毫无优势可言，如何从平面媒体走向多媒体，能否借壳智能楼宇发展突围而去？我在这里寻找，我也有可能在这里失去，但有一点郑说他是坚信的：没有实践就没有发言权。以49岁的步履，郑迈得沉重而坚定，再出发。他的背影，被一抹夕阳。

一眨眼，郑离开解放十年了。这十年，变化许多，报社从汉口路转进到地铁1号线南端终点站莘庄，这里也是郑40年前骑车去他闵行滚动轴承厂的中端，一路上，两旁再也没有田野阡陌、突突的手扶拖拉机，黄瓜豆角架，春天满眼菜花黄。从沪闵高架望下去，再无炊烟庄舍上，绿苇掩河浜，有的只是如林的楼房，美好的家园，要都装上光纤，那该是成千上万智能楼宇啊。南站、漕河泾开发区，这里郑曾经驻足，大约是离去三周年的时候，在这里，郑和他麾下的创意团队开始要走向它的成熟；再一个三年之时，郑的延华多媒体已经有了众多的成功作品；至2010上海世博会，攻坚克难，郑指挥着他的团队，独自承建了尼日利亚馆、巴拉圭、厄瓜多尔、玻利维亚四个国家的展馆，及对上海世博会城市未来馆的参建。城市的未来是什么？相信这一年世博会的口号已家喻户晓：城市让生活更美好。城市怎么让生活更美好？城里的人想逃出去，城外的人想挤进来。空气、拥堵、噪杂、咽喉的发疼，使我们向往乡村的田野；学校、医院、超市，而生活的便利，又使我们纠结。

怎么办？显然，50年前，一个叫刘易斯.芒福德的社会哲学家，以强烈的人本主义理想，在其力著《城市发展史》、《城市文化》中试图探索这样解决的核心与方向：城市本质就是一个巨大而复杂的文化磁体和容器，通过吸引、融合、储存和传播文化，而不断丰富人性、发展人、孕育新人类。城市不仅是生存的场所，也应该是心灵的家园。应该说，今天的郑，是刘易斯.芒福德上述言论的苟同者与实践者，城市是文化的容器，而传播新闻与信息，也仅是文化形式的一种。在今天，郑认为、并身体力行，在城市应该是心灵家园的旗帜下，以通过多媒体给人们以了解更深更广的内容、更多的信息，传递历史传承文化的博物馆科普馆等场馆，恰恰可以作为这样的承载体，为尘世中疲于奔命的大众提供一个栖息的港湾，一个精神的乌托邦，在那里，他们可以暂时忘记尘世的纷扰，在憧憬中积聚力量，重新投入和面对生活。

郑身体力行，率延华多媒体上下，以大文化的理念、运用展览展示及展馆设计、多媒体技术及制作、影视三维制作及虚拟显示技术，为我们这座城市，打造了上海自来水科技馆、崇明生态岛展示馆、张江高科技园区形象展示厅、上海农业科普馆、上海院士风采馆、上海邮政博物馆、上海地质博物馆、上海汽车博物馆、上海菇菌博物馆、中国武术博物馆、上海市禁毒科普教育馆、苏州河展示中心——梦清馆、上海浦东国际航运中心展厅、外高桥新发展多媒体展厅等数十座展馆展厅，传递科学、科普扫盲，让人领略知识的力量，感悟文化的魅力。

是世博会的3年后。时间：2014年1月10日下午，地点：外马路601号3号库3A楼的华大电影会所。这个地点不就是昔日的十六铺码头吗？很早的时候，一声长笛，我在这里上船，去我父母的故乡。后来，也曾在这里，一声长笛，送我的连襟去长江中上游的城市，他们插队落户后被招安到当地的厂矿，直到多年白发后才回到这个故园这个城市这个家。他们回来，老路不在，走陆路而不再是船载，水运、特别是客轮的黄金岁月在越来越多的高速公路延伸下成了冬季永远的萧瑟。而眼前下午的浦江，无有上世纪30年代野性的嚣张，江上白帆乌篷，高烟囱的海轮江轮、还有列强们巨舰粗大的舰炮，如黑白片一卷而过。翻天覆地，共和国成立，浦江两岸，吊车如林，百舸争流，江南船台的电弧花、铆钉汽锤敲击钢板的声响，是我们渴望的梦想，出港进港繁忙，汽笛声声，巨轮昂首驶过，活力生机勃发，那个时候，我们，多么为我们这个城市骄傲。而现在，浦江一平如镜，一二艘游艇，懒懒划过，拖出两道长长水迹。如同一个上了年纪的男人，少了生机与勃动，他更像一个老派绅士，只能选择靠在藤圈椅中小口啜着咖啡，或者像一个华贵的女士，尽管雍容漂亮，但已青春不在。怀着对这条大江所有碎片拾遗的惆怅与惋惜，乘老电梯而上。这里，在这个昔日十六铺老码头的三楼，将有一个延华多媒体庆生10周年的Party。他们要小小庆祝一下，以及盘点总结，然后再出发。这次活动的创意和组织出自郑的夫人和爱女。正是她们，陪伴郑走过了这不平凡的10年，甚至是更多的岁月，他们一起牵手，一起祈祷，一起奔跑，一起喜悦，一起坏笑。郑站在台上，显得那么踌躇满志，用充满感激感谢感恩的语调，回忆过去的一年及勉励与他一起奋斗、焦虑、痛苦和迎来喜悦的团队，在3年前号召大家冲破"中产阶级陷阱"、在已完成新一轮发展壮大布局的基础上，使延华多媒体更富有勃勃生机。

突然，郑哽咽了，是望向台下他的夫人郭琪琪，上海音乐之声艺术团的团长。忆往昔，十年甚至是更多的日子，是郭，默默地给予他支持与理解，以及爱心与分忧。"你说我世上最坚强，我说你世上最善良"，他们相识于大学的乒乓桌前，事实上，曾是中学校队和后来轴承厂队的好手郑宪，那时已多次在5局3胜的男女对抗赛交手中失利，只是在屡败屡战、仰仗体力多盘搅局后占得先手，谁输谁赢，秋雨绵绵，路还长。直到今天，一路携手，偶尔乒乓，忆来仍是最美好。而昔日一起做"炒黄豆"儿歌游戏的女儿，以她的善良出众和富有爱心，以及语言的娴熟和干事的悟性、胆识，赢得团队的爱戴。

是夜，冷餐会，焰火与烛光。回家，默想，龙华西路他们的家，城市岁月时光。

在行将本文结束的时候，延华多媒体已从上海走向全国，极目面向更辽远的，是世界，是蔚蓝的海和天蓝。

2014，这是我和郑的本命年，1954，我们共同生在共和国5周年的蓝天下。是以纪念，我们曾经美好已消逝的岁月。

（作者：作家，解放日报高级记者）

后　记

□ 朱曾汶

　　闲着无事，整理书橱，在书橱最下面一个抽屉里翻出一个厚厚的透明文件袋，里面装着十几张旧报纸，因年代久远，纸张已经变质发黄了。这些报纸都是关于科技界人物或科技大事及社会热点的大特写报道，作者是同一个人：郑宪。当初因为喜欢郑宪写的大开大合充满正能量的文章，每读完一篇就把它珍藏在一个文件袋里，以备他日再拿出来重读，日积月累，不知不觉就有了20多篇，分装在2个文件袋里，但这次只发现其中一个，另一个遍寻无着，想必是去冬家中装修房屋，已混在旧书报堆里被一併处理掉了，十分可惜。

　　郑宪早年也曾写过小说和诗歌散文，但似乎都没有引起太大的反响。1983年进解放日报当新闻记者，之后一段时期专攻科技方面的报告文学，并兼写社会热点事件及人物。路子找对了，他的才华顿时喷薄而出，一发不可收，如《哥德巴赫的悲壮》、《飞去来兮》、《天降大任》、《航天风云》等等。他的文章高度深度兼具，文笔细腻缜密，描写精深入微，感情深厚真切，如《哥德巴赫的悲壮》一文，和再早年徐迟脍炙人口的《哥德巴赫猜想》的那篇相比，几无逊色。

　　天下事真有那么巧！就在我从书橱里找出郑宪作品的次日，暌别已久的郑宪忽然偕同他贤惠的妻子和美丽的女儿翩然而至。握手言欢之后，我忙不迭把我刚刚"发掘"出来的宝贝拿给他看，他一眼看见，脸上立刻露出惊喜的神色，连声说要不是我这个有心人，他真的已经把它们忘怀了。我当即向他表示了我对他作品的喜爱，并说尽管这些作品已过了许多年，但并没有过时，并没有失去它们的价值，可以而且应该把它们印出来，让更多人特别是年青一代从中获得教益。他起初有点迟疑、犹豫，但很快就点头认可了我的建议。我的宿愿实现了，心中有说不出的愉快。

　　也是在2003年，郑宪在他写作生涯的巅峰时期突然弃文从商，许多人都表示惊讶、惋惜、甚至不理解。我认为这其实是桩极平常普通之事。自由调换职业本就是我们所处社会的一个特色，更何况他在之后多年来开辟的创意智能产业本身就属于科技范畴，需要高度的智慧和创见，而这两者正是郑宪最得天独厚之处。新闻界失去了一支神来之笔，创意智能界多了一位高瞻远瞩的先行者。我为郑宪能在他生命的后半期找到这个使他有机会更进一步发挥才能的新天地感到高兴，并衷心祝愿和期盼他在今后的岁月里不断传来佳音。

（作者：中国著名翻译家）

图书在版编目（CIP）数据

风景仍然那么新鲜：郑宪新闻报告集 / 郑宪著. —上海：

上海三联书店，2014.6

ISBN 978-7-5426-4769-6

Ⅰ.①风… Ⅱ.①郑… Ⅲ.①新闻报道－作品集－中国－当代 Ⅳ.①I253

中国版本图书馆CIP数据核字（2014）第087082号

风景仍然那么新鲜：郑宪新闻报告集

著　　者 / 郑　宪

责任编辑 / 陈启甸

装帧设计 / 徐　徐

监　　制 / 李　敏

责任校对 / 张思珍

出版发行 / 上海三联书店

　　　　　　（201199）中国上海市闵行区都市路4855号2座10楼

网　　址 / www.sjpc1932.com

邮购电话 / 021－24175971

印　　刷 / 上海展强印刷有限公司

版　　次 / 2014年6月第1版

印　　次 / 2014年6月第1次印刷

开　　本 / 710×1000　1/16

字　　数 / 280 千字

印　　张 / 15.75

书　　号 / ISBN 978-7-5426-4769-6 / I · 869

定　　价 / 38.00元